我舞捧眼翻身

马户子君 著

全两册 · 下

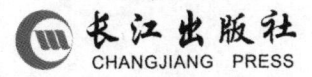

长江出版社
CHANGJIANG PRESS

第十一章

烟火落幕，夜空又归于寂静。

游客三三两两地散去，观景台外面风大，苏徊意向苏持靠了靠，道："大哥，这里风好大，我好害怕。"

苏持垂在身侧的手微屈，他沉默两秒，道："回去吧。"

两人随着其他游客一起乘电梯下了观景塔。

观景塔外是一条步行街，出租车开不进来，需要步行走一段到外面的大街上。

刚刚的旅行团也跟着出来了，一群人闹闹嚷嚷地挤在步行街上，苏徊意拽了拽苏持，道："我们从河边走回去吧，人少一点。"

苏持说好。

夜晚的清府河在微风中泛起水波，两人走在河堤上，路灯隔了十来米亮起一盏，脚下的影子不断拉长缩短。

苏徊意一路上说个不停，细长的睫毛在眼睑上落下阴影，随着说话时的起伏轻微抖动着。苏徊意说了一会儿没听到回音，转头正对上苏持深邃的眼神，蓦地一顿，喊道："大哥？"

"怎么了？"

苏徊意倒退一小步，道："我忽然有点理解妈妈的心情了。"

"什么心情？"

"你这样看着我，我感觉你想把我在这里抛尸……"

"苏徊意！"苏持深吸一口气，"是你说要走这条路的。"

苏徊意逻辑缜密，补充道："即兴作案。"

苏徊意被苏持的眼神看得心底一紧，后者的手动了动，他条件反射地朝旁边一闪，落地那一瞬间，他就知道自己又要完。

"扑通！"苏徊意的膝盖磕在路面上，好在他胸前横了只胳膊，缓冲了大半的力道。

"你闪什么闪！"苏持像捞挂面一样将苏徊意捞起来，"你以为你是夜空里坠落凡间的星星？"

"苏挂面"心有余悸地道："大哥，我错了……"

两人静默了片刻，苏持的声音平缓了下来，他问："现在还能走吗？"

苏徊意试了试，回道："能蹦跶。"

苏持："……"

苏持半蹲着背对苏徊意，道："上来。"

苏徊意受宠若惊地道："大哥，这不好吧？"他一边说一边手脚并用地爬了上去。

背上一沉，苏持起身，托着人掂了掂，一言不发地往前走着。

"大哥，你今天晚上特别好。"

苏持放缓了呼吸，手稳稳地托住苏徊意，道："仅此一次。"

"好的吧。"苏徊意很知足。

苏持没应声。

两人从宁市出差回来没多久便进入十二月。

苏徊意感觉苏持比之前更忙了，一天有一半的时间都不在办公室，两人相处的时间大幅缩短。

今天苏持难得在办公室坐到了下午，苏徊意正整理着文件，小秦敲门进来,道:"苏董,您让我订的航班被取消了。"

苏持敲击键盘的手一顿,他道:"那就改就近的。"

"好的,苏董,还是两张吗?"

"嗯。"

小秦出去后,苏徊意探头问:"大哥,你又要出差吗?"

苏持在电脑后面头也不抬地道:"这周五。"

苏徊意抓住重点,道:"只订了两张机票,没想到我已经取代了秦秘书。"

敲键盘的声音停下了,苏持问:"谁说小秦不去的?"

苏徊意惊讶地道:"那是你不去吗?!"

"……"苏持把电脑屏幕按下来,直直望过去,"你留守。"

苏徊意愣住了。

"为什么不带我了,大哥?"他扒着桌沿竭力争取,"你们一走,整个空荡荡的顶层就只剩一个寂寞如雪的我。"

苏持不为所动,道:"那太好了,我们回来就可以堆雪人了。"

苏家的两兄弟最近在闹别扭,全家上下从苏纪佟到林司机全都有所察觉。

早餐桌上,苏徊意捏了个爱心饭团放到苏简辰盘子里,道:"二哥,吃。"

"哦,谢谢。"苏简辰现在已经适应了,甚至还能自行修整不平整的边角。

对面的苏持握着筷子,沉着脸抬起头,看了苏徊意几秒后又垂头继续吃饭。

苏纪佟在心里干着急,忙打圆场:"小意是不是忘了给你大哥捏团子了啊?"

苏徊意嘬着牛奶瞟苏持,问:"大哥要吗?"

苏持放下筷子擦了擦嘴,道:"不敢奢求。"

苏纪佟夫妇:"……"

苏简辰举着啃了一半的饭团,不明所以。

吃过早饭出门上班,苏徜意停在副驾驶门外犹豫了一瞬。车窗被降下来,里面的人说道:"快点上车。"

苏徜意拉开车门坐进去。

私家车在马路上平稳地前行着,苏徜意垂头抠手。他觉得自己又坐着苏持的车,又跟对方闹别扭,怪不好意思的。

但他不想再一个人被留下了。

"大哥,我可以跟你道歉,但我想知道为什么这次出差不带我。"苏徜意说,"是不是觉得我给你添麻烦了?"

苏持握在方向盘上的手紧了紧,他道:"没有这回事。"

"那是为什么?总不能是预算不够吧,我知道我们家有钱。"

"知道我们家有钱你还成天想着碰瓷?"

话题再次跑偏,求问无果,两人又开始了新一轮的闹别扭。

办公室内书页翻动的声音哗啦作响,苏持从电脑后微微抬眼,目光落在那撮蔫蔫的头发上。

两人间别扭的气氛一直持续到苏持出差前一天。

航班从早上改到了下午,苏持头天晚上在房间里收拾行李。

门被敲了两下,苏徜意从门缝里滑进来。

苏持放下手里的衣服,直起腰看向他。两人对视了片刻,谁也没说话,最后还是苏徜意先开口:"大哥,虽然你不带我,但还是祝你行程顺利。"

苏持垂眸道:"我会给你带伴手礼的。"

苏徜意觍着脸道:"那我要贵的。"

苏持嗤笑道:"俗。"

两人心照不宣地重归于好,苏徜意心里总算舒坦了。他大哥虽然把他一个人留下来，但心里还是想着他的。

他同苏持道过晚安便回房间睡觉。

第二天苏持不去上班，林司机要送苏纪佟去他好友家里做客，苏徊意正想打车就被苏持阻止了："今天给你放一天假，你不用去了。"

苏徊意问："为什么？"

于歆妍刚把苏纪佟送出门，转身道："昨夜下了雪，路面积雪怕是要结冰，万一遇到经验不够的司机，车打滑了怎么办？"

"那好吧，大哥，你出门也要注意安全。"苏徊意就安安心心地奉旨偷懒了。

"我知道。"

然而，苏持最终也没出成差。

上午十点多，一个电话打到于歆妍的手机上。

"你们爸爸摔倒了，现在在医院，我们这会儿过去。"通话只半分钟就结束了，她叫上还留在家里的苏徊意和苏持。

她说话的语调虽然是稳的，但拢大衣时三两下都没拢进去。

苏徊意心头一跳，问："严重吗？"

"初步断定是骨折了，其他的还不清楚。"

苏持一言不发地拿了车钥匙就推门而出，三人匆忙上了车，一路朝医院而去。

到达市医院时已临近中午，苏纪佟住在VIP豪华病房，于歆妍和苏徊意直接上去，苏持去办理手续。

宽大的VIP病房里，苏纪佟躺在床上，周围站着医生和护士，看见他们进来，把情况大概讲了讲。

苏纪佟主要是腿骨折了，尾椎轻微受伤，算是不幸中的万幸，需要在医院静养一个月。

他当时下车没注意，踩到了路边积雪脚底打滑。五六十岁的年纪，身子骨不比年轻时候，摔一下就躺在地上起不来了，还是林司机叫了救护车把人送到医院来。

医生和护士走后，于歆妍坐在床边说他："你看看你，多大年纪了也不注意注意，知道下了雪你还……哎呀，算了，不说你了，好好躺着。"

苏纪佟有些心虚。

苏徜意跑过去扒着床沿，问："爸喝水吗，吃水果吗？"

苏纪佟忙转移视线，道："那我就多喝热水吧。"

苏徜意正给他倒水，苏持就从门外进来了，问："爸，怎么样了？"

苏纪佟把情况讲了讲，又说："我这会儿没事了，老大，你不是还要出差吗，快点去吧。"

"已经取消了。"苏持坐下，"不是什么重要的事。"

三人在病房里待到下午，苏简辰又来了一趟，吃过晚饭后苏纪佟就开始赶人："好了好了，都该回去了。"

于歆妍说："你们三个回去吧，夜里得有人守着，我留下。"

苏纪佟赶她，道："你留在这儿不方便。"

"老夫老妻了，有什么不方便的。"

"哎呀，我是说你力气小，我要是起来，你能扶得动我吗？"

于歆妍迟疑了。苏徜意说："那我留下吧，大哥二哥都还要管理公司，我是最闲的。"

这个方案合情合理，就连苏纪佟都提不出异议，他艰难地伸出手去捋苏徜意的头发，道："今晚就辛苦你了啊小意，明天再找个护工。"

苏徜意把头探过去方便他捋，回道："不辛苦，应该的。"

VIP病房有个陪护室，专门给陪护人员住。

苏持他们三人离开后,苏徊意将苏纪佟安顿好,转头去收拾陪护室的床。

床上的被子还是秋季的,有点薄,他出门去找前台要了一床,回到病房里时却看见了苏持。

"大哥?"

苏持站在苏纪佟床前,道:"我刚刚是去送妈他们了,今晚我和你一起留下。"

苏徊意缓缓张大嘴巴,他看向苏纪佟,对方耸耸肩,显然没能说服苏持。

这会儿已经晚上十点多,苏纪佟早早睡下,苏徊意和苏持洗漱过后也去了陪护室。

陪护室里只有一张床,新添的被子已经放在了床上,苏徊意把被子铺开,道:"我们轮流睡吧,但是晚上有点冷,最好都躺上来盖着被子。"

苏持在沙发椅上坐下,道:"你睡你的。"

苏徊意还想坚持,被对方一个眼神压制住,苏持道:"你先睡,后半夜我叫你起来我们再换。"

"那好吧。"

陪护室的灯光暗下来,只余一盏靠墙壁的阅读灯。

外面的苏纪佟已经睡下。苏徊意也裹着被子慢慢睡去,安静的房间内只听得见两人均匀的呼吸声,以及苏持有力的心跳声。

苏持原本不该回来的,但他既放心不下苏纪佟,又放心不下苏徊意。

苏徊意醒来时苏持正从外面进来,他心里装着事睡得不踏实,苏持一推门他就醒了。

门被合上,隔绝了外面的声音,苏持轻声道:"你再睡会儿,

279

我刚出去看过爸了。"

苏徊意撑起来看了眼时间,差几分钟到五点,他道:"哥,你怎么不诚实守信,都不叫我。"

苏持坐回沙发椅,道:"叫你做什么,在病房里一闪一闪给爸放光明?"

苏徊意:"……"

他企图扳回一城,道:"你之前不是说自己夜盲吗,怎么现在能看清了?"

"你截肢都痊愈了,我夜盲为什么不能好?"

对决再次以失败告终,苏徊意的睡意消散了大半。他坐起来,跟鱼鳍一样"啪嗒啪嗒"地拍拍身侧,道:"哥,你上来躺躺。"

苏持的目光落在空出来的半边床铺上,他道:"不用。"

夜间温度低,外面的病房里开了暖气,陪护室相对有点凉。苏徊意看他大哥只穿了一条西裤,也不知道是怎么坐了大半夜的。

他发出诱惑的声音:"被窝里很暖和的,你上来坐着盖着腿也行。"

苏持还是说不用。苏徊意就掀开被子下了床,道:"那我去值班室给你要条毯子。"

"啪!"他的胳膊被苏持一把拉住,隔了两秒苏持又松开了。

苏持压着嗓子严肃地道:"瞎跑什么,才从床上起来就这么跑出去,想感冒住院和爸肩并肩?"

"我是怕大哥和爸床对床。"

两人僵持半晌,苏持低声说:"知道了,快回床上去。"

陪护室的床不大,苏持微微侧身坐着,苏徊意往另一边挪了挪,问:"我是不是挤到你了?"

苏持不动了,道:"没有,坐好。"

苏持靠在床头合上眼睛,道:"你也再眯会儿,爸那边暂时都不需要人。"

苏徊意侧眼正对上苏持的肩窝,他目测了一下高度,应该刚好够他歪头靠上去。他绕着弯道:"大哥,我觉得你很可靠。"

苏持睫毛一颤,随后漫不经心地戳破他的意图:"想睡自己躺下去睡。"

第二天早上,医护人员又过来给苏纪佟做了一次检查,苏持在旁边搭手,苏徊意下楼买早餐。

医院楼下开了一排早餐店,他从餐馆里打包了几盒粥饺蛋菜,回去时医护人员都已经离开了。

粥和饺子荤素各一半,苏纪佟挑了自己要吃的,剩下两人就拿到料理台那边去吃。

肉饺和瘦肉粥被推到了苏徊意跟前,他抬头看向苏持,问:"大哥,你怎么把肉的全给我了?"

"你是肉鸡,要多吃肉。"

"……"苏徊意纠正,"肉鸡和菜鸡都是吃饲料长大的。"

"知道得还不少。"苏持喝着粥没看他,"那你又是怎么长大的?"

苏徊意腼腆地道:"我是荤素搭配着长大的。"

于歆妍和苏简辰吃完早饭就过来了,还带了一名护工。护工替苏纪佟调整了躺姿便把空间留给苏家人,转头去料理台那边准备午饭。

苏纪佟说:"这护工看着还不错,你们也该放心了,别天天往这里跑。老大跟小意昨天都没休息好,今晚回去好好睡一觉。"

苏持脸上看不出疲色,道:"没事。"

苏徊意暗暗地打量对方的神色,他觉得苏持不是真没事,只是强撑着没让其他人看出来。

像苏持这样善于控制情绪的人，怎么会有他瞒不住的事？

于歆妍说："我昨晚也没怎么睡好，唉……想着今天早点过来看你。这会儿还有点困。"

苏纪佟有些动容，艰难地探手去握她的手，道："让夫人担心了。"

于歆妍抬手拍苏纪佟的手，道："你好好躺着吧。"

苏简辰问于歆妍："要不要喝点咖啡？"

"喝点吧，提提神。"

苏彻意主动请缨，道："我早上出门看到楼下有，我去买。"

走廊里的白色地砖把环境衬得冷冷清清，VIP病房这一层很清静，没什么人。他估计家里几个人都没有休息好，就买了四罐咖啡回来。

买完咖啡乘电梯上楼，"叮"一声门开，苏彻意走出去，抬眼就看见前方立着一个潇洒而又茫然的身影。

那人四下张望了一番，在扫过他那撮翘起来的头发时眼睛一亮，喊道："弟弟！"

苏彻意惊得抱起咖啡罐，是苏老三！

"三哥怎么在这儿？"

"这就要问二哥了。"苏珽把人捞到胳膊底下，狭长的眼睛眯了眯，"我今早坐飞机过来，打电话给他问爸住哪儿，他就给我报了个医院的名字。"

苏彻意赞叹："二哥一向这么会办事。"

"嗯哼。"

"三哥怎么不打电话让我们出来接你？"

"我刚刚还给大哥发消息了，他没……"苏珽的话音一止，只见走廊那头正迎面走来一个高大英拔的身影，他接着道，"哦，来了。"

苏持的目光落在像拐杖一样被他三弟夹在胳肢窝底下的苏徊意身上。

苏珽招呼道："大……"

"你是不能独立行走吗,老三?"

苏珽赶紧闭上嘴收回手。

苏徊意趁机挪到苏持旁边,搓了搓被蹭红的脖子。

大哥果然可靠!

怀里的几罐咖啡随着他的动作叮当作响,一只手伸过来拿走了两罐。

苏珽看见,挑了挑眉,道："还是大哥体贴,我都不知道帮弟弟分担。"

苏持淡淡道："不仅如此,你还增加了他的负担。"

苏珽:"……"

苏徊意像是打了二手翻身仗,在心底一个劲鼓掌:大哥就是最厉害的!

三人回了病房,苏纪佟见到苏珽,问:"老三,你怎么也跑回来了?"

苏珽已经从打击中恢复过来,道:"来看你呗,老爸。"

"哎呀,瞎折腾。"

一家人坐着聊了会儿天,上午的时间很快结束。

他们这会儿人多,没法像早上那样凑合吃。于歆妍留下来陪苏纪佟,叫兄弟儿人到外面解决午饭:"出去不远有家养生汤锅,天冷了,你们可以去吃那个。"

苏持说:"那就吃汤锅,给你们也打包点药膳回来。"

缘寿汤锅是当地的汤锅连锁店,主打健康养生,店内环境整洁清静,有单独的隔间。

四人落座后,汤锅很快端上来。锅是一人份小锅,在电磁炉上边煮边烫。

苏徊意和苏持并排坐着,对面是苏简辰和苏珽。

苏珽拿了菜单,问:"想要点什么呀,弟弟?"

苏徊意跃跃欲试道:"酥肉、可乐!"

苏珽:"……"

苏持瞥苏徊意一眼,道:"你是我见过的最会养生的。"

苏徊意被夸得又有点不好意思了,问:"那可以点吗,哥?"

回答他的是一声"呵呵"。

排除掉苏徊意的意见后,其余三人点了些萝卜、菌菇、丸子、牛肉,菜端上来摆了一桌。

苏徊意夹了牛肉和丸子放进锅里,苏珽惊讶地道:"弟弟怎么只吃肉?连二哥都要吃蔬菜。"

苏简辰放下筷子,皱眉道:"什么叫'连我都要吃蔬菜'?老三,你是不是对我有什么意见?"

对面两兄弟在打嘴仗,苏徊意安安心心地在自己这一方小天地搬运丸子,搬运牛肉,搬运虾滑……

他边吃还不忘边说:"我还是觉得应该点杯冰可乐。"

苏持涮了两片杏鲍菇放进他碗里,道:"来这里就是喝汤的。"

"但我们不能为了喝汤就排除异己。"

"苏徊意,建议你拿不准的时候就不要用成语。"

一顿饭吃了大半,桌上的丸子全都被解决了,苏徊意还想吃,苏简辰会意地转头又叫服务员加了一盘。

苏徊意心满意足地道:"二哥真好。"

苏持筷子尖上的虾滑"咕咚"一声落回锅里,他顿了一秒后重新捞起来。

苏徊意看见了，强行加戏，道："连虾滑都在赞同我。"

苏持没回答，只不紧不慢地把那颗虾滑吃了下去。

苏简辰加的丸子端上来后，苏徊意凭借着一双筷子，一次性搬运了三颗放到锅里。

对面的苏珽直接看呆了。他缓了缓，同苏老二道："我找到了可以和我抛硬币相媲美的绝技。"

苏徊意没管他在说什么，丸子浮起来他就戳起一个，吹了两口咬在嘴里。

"嗯……"下一秒，他一把撂下筷子。

苏徊意捂着被烫到的嘴飙出眼泪。

这丸子怎么是爆汁的！

其他三人闻声看过来，苏简辰扫过桌面没看到凉水，迅速起身去了前台。

几乎在他起身的同时，苏徊意的下巴被一只大掌钳住，头也顺势扭了过去。

"张开，别咬着。"手的主人道。

苏徊意在朦胧的泪光中抬眼，看见苏持一张放大的脸。对方眉头紧锁，低垂的睫毛掩不住眸底的担忧，苏持说："舌头伸出来，我看看起泡没有。"

苏徊意像只小狗似的吐出了舌头。

苏持捏着他的下巴细细看了两眼，确定没事后手一松，道："还好，没起泡。"

"嗯。"

苏简辰这时候也拿了冰可乐回来，递给苏徊意，道："喝这个吧。"

苏徊意忙吐气，道："谢谢二哥。"

苏徊意如愿以偿地喝到了冰可乐。

几人吃完饭给苏纪佟夫妇打包了两份骨汤。今晚有护工陪护，其他人待了一会儿便准备回家。

苏珽是明天中午的飞机，今晚回家住一晚。他们坐电梯到停车场，于歆妍坐苏简辰的车，苏徊意坐苏持的车。

剩下苏珽站在两车中间。

苏简辰发出邀请："老三，你要坐我的车吗？"

苏珽双手揣兜沉默了会儿，忽然勾起嘴角："我坐大哥的车。"

苏简辰："……"

三人一车，谁都不好去坐副驾驶座，苏徊意就和苏珽一起坐在后座。

车开出医院，平稳地行驶在大马路上，隔了会儿转过一个街口，驶入巷道。

这个点路上几乎没什么车，道路两旁是清冷的人行道，路灯在黑夜里零星发亮，苏持凌厉沉冷的眉眼映着光，像是永远不会因什么而动摇。

苏珽扬了扬眉毛，开口："弟弟。"

苏徊意转头，面前忽然出现一张放大的脸。他被吓到，下意识抬起胳膊抵住对方："干吗，三哥？"

苏珽低声道："我……"

"吱——"车子蓦地一个急刹车，停在了路边。

车厢里一阵晃动，两人之间的距离被迫拉开。苏珽还在靠座上撞了一下，发出"哐"的一声。

苏徊意从突如其来的晃动中回过神，扒着前方靠背探了个脑袋过去："怎么了，大哥你怎么突然刹车？"

苏持搭在方向盘上的手指一屈，重新发动汽车："有只猫窜过去了，你坐好。"

汽车重新平稳上路，苏徊意想起从黑暗中浮现出的脸，开始追责："三哥，你刚刚突然靠过来做什么？"

苏珽语调悠悠："看看你的舌头起泡没有。"

苏徊意在昏暗的光线中发出疑问："我起的是灯泡？"

前方适时地响起一声冷笑。

苏珽："……"

到家已经晚上十点，车停好，三人从车上下来。

车库里光线明亮，苏徊意想起刚刚苏珽不合时宜的关怀，主动伸出舌头，道："三哥，你不是要看泡吗，你看看？"

余光里苏持偏过了头，苏珽赶紧摆着手让苏徊意把舌头缩回去，道："没起泡，快快……快收回去。"

苏徊意又缩回了舌头。

苏持转身走出车库，道："回去了。"

三人穿过前院往大宅走，苏持的背影高大笔挺，走在前方撑开了夜色，苏徊意和苏珽走在后边。

苏珽同苏徊意小声说："弟弟，三哥可告诉你，你不要再坑我，不然你会自食其果。"

苏徊意笑得很大声，道："你押韵了，三哥。"

苏珽："……"

三人进屋之后，苏持径直上了楼，苏徊意跟个挂件似的紧随其后。

第二天苏珽要走，家里其他人在门口送他。

苏珽仗着要走又开始整蛊苏徊意，道："弟弟要不要送三哥过去？"

苏徊意心里升起一股似曾相识的感觉，问："用出租车？"

"还是弟弟懂我。"

苏持在一旁冷淡地赶人："你现在转身，我们还能目送你，你再多说两句，我们就回去了。"

苏珽："……"

苏珽最终还是坐上了林司机的车，临别前他关上车窗，把自己和车外无情的苏家人隔绝开。

苏徆意透过逐渐合拢的车窗口安慰他："三哥你快走吧，人总要学会自己长大。"

苏珽面无表情地道："好哦。"

私家车消失在道路尽头，苏徆意跟着家里人往回走，他和苏持走在最后。

"大哥，三哥是不是伤心了？他说话都不带波浪号了。"苏徆意问。

苏持习以为常道："你不要小看他的复原能力。"

苏徆意将信将疑地摸出手机，给苏珽发了条微信消息。

苏徆意：三哥？

苏珽：怎么啦，弟弟？

问号后果不其然跟了个波浪号。

关上手机，苏徆意向苏持道歉："对不起，大哥，我不该质疑你。"

十二月中旬有大雪预警，路上不安全，苏家人就暂时没再往医院里跑。他们和往年一样待在家里，连公司都没去。

他们待在家里的第三天，大雪便悄然降临。

下雪时苏家人正在餐桌前吃晚餐。于歆妍起身去盛汤，抬眼就看见侧厅门外的廊灯映亮了一片雪白。

"下大雪了。"

苏徆意转头去看，而后道："真的好大。"

他从没见过这么大而密的雪,在映着灯光的庭院里簌簌飘落。

他放下筷子跃跃欲试。

苏持的警告轻轻飘来:"你现在出去,家里就会多一个寂寞如雪的你。"

"……"苏徊意重新拿起了筷子。

下大雪天冷,吃过饭后家里人都回了房间。

苏徊意在浴室里洗了个澡出来,裹了条毯子就溜到楼下。

庭院里的廊灯整夜长明,映着大雪铺落门庭。他找了个垫子放在门前坐下,隔着一层玻璃近距离看雪。

没过多久,楼梯口响起一阵动静,苏徊意回头就看见苏持走过来,问:"大哥怎么下来了?"

苏持没正面回答他,目光落在他裹了三层的墨绿色毛毯上,道:"今天是芝麻粽子?"

"芝麻粽子"顺势发出邀请:"大哥,陪我一起看会儿吗?"

苏持沉默片刻后开口:"好。"

两人并排坐在玻璃门前,夜里这样大的雪,也依旧静谧。

苏徊意扯着毛毯,问:"用不用我把'粽子叶'分你一半?"顿了顿,他又道,"我们连在一起就是并蒂雪粽子,哈哈哈!"

苏持:"……"

苏持放缓呼吸,拒绝了他:"你做一棵独苗苗就好。"

夜间的气温很低,屋里虽然开了暖气,但靠近玻璃门的地方还是浸染了室外的凉意。

苏徊意坐了会儿,自动朝身旁的热源靠拢,贴近的那一瞬身侧的人似乎僵了一下。他转头问:"大哥,是我冻到你了?"

"……"苏持抿紧的唇线松开,"不至于有这么强的穿透力。"

"那就好。"苏徊意触景生情,"我要是不怕冷就好了,我甚至可以睡在雪地里。"

"你是花尾榛鸡?"

苏徊意裹着毯子,歪头去撞对方,道:"你怎么又嘲讽我呢,大哥?"

苏持身子后仰,苏徊意撞了个空,再次行动。

"苏徊意,你是什……"苏持的话音戛然而止。

"咚!"这次苏徊意得手了。

苏持把人拉开,问:"你在做什么?"

苏徊意被提溜起来,解释道:"你懂的。大哥,可靠!"

苏持起身道:"回去了。"他说完,拎着毯子边把人提上楼去。

"芝麻粽子"被丢回卧室,门"咔嗒"一声从外面关上。

大雪持续了好几天,等到路上的积雪被清除已经是一周之后。

苏家人又恢复了上班。

化雪比降雪时更冷,苏徊意穿了羽绒服不够,又换上了加绒的靴子。他坐进苏持的车里,道:"大哥,我能挺过这个冬天吗?"

他们家往年这个时候都在南方过冬。苏持说:"等爸出院了,我们应该还会去南边。"

两人到了公司顶楼遇到小秦,对方依旧是一身板正的西装。苏徊意牙齿打战地跟他打招呼:"秦秘书早,你这样穿不冷嗯嗯嗯……吗?"

小秦很有职业素养,道:"公司的门面不能怕冷。"

苏徊意转头,道:"哥,我觉得你应该给秦秘书涨工资。"

苏持不为所动,道:"建议你下楼转一圈。"

苏徊意问:"让寒冷的冬风把我的脑子吹清醒?"

"我是让你看看公司 90% 的员工都这么穿。"

"……"

休假几天落下的工作不少,光是在苏徊意这里中转的文件就有好几十份，苏持那里应该更多。

键盘敲击声一直持续到中午才停止，苏持抬头一看时间才发现已经过了一点。

苏持拿出手机，道："订餐吧，你想吃什么？"

一颗脑袋凑过去看，其主人道："想吃带汤的，暖和一点。"

苏持被他蓬松的羽绒服挤了一下，道："汤圆？"

苏徊意有被内涵到，回道："不是名字里带汤的。"

苏持就点了汤锅捞饭。

午餐送来已经快到两点，餐盒依旧摆在苏持尊贵的办公桌上。苏徊意和苏持面对面坐着，一人一份。

蓬松的羽绒服被暂时脱下，苏徊意只穿了毛衣，袖子挽起来了一点，露出一截细白的手腕。

苏持瞥了一眼，问："不是怕冷？"

苏徊意羞涩地道："挽起来便于我挥筷。"

苏持夸他："准备得还挺充分的。"

汤锅汁水滚热，吃完已经是半个小时后，两人起身收拾桌面。

苏持牵着纸袋，苏徊意端了餐盒放进去。盒沿沾了油，苏徊意指尖一个打滑，汤汁陡然向手上倾斜。

苏徊意的手腕蓦地被一股大力拉开，苏持道："小心手……"

餐盒"啪"地落在桌面上，汤汁洒了一桌，顺着桌面流下来沾湿了苏徊意的毛衣。

苏持皱紧眉头，绕过桌子走上去，问："有没有烫到？"

苏徊意把毛衣下摆拎起来，用力收腹不让肚皮沾到汤汁，道："没有，只是毛衣湿了。"

"手没烫到就行。"苏持看向毛衣被弄湿的那块，"你去休息室的衣柜里找找，应该有我带来的毛衣。"

苏徊意就拎着毛衣"啪嗒啪嗒"地跑进去了。

苏持继续在外面收拾桌子,苏徊意把门带上在里面找衣服。

衣柜里四季的衣物都有,苏徊意从里面翻出两件毛衣。苏持身材高大,毛衣全是大码的。

他拿了其中一件短款,套在身上还是大了,尤其领口和袖口空荡荡的,很符合他当年"时髦"的审美。

外面响起敲门声,苏持问:"能穿吗?要是不能,我叫人送一件过来。"

"能穿,就是大了点。"

门外的声音有一瞬的迟疑:"多大?"

苏徊意贫瘠的语言形容不出来,他拉着宽松的领口跑到门边,"咔嗒"一声把门打开。

苏持立在门外,眼神落了下去。

苏徊意的领口大敞,露出一大片皮肤。

苏持双手揣在裤兜里,道:"转一圈,我看看你前后穿反了没有。"

苏徊意陷入自我怀疑,反问道:"我穿反了吗?"但还是依言全方位展示了一下。

苏持打量了苏徊意一会儿,道:"看不出来,正反都被你穿得像漏风口袋。"

苏徊意:"……"

他换过毛衣,又穿回了羽绒服。打湿的那件被叠好放在了纸袋里,等晚上带回去洗。

毛衣领口大,被羽绒服外套一挤前面就会掉下一截。苏徊意一边捞着一边趴在办公桌前处理了会儿文件,对面的苏持忽然起身出了门。

"大哥,你去哪儿?"

门缝合拢,外面的人道:"给你拿装备。"

不过五分钟，办公室门又打开了，苏持手里提着个纸袋，走过来将其放到苏徊意面前。

"这是什么？"苏徊意接过来就伸手进去掏。

一条藏蓝色的围巾被拎出来，包装还没拆，看质地和品牌就知道必然很昂贵。

苏持说："这件毛衣领口大，你围着。"

"这多不好意思……"苏徊意自从买了高领羽绒服之后出门就没再戴过围巾。

他说着从容地拆开围巾裹在脖子上，再次把自己围成一个盆景，道："哥，你买来怎么自己没戴过？"

"别人送的，我用不着。"

苏徊意缩在"盆里"送上夸赞："哇哦，脆皮如我，火气重如大哥。"

苏持回了他一句"呵呵"。

下班后他们去了医院，于歆妍和苏简辰也在。

两人在路上打包了一份糕点，苏持进门后将之放到料理台上，道："爸，你喜欢吃的那家，晚上饿了当夜宵。"

苏纪佟伸长脖子望了一眼，道："你们怎么……"

爸一定是想说"你们怎么这么有心呢"！苏徊意挺起了胸脯。

苏纪佟接着道："才买这么点？"

苏徊意："……"

苏持的嘴张开又闭上。有一瞬间，苏徊意瞥见了从他舌尖吞回去的"持言持语"。

这个话题很快被苏纪佟翻篇。

"下周我就出院了，老三说他手里有个项目，今年圣诞节回不来。我和你们妈妈商量后，决定等老三回来再一起去南边。"

苏持说好。

几人坐着讲了会儿话，时间到九点他们便起身离开。

在医院走廊里，于歆妍忽然"咦"了一声，道："小意，你怎么换了花……围巾？"

苏徆意猜她是想说花盆，回道："这是大哥的。"

于歆妍道："你今早出门的时候还没戴呢。"

"今天下午刚'栽'上的。"

苏简辰闻言皱眉，起了点淡淡的疑心，问："大哥，你们该不会……"

苏持微抿嘴唇，道："什么？"

苏简辰面色凝重地道："该不会又背着我一起去逛街了吧？"

苏持一向讥诮又冷漠的眼神中难得带上了几分关怀。

苏纪佟出院正好是圣诞节前一天，家里其他人聚在一起，商量如何让一家之主感受到家的温暖。

恰逢圣诞，于歆妍提议在院里搭一棵巨大无比的圣诞树，挂满彩灯和礼物。

苏简辰倾向于传统的欢迎仪式，请了舞狮队来助兴。

苏徆意觉得应该走温情路线，于是点播了一曲缠绵高亢的《回家》，准备等苏纪佟一下车就奏响乐曲。

三个人各自为政地在欢迎仪式里增添了自己的品味之后，齐齐转向一侧的苏持，道："你准备了点什么？"

苏持淡定地翻着杂志，道："眼罩和耳塞。"

三人："……"

苏纪佟最终还是经历了这场多元化的欢迎礼。

吃晚饭时，难得合群一次的苏简辰企图把他大哥"踢出群聊"，转而道："爸，这次的欢迎礼大哥什么都没做。"

苏徆意震惊于对方的小人得志。

他还没来得及把自己的功劳匀一半给苏持，一道欣赏的目光就落在了苏持头上。

苏纪佟道："老大不错。"

众人："……"

苏持宠辱不惊地端着碗优雅地吃饭。

次日，三楼卧室里。

苏纪佟夫妇商量一阵后，于歆妍说："要不我们早点宣布小意独立的事吧，这样他在外面也不会被人轻易看轻。"

"是啊。我看他们兄弟几个亲密多了，小意前段时间天天到医院照顾我，老大几个也是看在眼里的。"苏纪佟说着推门出去，"这事得先跟老大说，他是下任家主，我就担心他会有意见，破坏了几人的感情。"

"老大明事理，应该不会的。"

"但愿吧。"

卧室门在背后合上，苏纪佟穿过走廊下了楼。

苏纪佟下到一楼，兄弟三人都在，他冲苏持道："老大，过来，爸有事要跟你说。"

三楼书房，苏纪佟和苏持坐在沙发上。

"爸，有什么事？"

苏纪佟组织着措辞，而后道："老大，你觉得小意怎么样？"

苏持有片刻的停顿，道："挺好的。"

苏纪佟顺着儿子的话道："是啊，小意虽然跟我们没有血缘关系，但和亲的也没区别了。只是我们待他再亲，在外人眼里他也不过是'苏家养子'。"

他说："我是希望小意能够独立。"

苏持没应声，等着他继续往下说。

"我和你妈妈在商量后已经将小意的户口迁出去了。"

阳光透过格窗映在苏持的眉眼上，他倏地抬眼。

苏纪佟没注意到，继续说："过两年我就把一家子公司交给他打理，他自立门户以后找对象也好……"

"爸，"苏持忽然开口，低哑的声线把苏纪佟吓了一跳，"什么时候的事？"

"小意成年那会儿。老大，你要是有什么意见可以坦诚地说出来，我们亲父子之间……"

"没有意见，"苏持说，"这样挺好。"

"真没意见？"

"我以后会好好教他怎么管理公司。"

苏持的态度再清晰不过，苏纪佟放下心。他拍拍苏持的肩，道："那就好。咱们家家产很多，对于你们兄弟几个，爸爸都是一碗水端平的。"

"我知道。"苏持起身，"爸，没什么事我就先回去了。"

"行，你回去吧。"

书房门"咔嗒"一声合上。

第十二章

苏徆意在侧厅里坐着,见苏持从楼梯口走下来,他捏着手机叫道:"哥?"

苏持径直走过去,停在他跟前。

苏徆意被对方看得缩了缩脖子,问:"你跟爸谈什么了?"

"公司里的事。"苏持伸出一只手放在他头顶,"上楼去把衣服换了。"

"换衣服干吗?"

"今天不是过节?带你出去玩。"

两人先上楼同苏纪佟夫妇打了个招呼,说他们要出门。

苏纪佟欣然同意,道:"行啊,过节就该出门玩,沾点节日气氛。"

他之前还担心老大心存芥蒂,转眼人家两兄弟就出门过节去了,多好!谁家能有他家这几兄弟感情好?

"你们要出去,把老二也一起叫上呗。"

苏徆意还没应下,就听苏持说:"老二在忙。"

苏纪佟惋惜道:"那就不去打扰他了。"

下楼回房路上,苏徆意问他大哥:"二哥在忙什么?"

"忙着扫雷。"

"……"

苏徊意收拾得很快,换过衣服下楼等在客厅,没隔几分钟他就看见苏持从楼上下来。

一身大衣把人衬得挺拔如松,浅口的毛衣领口露出一截脖颈,显得干练又精神,不像自己裹得跟个球似的。

他觉得他们两人站在一起应该是春笋和修竹的差别。

苏持走到他跟前,问:"收拾好了?"

"苏春笋"从羽绒服里冒了个"尖",道:"也没什么要收拾的。"

苏持仰头避过他那撮翘起来的"危险"头发,说道:"那走吧。"

从客厅出去就是走廊,正对着玄关大门。

苏徊意撑着墙换鞋子,羽绒服堆起来,他弯着腰摇摇晃晃的。一只手伸过来握住了他的手臂,替他稳住身形。

"大哥,你今天心地特别善良。"

苏持抓住了重点,道:"今天?"

苏徊意找补:"你年年有今日,岁岁有今朝。"

苏持道:"呵呵。"

两人出了门坐进私家车里,从院门外缓缓驶离。

苏徊意望着车窗外倒退的街景,道:"大哥,我们是不是又把二哥踢出群聊了?"

苏持专注地开着车,目视前方道:"他昨天也是这么对我的。"

苏徊意顺着对方的话想起了那场轰轰烈烈的欢迎礼——明明就在昨日,却恍如隔世。

"还是我好,我还想要分你一半功劳。"他庆幸自己的高洁和善良。

苏持侧过脸看了他一眼。

节假日车流量大,两人进入市中心已经是一个小时之后。

这会儿正好是中午，大街小巷人头攒动，两边商铺挂着节日彩灯。

　　苏持将车停在商业街下的停车场。下车那一瞬间，冷气扑面而来，苏徊意从车里拿出苏持之前送他的围巾裹在脖子上。

　　十二月底的天气比之前更冷了，光是高领已经抵御不了寒冷。

　　从地下车库上到地面，人潮汹涌，苏徊意被撞了一下。苏持抬起胳膊挡在他外侧，隔开了熙熙攘攘的人群，道："过来点。"

　　苏徊意乖乖走过去。

　　他们中午选择了一家水煎牛肉，进店时每一桌上都腾着白蒙蒙的热气。

　　服务生引着他们落座，苏徊意站在桌前取围巾。他下车时缠得太迅猛，围巾都裹在了一起，半天拽不下来。

　　这个点来吃饭的客人多，过道里迎面走来三个女生。苏徊意侧身贴着桌子给她们让道，身后一截围巾落下来扫向桌子中央的铁板。

　　苏持伸手将围巾截住。等三个女生走过，他起身把人拎过来，垂下头帮苏徊意把围巾从颈窝里理出来。

　　苏徊意努力伸长脖子方便他操作，甚至因为过度用力显得像是在慷慨就义。

　　苏持解了一半抬眼，微微皱眉，道："调整一下你的表情。"

　　"嗯？"苏徊意抻着脖子。

　　"如果你不想我被警察带走。"

　　取了围巾，两人脱下外套落座。

　　水煎牛肉半是煎烤半是水煮，需要店内服务生过来帮忙。服务生在旁边下菜，煎好之后先往苏持的盘子里夹，苏徊意的眼神立即跟了过来。

　　苏持抬眼，道："先给他吧。"

服务生愣了愣,接着说"好",转道将肉放进苏徊意的盘子里。

"大哥,你真好。"

苏持看破也说破:"谁给你吃的你就说谁好。"

苏徊意不承认:"哪有?"

"老二给你点了丸子,你不是夸他了?"苏持看对面的人一脸茫然,冷笑着提醒,"爆汁的。"

苏徊意想起来了。

他赞叹道:"二哥总是这么会办事。"点个丸子都能发展出后续剧情。

苏持不知道想起了什么,"嗯"了一声。

两人一共要了六份牛肉、两盘蔬菜、一份拌饭,挨个煎煮完吃好已经是一个半小时之后。

苏持在前台结完账转过身来,问:"待会儿想去哪里?"

苏徊意摸着肚皮,道:"哥,我好饱,我想消食。"

苏持面无表情地把他拎出去。

半个小时之前这个人的台词跟现在也差不多,差就差在最后几个字——哥,我好饱,但我还想吃。

苏徊意缩在围巾里跟着苏持坐电梯下楼,问:"我们去哪里?"

"去商场里逛一逛,不是说要消食?"

"商场顶层是不是有卖小吃?"他不长记性。

苏持低头拿出手机。

苏徊意凑过去,问:"你在帮我查啦?"

"我在看去医院哪条路不堵。"

从他们吃饭的店到商场要穿过一条商业街,街上人多车也多,还有一些摊贩在路边叫卖。

这条商业街是早年建的,后来修整过几次,大路整洁宽敞,其中的巷道却有些脏乱。

两人没走巷道，只沿着大路往前走。经过一个路口时，右侧巷道内突然蹿出一辆送外卖的电瓶车，又快又急，几乎从两人身后擦过。

苏徊意还没反应过来胳膊就被拉了一下，只听见周围响起几声惊呼。

只几秒的时间电瓶车就已经蹿出老远，周围人也从惊吓中回过神。

苏徊意觉得苏持可能被吓坏了，那辆电瓶车毫无预兆地冲出来，他要是被撞到，肯定跟个断线的溜溜球一样飞出去。

苏徊意拍拍苏持的背，道："大哥，没事了。"

苏持把他提溜到街边的小台阶上，转头朝前走。苏徊意跟在后面。

商业街中央的商场一共五层，这几年才建成，装潢精致大气。一二三层为服饰彩妆，往上是高档奢侈品、居家日用品，苏徊意和苏持乘电梯直接上了第四层，在开了暖气的商场里晃悠。

一路过去，玉器店、瓷器店、茶具店连成一排，在店面强光映照下流光溢彩，色重质腻。

苏徊意探了个脑袋去瞅。

他一直想给苏纪佟和于歆妍买礼物，经过前段时间的网络热推，昆酒的销路已经打开了。一个半月之内价格提高了三成，第一批钱款打到账上，还是有个几十万。

"大哥，爸妈有没有什么喜欢的东西？"

"怎么？"

"要过年了，我想给他们买礼物。"

苏持顺着他的目光扫了一眼店面，道："这些都可以。"

苏徊意就拉着苏持一家家去逛。

玉器除了传统的扳指、手镯以外，还打造成了不同的玉雕艺玩。翡翠白菜、乌墨笔架、软玉棋盘……样样做工精巧，玉质上乘，随便一件的价格都不下六位数。

店员在旁边一一介绍，苏徊意转头征询苏持的意见："大哥，你觉得爸爸是喜欢这种翡翠白菜，还是那种笔架棋盘？"

苏持瞥了他一眼，道："笔架棋盘吧。"家里有一棵白菜就够了。

苏徊意赞叹道："原来爸爸喜欢附庸风雅。"

旁边的店员："……"

苏持伸手搓他"狗头"，道："以后在爸妈面前少说话。"

苏徊意最后选了一副软玉棋盘给苏纪佟，一套雕花玉盒给于歆妍装香膏，包好约定傍晚送货上门。

刷卡结账时，苏持就等在他旁边。苏徊意潇洒阔气地刷掉了卡里 80% 的钱，等到只剩点零头时才蓦然想起自己还欠着苏持几张空头支票。

"大哥，你有想要的吗？我送给你。"

"现在还没有，"苏持的目光落在他紧紧捏着卡的手指上，"以后想到了再告诉你。"

"好的呀。"苏徊意松了口气，把余额不多的卡揣回自己羞涩的囊中，"等你想到了，千万别跟我客气。"

"嗯，不会，"苏持说，"你放心。"

商业街附近有家下午茶很有名，在商场逛了一圈之后苏徊意消化好了，他觉得他又可以了。

他蠢蠢欲动地道："大哥，我可以。"

苏持不可以，无奈地问："你怎么还吃得下？这会儿都快三点了，你晚上还吃吗？"

"我晚上可以不吃……夜宵。"

苏持做了两次深呼吸。

两人最后还是去喝了下午茶,点了五六碟糕点、一壶热茶。糕点香甜清爽,入口即化,苏徊意吃完又打包了六盒准备带回家。

两人喝完下午茶出来正好是晚饭时间,全程无缝衔接。

苏持健康的饮食习惯不允许他跟着苏徊意胡来,他把人带去吃回转寿司,自己在一旁等着。

结束时已是晚上七八点,华灯初上。

道路两旁挂满了彩灯,大红深绿配色的装饰烘托出热烈的节日气氛。

苏徊意打包的糕点被苏持拎在了手中,苏徊意相当不好意思,道:"大哥,还是让我自己来吧。"

苏持的目光落在苏徊意"农民揣"的手上,看样子丝毫没有要拿出来的迹象,他问:"你是打算用嘴衔着?"

"……"苏徊意有点羞赧,"我可以短暂地把手拿出来,你趁机将糕点挂到我臂弯里,我再把手塞回去。"

苏持淡淡回绝:"不麻烦了,我拿。"

回到家已经九点,两人刚进门,苏纪佟和于歆妍就闻声而来,异口同声道:"老大跟小意回来了?"

苏持"嗯"了一声,一手撑着墙换鞋。

"回来了!"苏徊意也在他跟前换鞋,抬头时一只脚没站稳,整个人向后一仰。

"哎哎!"苏纪佟夫妇齐齐叫出声。

苏持一伸手,将人拉住。

苏纪佟欣慰地拊掌,道:"好好,兄弟就要相互扶持!"

苏持:"……"

苏徊意站稳了,也跟着拊掌,道:"对对,兄弟之间就要互帮互助！"

他仰头道："谢谢大哥，你的臂弯就是我战略后仰的港湾。"

苏持："……"

两人换过鞋走进客厅，桌上放着两个包裹。于歆妍说："小意，这是你的包裹吧，我看上面买家那里签的是你的名字。"

苏徆意"哒哒哒"跑过去，把包裹捧到苏纪佟夫妇跟前，道："这是送给爸爸妈妈的新年礼物！"

"哎呀！"夫妻俩惊喜地接过来，"怎么还有礼物？"

他们将包裹放在桌上拆了包装，精致的玉制工艺品在灯光下莹润流光。苏徆意解释："是我用自己赚的钱买的，我的一点小心意。"

"你还自己赚钱啦？"

苏徆意腼腆地道："和朋友一起做的小生意……"

站在一旁的苏持朝苏徆意看过去。

"哇，小意有心了。"苏纪佟和于歆妍很感动。

苏徆意感受到苏持的目光，又匀了一半功劳给他大哥，道："是今天大哥陪着我一起挑的！"

苏纪佟和于歆妍惊叹道："哇哇，老大也辛苦了。"

客厅里的气氛其乐融融，充满了欢声笑语，明亮的灯光映得满室温馨。在这如同暖阳普照的氛围中，苏徆意忽然察觉到一道视线。

他转过头，正对上楼梯口的苏简辰。

苏简辰像只橘猫，半隐在楼梯口后，明明是在暗中观察，目光却如有实质。

苏徆意："……"

圣诞节一过便临近元旦，苏家人也准备动身去南边过冬。

过冬的地点在滇省一个地级市，那里阳光充足、气候宜人，很适合度假养老。苏家在那里置了套宅院，每年冬天都要过去。

苏珽在元旦前一天放假，到时候直接从学校走。他的行李大多数在家里，他就打了个视频电话给苏徊意让其帮忙整理。

苏徊意还是第一次进苏珽的房间，跟他想象中的很不一样——苏珽看上去爱玩，房间里却放了很多书，还有一个书架专门用来存放各类模型。

苏珽见他的眼神钉在模型上面，隔着手机屏幕悠悠道："弟弟要是喜欢，等放假了三哥带着你拼一个。"

"好的呀——"苏徊意的语调随着他挪开的视线而缓慢拖长。

从衣柜收拾到书柜，苏珽要带的东西很杂，苏徊意收拾了二十分钟还没弄完。

中途苏持进来，抱着手臂靠在一边。

苏珽在视频里指引着苏徊意收拾东西，苏徊意一个转身，正好露出身后的苏持。

苏珽狭长的眼睛眯了眯。

待苏徊意收拾了东西再转过来，苏珽开口道："床底下有个小箱子，里面的药盒你帮我拿一个。"

苏徊意就弯腰去拿，等他拿完起身，苏珽笑眯眯地说："再拿一个。"

他又弯腰拿了一个。

苏珽道："再拿一个。"

苏徊意狐疑道："三哥，你卡带了？"他正弯下腰，胳膊忽然被拉住。

苏持从后面将他一把捞起拉到一边，另一只手拿过手机。苏持垂眼看向视频里的苏珽，语调不急不缓地道："老三，还要拿什么，你说。"

苏珽："……"

305

有了苏持的顶替，行李在五分钟之内快速收拾完。明天还要坐飞机，他们挂了视频电话便回房早早休息。

第二天上午，飞机在清冷的空气中升上高空。

苏徊意坐在苏持旁边，起飞那一瞬，一双手伸过来按住了他。

他在轰鸣震动中转头，苏持仰头靠在椅背上，侧脸棱角分明，眼睫轻阖着。

询问的话到了嘴边，苏徊意又闭上眼靠回去。

他大哥应该是累了吧。

两地相隔不远，落地后几人乘车抵达宅院，时间刚到中午。

苏纪佟开门叫几人进去，随后道："把行李放好，我们中午出去吃。"

他们这次来带了林司机、吴妈和两个用人，苏琁的行李由林司机拿着，苏家人一起往庭院里走。

当地的气温在十度以上，庭院里还能看见点绿意。

苏徊意伸着脖子看了一眼，这边宅院的结构跟他们的主宅相似，一共三层，卧室阳台左右对开。

只不过这边的阳台好像是连通的，两个卧室共用一个大阳台。

苏徊意提着行李走在后面，他还不知道自己的房间在哪儿，只能等其他人先进去，再在剩下的房间里找自己的。

苏纪佟走在前面，道："小林，老三的房间你记得吧？别放错了。"

苏徊意暗中竖起耳朵。

林司机说："我记得，跟主宅一样，二楼左手靠里的那间。"

跟主宅一样，看来自己的房间也还是右手靠里那间了。

几人各自提着行李进了房间。

苏徊意推门进去的瞬间，尘封的气味扑面而来。他把行李放在门边,走到阳台推开了玻璃门。

"哗啦。"几乎是同时,阳台另一头响起了同样的声音。

苏徊意探了个脑袋出去,正好看见苏持走到阳台上。他叫了一声:"大哥!"

苏持侧头看向他,接着朝他走过去,三两步走到了门框前。

苏徊意觉得这种连通的结构很新鲜,他侧过身发出邀请:"大哥,请君入瓮。"

苏持:"……"

苏持走进去,伸手拎住他的后领。

苏徊意缩起脖子,问:"大哥,你干吗?"

苏持回敬他一句:"瓮中捉鳖。"

两人相互用成语交锋了会儿,还记得要出门吃午饭便休战。这边气温高,苏徊意来时穿的羽绒服、戴的围巾都用不上,他低头把羽绒服拉开,拉到一半衣服拉链绞住了围巾。

他不敢暴力破解,身上的衣物都不便宜:"大哥,这个绞在一起了,你帮我弄弄。"

苏持走上前扣住了他的拉链,骨节分明的手指轻拽着围巾,试着一点点地拉出来,说:"我该交点学费给你。"

直觉告诉苏徊意,苏持又要嘲讽他,但他还是忍不住问:"为什么?"

"不然对不起你给我出的这么多难题。"

苏徊意:"……"

围巾被拉出来,拉链顺滑地刺溜一下拉开。苏徊意立马抛下了刚刚的口舌之争,出言夸赞:"大哥你可真会宽衣解带。"

苏持还拽着他的拉链,闻言抬眼望过去,手上拽了拽,道:"你再乱用成语试试?"

苏纪佟的声音从楼梯口传来:"老大、老二、小意,还没收

307

拾好？"

苏持松开了他的拉链，抬步走向门口。苏徊意将外套脱了放在床上，只穿了件毛衣跟上去。

卧室门推开，斜对门的苏简辰也正好出来。他看见从同一个房间里出来的两兄弟，目光如炬，问："你们怎么一起从房间里出来？"

苏徊意开口要解释，身旁的苏持淡淡道："不然从哪里出来？从烟囱里出来？"

苏简辰："……"

苏徊意缓缓合上了嘴。

三人前后下了楼，苏纪佟和于歆妍已经等在走道里。苏纪佟都打算好了，道："我们去吃上次那家汽锅鸡，他家的菌菇煲也很鲜。"

于歆妍说："老三估计得下午三点到，我们吃完饭先回来休息会儿，等老三到了再出去逛。"

吃汽锅鸡的地方离宅院不远，坐车十分钟就到了。

入店是个中式小庭院，两旁是浅池廊桥，水声清冽。木窗用纸糊上，隐隐透出橘色的灯光。

五人要了个包间坐下，苏纪佟点完大菜，又把菜单传了一圈让他们添几道小菜。

菜单从苏简辰手里传到苏持手里。苏徊意扒着苏持的胳膊，眼神粘在菜单上面，道："我想吃烤豆腐，还有炒米粉！"

苏持侧头看他，道："你就不能吃点养生的？"

苏徊意道："人生就要追求快乐。"

苏持语气淡淡道："这样下去只会陨落。"

话虽然这么说，烤豆腐和炒米粉还是被打上了勾，苏持按照家里人的口味又选了几道菜，才将菜单递给服务员。

不一会儿，菜端上桌，汽锅鸡"咕噜噜"冒着热气，鲜香的气味弥散在整个包间。

于歆妍叫苏纪佟给她盛汤，道："先放在碗里凉一会儿，吃完饭正好可以喝。"

苏纪佟给她和自己盛完，把勺子放回锅里，道："你们几个要喝汤就自己盛啊。"

"好。"苏持挽起袖口端着碗去盛。

苏徊意捧着自己的碗眼巴巴地瞅着，等他大哥盛完，他也想要盛。

一碗汤盛完"咚"地放在了他跟前，接着他手里的空碗被拿走，苏持开始盛第二碗。

苏徊意盯着面前的汤还没回神，问："给我的？"

"不然呢，放你跟前占座的？"

"哇，谢谢大哥。"

苏持盛完第二碗就把勺柄对着另一头视线灼热的苏简辰，道："老二，你要喝就自己盛。"

苏简辰："……"

一顿饭快结束时，苏纪佟看了眼时间，道："快两点了，老三估计也快到了，我让小林去接他。"

于歆妍说了声"好"，又道："说不定我们刚回去他就到了。今天大家坐了这么久飞机都累了，回去就休息会儿，晚上吃完饭再出去溜达。"

苏徊意把脸埋在碗里喝汤，从碗沿上露出两只眼睛，滴溜溜地转。附近他都没逛过，他现在哪儿都想去。

他从碗里抬起头，问："那明天去哪里呢？"

苏纪佟说："明天去你们刘叔叔家里坐坐。两家的交情摆在那儿，来了总得跟人打声招呼。"

刘叔叔是谁？苏徊意一脸茫然。

苏家人吃完饭回到宅院，刚好看见大门开着，林司机将车停在一旁。

"是老三回来了吧？"于歆妍加快脚步。

一行人进屋上了楼，苏珽的房门开着，里面传来收拾行李的动静。

于歆妍走到门口，喊道："老三。"

苏珽正背对着房门弯腰收拾行李，闻言转过身，风衣掀起一角，他拨开刘海，眉眼弯弯地道："老妈，老爸。"

苏纪佟打量他几眼，确认他的状态，道："路上辛苦了，吃过饭了没？"

苏珽回答吃过了。苏纪佟就让他好好休息，说完和于歆妍上了楼。

苏徊意扒着门框看着苏珽，问："三哥，我没给你装漏什么东西吧？"

"没有哦，弟弟这么懂三哥，怎么会装漏呢？"

"那就好。"苏徊意没走，心里惦记着苏珽说的模型。

他不走，苏持也站在他身后没动。苏简辰本来想回房间睡觉了，看见三兄弟都在，就也定在原地。

一时间，苏珽的房门被围了起来。

苏珽微微眯眼，问："大哥、二哥，你们堵着我房门干什么？"

苏持说："不做什么。"

苏徊意回头，道："对啊，大哥你们在这里站着做什么？"

苏持问他："那你呢？"

苏珽的语气有点欠扁："弟弟当然是有悄悄话想要单独和我说了。"

苏持抬眼望过去，目光不加掩饰。

苏珽被看得一愣，隔了两秒回过神，又恢复如常，懒懒摆手把几人赶出去，道："行了行了，回去吧。不管你们有什么思念之情要跟我表达都等晚上再说，现在我要睡了。"

几人被一齐赶出去，门也"咔嗒"一声被关上。

房间内重归清静。

苏徊意被赶走，心不在焉地飘回了自己的房间。

卧室门关上，他打开行李箱准备收拾东西，阳台门被"咚咚"敲了两下。

苏持站在门外，高大的身躯挡住了一半光线，透出几分威压。

"大哥，门又没关，你直接进来就好了。"

"进屋前敲门是礼节问题。"苏持长腿一迈跨进去，"在收拾东西了？"

"嗯。"苏徊意带的东西很杂，他还是没完全改掉之前的习惯，什么都想带着，"你收拾完了吗？"

"还没有。"

"哦。"

他正想问苏持是来干吗的，就见对方弯下腰，帮他把行李箱里的衣服拿出来一件件挂在了衣柜里。

苏徊意看得一愣一愣的，他大哥过来就是帮他收拾衣服的？

他思索无果，干脆不再思索，从容地接受了。

有了苏持的帮忙，行李很快收拾了大半。

苏徊意收拾着自己的日用品，苏持帮他把长裤叠好，见行李箱里还剩几条底裤，道："剩下的你自己收拾。"

"好的呀。"他想起去南港的时候苏持连底裤都帮他捡了。

只不过那时候他生着病，现在活蹦乱跳的，是该自己收。

苏徊意自己叠裤子的时候，苏持就在一旁站着。等他叠完了，苏持忽然开口："你找老三有事？"

苏徊意说："也没什么事。"只是想玩模型。

苏持看了他两眼，道："你睡会儿吧。"苏持说完就转身从阳台回了房间。

苏家人休息了一下午，到傍晚又变得精神满满，准备开车出门吃晚饭。他们在这边基本是全家一起出行，就买的加长车。

林司机在驾驶座上开车，苏徊意坐在最后一排靠着窗的位置，天边晕染了一片金黄瑰红的霞光，他贴在车窗上，宛如一条热带鱼在欣赏夕阳。

金红的余晖映着他的脸，给细长的睫毛镀了层金，瞳底是柔软的浅茶色，由于才睡醒，眼角有被揉过的红印。

苏持瞥他一眼，道："你像是糖醋的。"

苏徊意转头，一片金光穿过车窗落在苏持雕刻般的侧脸上，他投桃报李般道："大哥像是铁板烧的。"

前排的苏珽："……"

很快到了吃饭的地方，苏家人中午吃得晚，除了苏徊意和只吃了飞机餐的苏珽，其他人吃个八分饱就纷纷停筷。

餐桌上只剩下两双筷子在挥舞。

苏徊意埋头吃得正香，苏珽忽然靠过去，用其他人都能听到的音量说悄悄话："弟弟，其实三哥已经吃饱了，是为了陪你才接着吃的。"

苏徊意很感动："三哥真好。"

苏持这时道："你的烤饵块被他夹走了两片。"

苏徊意瞬间停止了感动。

一双筷子伸进盘子里，夹了两块肉放到他碗中。苏持用修长的手指握着筷子，道："吃吧。"

他心中有了比较,道:"还是大哥更好一点。"

苏琏:"……"

对面的苏纪佟和于歆妍慈爱地看着这兄友弟恭的画面。

三兄弟都拿起了筷子,苏简辰坐不住了,他重新拿起碗边的筷子,但他又吃不下,迟疑了两秒,他夹了块豆腐放进苏琏碗里。

他用苏持的语调轻声道:"吃吧。"

苏持、苏徊意:"……"

苏琏看他的眼神像是见了鬼。

吃饭的地点在古街边上,一家人吃完出来已是八点。

天色是纯净的墨蓝,底下的长街明灯盏盏,橘色的光点延伸向天边,石墙青瓦古韵悠长。

古街的夜市热闹喧腾,不仅卖小吃,还卖一些艺玩纪念品。苏徊意买了个吊坠给苏持,对方垂眼看着吊坠,问:"催眠用的?"

"不,这是有寓意的——大哥就是'坠'厉害的!"

苏持:"……"

苏琏凑过来,问:"弟弟,我的呢?"

一枚纪念币落在他手心,币面粗糙古旧,模糊了远近的灯光。

苏琏挑眉,道:"谢谢弟弟。"

苏徊意还记得苏简辰的爱好,转头将一只毛茸茸的兔耳朵塞进他手中,道:"二哥。"

苏简辰面色涨红,仿佛烫手,忙道:"谁说我喜欢这个了!"

苏徊意的眼神挪向苏持,苏持丝毫不心虚地道:"你可以退回去。"

硬币在空中翻转、起落,苏琏玩得起劲,接过话:"那就只有你没礼物了。"

苏简辰沉默了片刻,在羞耻跟合群之间选择了后者。

一行人回到家里接近十点半，第二天就是元旦。苏家人守岁都在除夕，今天就没准备一起熬夜跨年。

　　苏纪佟上楼前叮嘱几兄弟："明天要去拜访你们刘叔叔，别起太晚。"

　　苏徊意跟着应了一声，回房间洗漱泡澡。

　　再出来已经是一个小时之后，他走到窗边拉窗帘时隐隐听见外面有烟花爆竹声响，于是推门出去。冷风扑面，远近的烟炮声更加清晰。

　　砰、砰！头顶的夜空中绽开一朵朵烟花，将黑夜映得如同白昼一般。

　　街那头还有人点燃了仙女棒，一簇簇金色的火花带起一团白烟在黑暗中晃动。

　　苏徊意扒在阳台上往下瞅，隔壁阳台门"哗啦"一声被推开，苏持走出来，问："在看烟花？"

　　苏徊意转头看见苏持，道："我又想起上次我们在观景塔看过的烟花了。大哥，你喜欢哪一次的？"

　　苏持走到他旁边，道："都一样。"

　　苏徊意笑出声，道："怎么会一样？你好敷衍。"

　　苏持就没再说话，微凉的夜色中只有头顶烟火绽开的声音和远处模糊的嘈杂人声。

　　距离零点还有半分钟的时候，远处的人群忽然激动起来，随着零点临近，计时的声音越发统一壮大。

　　苏徊意也跟着激动起来，凑近苏持，道："大哥大哥大哥，我们要跨年了！"

　　苏持被他挤了一下，依旧身形不动。

　　远处的人群集体倒计时，喊道："五、四、三、二、一，零——"最后一声落下，远处瞬间掀起一片巨大的欢庆声浪。

苏徊意正蹦跶着,忽然听到苏持的声音:"新年快乐。"

远处的喧闹还在继续,苏徊意愣了一下抬起头,苏持垂头看着他,两人隔了有一尺。

"大哥新年快乐。"苏徊意送完祝福又摸了摸自己头顶,"我刚刚是不是撞到你了?"

苏持的侧脸映着忽明忽暗的烟花,他道:"差一点。"

苏徊意羞赧地冲对方一笑,道:"难怪我觉得头皮一热。"

一只手给他搓了搓,手的主人道:"那可能是要秃了。"

苏徊意:"……"

已经跨过了零点,明天还要出门访友,苏持让他回去睡觉:"明天八点之前要起床,别睡过了。"

苏徊意应下:"大哥晚安。"

"晚安。"

第二天苏徊意醒来时接近八点,他刚睁眼,就听到阳台门传来"咚咚"两声。他侧头看过去,见穿戴整齐的苏持站在门外。

"起床了。"苏持隔着玻璃门叫他。

苏徊意从被窝里伸出手挥了挥,衣袖滑到胳肢窝里,他又缩了回去。

苏持站了两秒,随即转身离开。

等苏徊意换过衣服洗漱完下楼,其他人都已经坐在餐桌边了,他问了声早安便坐到苏持旁边,接着牛奶和早点被推到他面前。

"谢谢大哥。"

于歆妍见状笑笑,道:"老大现在也会照顾人了。"

苏持垂眼吃着早餐,道:"日行一善。"

吃过早饭,一家人坐车出门,私家车穿过大半个城市,而后缓缓驶入郊野的盘山路。

过了十来分钟，车停在半山腰的一处宅院前，几人刚下车，一对中年夫妻就出现在门口，男人体型微胖、女人身材高挑，一头长发盘在脑后。

"老苏、嫂子，可把你们盼来了。老苏，你身体康复没？"

"贺成，弟妹。"苏纪佟跟刘贺成搭了搭背，"现在没事了，慢慢养。"

刘贺成看向他身后几兄弟，道："那就好，你是有福气的，几个儿子个个人中龙凤、出类拔萃。"

苏纪佟哈哈大笑，一行人随着刘贺成走进院子。

苏徊意远远地跟在后面，小声道："大哥，我们要在这里待多久？"

"待到下午。"

"那我们中午要在这里蹭吃蹭喝。"

"……"苏持看了他一眼，对他的措辞不再加以评判。

几人一路跟着进了屋里，还没到客厅就看见一个高挑又干练的女孩迎了出来，只听她道："苏伯伯，于伯母！"

于歆妍笑着应了声："钦凌越来越漂亮了。"

刘钦凌大方地笑笑，又同兄弟几人打过招呼，到苏徊意时也问了声好："徊意弟弟。"

苏徊意斟酌了一下称呼，道："钦凌姐。"

刘钦凌扬了扬细眉，道："哟，不叫我'凌凌姐姐了'？"

那两个"凌凌"还是非常标准的后鼻音，苏徊意深吸了一口气，心想：原角色是这么叫的？

他顿了两秒，腼腆地道："我已经是个成熟的大人了。"

刘钦凌："……"

刘贺成领着众人进了客厅落座，用人端上茶水糕点，他们几人便开始寒暄。

客厅里播放着优雅的轻音乐,苏徊意缩在最外侧喝茶吃糕点,神色惬意得仿佛是混进来参加沙龙的。

茶几对面的刘钦凌抬眼看了他好几次。

苏徊意吃完一碟又要去拿下一碟,身侧传来苏持的声音:"你还吃不吃午饭了?"

他顿时受到启发,换了开胃的酸角糕来吃。

苏持:"……"

两家人在客厅里坐了会儿,刘贺成便摆手叫刘钦凌带人去后花园,道:"我们聊我们的,你们几个孩子自己玩。"

"行。"刘钦凌起身领着苏徊意几人绕过侧厅去往后花园。

花园里建了个阳光花房,里面摆了张长桌,能坐下六人。

苏徊意跟着落座后,又有用人送来了茶水糕点,刘钦凌朝他推过去,道:"喏,徊意弟弟,你喜欢的。"

"谢谢钦凌姐。"苏徊意正要去拿,旁边伸出一只手按住了他。

苏持脸色一沉,道:"知道自己'脆皮'还敢胡吃海塞?"

苏徊意:"……"

苏珽欠扁地拿了一块吃掉,道:"没关系啊,我帮弟弟吃。"

苏简辰不甘落后地送上安慰:"多喝热水。"

苏徊意目光哀怨。

刘钦凌的视线在几人之间来回转了一圈,她略感诧异,她记得上次见面时这四兄弟的关系可没这么亲近。

苏家和刘家每年都会聚一次,刘钦凌跟几兄弟也不陌生。她开朗健谈,这会儿转头问起苏珽的学业:"才从首都放假回来吧,你还要读几年?"

"看我心情。"

"就羡慕你这随意的心态。"

刘钦凌跟苏珽、苏简辰聊了会儿天,其间她看到苏家大哥跟老幺时不时凑到一起说几句。

她甚至看到苏徊意的头发戳到了苏持脸上，后者不但没生气，还娴熟地伸手给那撮头发转了个朝向。

刘钦凌："……"她可能出现了幻觉。

苏持收回手后轻声威胁："再戳，我就给你拔了。"

苏徊意争辩道："是你揠苗助长它才变得这么长的，你怎么能钓鱼执法呢？"

苏持纠正他："这叫成也萧何，败也萧何。"

刘钦凌："……"不是幻觉，是相声。

临近中午用人来通知他们吃饭，几人一同去洗手，苏持站在旁边等三个弟弟洗完后又对刘钦凌说："你先吧。"

苏琏已经拐带着闻香而动的苏徊意走了，苏简辰紧随其后。

刘钦凌没客气，打开水龙头边洗边感叹："这次见到徊意弟弟感觉他变化挺大的，人也开朗了，你们的关系也更好了。"

苏持立在旁边，垂眼沉默了几秒，道："之前他学业压力大，现在毕业回家了，是会有些变化。"

刘钦凌让出洗手池，在一旁若有所思地道："有道理，好多小孩就是上学的时候跟家人有矛盾，毕业了就亲近了。"

苏持洗完手擦了擦，道："走吧。"

一顿久违的两家聚餐直到下午两点才结束。

苏徊意对不停给他夹菜的刘钦凌的好感大幅上升，两家临别前他还跟刘钦凌加了微信，而后道："谢谢钦凌姐今天的照顾。"

刘钦凌豪爽地道："下次再带你去吃好吃的！"

苏持说："你下次别给他夹这么多菜，你夹多少，他就能吃多少。"

"……"刘钦凌觉得苏家大哥的变化也挺大的，这人之前跟自己说话可都是客客套套的。

　　目送苏家的车从宅院门口驶离后,刘钦凌没忍住轻轻感叹了一声。

　　苏家大哥是个弟控吧!

第十三章

　　苏家人回去后便没再出门，待在家里休息。

　　苏徊意跟着苏琎去他房间里玩模型，中途苏持敲门进来问他们在干什么，苏徊意举了举手里还未成型的舰艇，说："我们在做一颗赛艇！"

　　苏琎抬眼对上他大哥的目光，顿觉自己才是"一颗赛琎"。

　　苏持离开后，苏琎揪住那撮无知无畏的头发，道："弟弟，你要是再坑三哥，三哥可就救不了你了。"

　　苏徊意感觉他几个哥哥倒打一耙的本事可能是一脉相承的，道："三哥不坑我就不错了。"

　　苏琎欣然接受了这个说法，说："这倒也是呢。"

　　两人拼模型一直拼到饭点。

　　今天是元旦，吴妈就在家里煮了年糕水饺，苏家人热腾腾地吃完，苏纪佟提议出门转转，苏徊意和苏琎摇头，道："我们的赛艇还没拼完。"

　　苏纪佟问："老大老二呢？"

　　苏持也说不去，苏简辰立马附和，最后只有苏纪佟夫妇出门溜达了一圈。

　　四兄弟待在苏琎房间里，一起拼到八点才各自回了房间。

苏徊意洗完澡收拾过后躺在床上，翻来覆去好一阵仍觉得胃有点撑。他白天吃得多，晚上吃的年糕又不好消化，还没出门运动，现在反应就出来了。

他在家里找了一圈助消化的药，搜寻无果后溜去了苏持的房间外面。卧室里的光从窗帘缝间透出来，里面的人还没睡。

苏徊意试探地叫了一声："大哥。"

过了几秒，阳台门"哗啦"一声被推开，苏持站在门口，问："怎么了？"

他摸着肚子，道："我吃多了。"

苏持把他拉进来，面无表情地道："这个事实我早在白天就告诉过你了。"

苏徊意反省道："我错了，是我太没有自制力。"

苏持冷笑道："然后知错就改，改了再犯？"

苏徊意举起手向他保证："我一定对我的错误斩草除根、雁过拔毛……"

苏持太阳穴直跳，不欲去纠结对方对成语浮于表面的理解。他拉着人走到床边，道："靠好，我给你按一下。"

苏徊意立马受宠若惊地靠上靠枕，摊开肚皮。

接着，一只手覆盖了上来，顺时针按揉了几下，苏持问："这样不难受吧？"

"不难受。"苏徊意夸他，"暖暖的，很贴心。"

"我是三九感冒灵？"

按在肚子上的力道不轻不重，缓解了胃里的不适感。卧室里只开了床头灯，苏持的身躯将灯光遮挡了一半，昏黄的光线下，苏徊意的困意涌了上来。

"大哥，你可能真的是感冒灵，我都被搓困了。"

放在苏徊意肚子上的手顿了顿，苏持放缓呼吸，道："待会儿回自己房间里再睡。"

苏徊意也觉得鸠占鹊巢还占得这么闲适不太好,他强行撑开眼皮说了声"好"。

静谧的房间里,两人没再说话。

苏徊意撑开眼看向苏持,对方半张俊脸隐在昏暗的光影里,薄唇微抿,神色专注。

他在这一刻真切地感受到了苏持是怎样完美的一个人。

微光在苏持高挺的鼻梁侧面落下一块阴影,苏徊意看了他一会儿,他若有所感地抬眼,问:"你看着我做什么?"

"大哥是个好……"

"苏徊意!"苏持的手不动了,"别把攒给聂亦鹄的东西往我这儿送。"

"……"苏徊意换了个说法,"大哥真好。"

苏持轻嗤了一声。

苏持又按了五六分钟,苏徊意靠着床头坐起来一点,苏持问他:"好了?"

"不怎么难受了,辛苦大哥啦。"

苏持坐到床沿,道:"你就口头说说。"

苏徊意赶紧会意地伸手捧起对方的手臂,投桃报李地给他按摩,道:"我也给你捏一捏。"

苏持任由他跟揉面团一样揉着自己的手臂,苏徊意还在问:"舒服吗,大哥?我这个手法,以后是不是能开店了?"

"嗯,你的包子店一定生意兴隆。"

"……"苏徊意怀揣着一颗感恩的心不同对方争执。

揉了几分钟,苏持看手臂上的指甲印又添了几个,就起身把人赶回去睡觉。苏徊意踏出阳台门时回头摆摆手,道:"大哥,晚安。"

苏持扶着门框，道："晚安。"

回去之后，苏彻意翻来覆去到凌晨才迷迷糊糊地睡着，第二天，他起床下楼时，苏纪佟和于歆妍已经吃完了早饭。

吴妈正重新将早餐摆在桌上，苏彻意打了个招呼："爸爸妈妈早。"

"小意起来了。"苏纪佟一副炫耀之姿，"我和你们妈妈七点就起了，在外面溜达了一圈才回来吃早饭。"

苏彻意感叹："哇，精神真好。"

于歆妍捧着脸叹气，又道："唉，不是精神好，是人越老睡得就越少。"

苏彻意安慰她："爸爸妈妈明明还生龙活虎。"

旁边吃饭的苏持抬头看了他一眼，苏彻意紧张地道："我又说错了？"

苏纪佟道："没说错，就是夸张了点，我们受之有愧。"

桌上放了一锅小米粥，吴妈给苏彻意摆上早餐，苏持对他说："养胃的，你多喝点。"

于歆妍问："小意肠胃不消化？去厨房冲杯蜂蜜水喝，我跟你们爸爸早上也喝了一杯。"

"好。"苏彻意转头去厨房冲蜂蜜水，他冲完自己的又想起苏持。大概是昨晚苏持给他揉肚子的那个场景让他感触太深，他觉得自己也该多体贴人。

他就给苏持也冲了一杯，端到餐厅后递到苏持面前，道："大哥也喝。"

苏持接过来，道："这么难得。"

"以后会经常有的。"

苏珽跟苏简辰这时正好下楼走进餐厅，苏珽微微仰着头，看

323

了一眼桌面，问："弟弟，怎么没有三哥的呢？"

苏徊意说："那我也给三哥冲一杯。"

虽然大哥对他最好，但他还是要一碗水端平，差别对待不要那么明显，免得再来一次"二桃杀三士"。

他问："二哥要吗？"

苏简辰一口气提到喉咙眼，又矜持地"嗯"了一声，看上去十分勉为其难。

苏徊意揣度苏简辰的神色，道："二哥实在不想喝就算了，不用勉强。"

苏简辰立即大声道："谁说我勉强了！"

早餐后没有别的安排，苏持换了衣服要出门，然后被从阳台上探头的苏徊意像个精灵球似的顺利捕捉。

"大哥，哪里去！"

苏持拢好外套，微微蹙眉道："不要用打白骨精的语调念这句台词。"

苏徊意向他大哥道了个歉，扒在阳台门口，探头问道："那大哥你是要去哪里？"

"你昨天不是没找到消食药吗，我待会儿出门去药店把常用的都买一点。"

一颗"汤圆""啪"一下粘了上去："我和你一起！"

药店离他们住的地方不远，步行过去只要二十来分钟。于歆妍在厨房跟吴妈研究甜品，转头看见兄弟两人出门，嘱咐道："老大你们多走走再回来，小意不消化就是运动少了。"

苏徊意纠正道："是吃多了。"

"……"于歆妍从善如流，"吃多了加运动少了。"

苏持把人拎走，道："你哪儿来的荣誉感？"

苏徊意羞赧地垂头。

上午的太阳刚从古朴高大的建筑群后冒出头，半隐在轻软的云层里，浅金色的光辉铺满了整条街道。

苏徊意和苏持并排朝外面走。

出门是一段上坡路，走出一千多米苏徊意有点喘，苏持停下来，问："你的体力怎么差成这样？"

苏徊意也不是底子差，他是好久没进行系统的锻炼了，这段上坡路有点陡，平时都是开车出门。

"是大哥的体力太好了。"

"你又知道了？"

"我就是知道。"他大哥最厉害！

苏持不置可否，等再抬步时放慢了速度。

半个小时后，他们到达最近的一家药店。苏徊意跟着苏持进了门，扑面而来一股药材的味道，他还蛮喜欢这个味道的，像个鼓风机似的呼呼吸气。

前来指引的店员奇怪地看了他一眼，接着问苏持："先生有什么需要？"

苏持说："不用，我自己找。"

店员离开后，苏徊意"呼呼呼"地凑过去，问："为什么不用，这么多药你都找得到？"

"我怕她在旁边影响你鼓风。"

"……"苏徊意感激地道，"大哥有心了。"

苏持轻车熟路地穿过货架挑了几盒常用的药拿在手里，其中还有两盒晕车药，结账时苏徊意问他买晕车药做什么。

苏持掏出卡递给店员，道："明后天应该要去麓山湖，每年不都是这样。"随后他往身旁瞥过去，"你忘了？"

苏徊意赶紧找补："今年来这里的日期跟往年不一样，我不确定。"

苏持提着袋子往外走,道:"回去吧。"

苏徆意赶忙跟上去,在心底提醒自己之后要谨言慎行。

在之后第三天,苏家果然动身去了麓山湖。

临行前,兔兔背包重出江湖。苏徆意看到兔兔背包的时候,整个人都呆住了。

哪里来的背包?家里那个他分明就没带过来,为什么苏家有这么多兔兔背包?简直无孔不入!

苏简辰的目光在两只兔耳朵上定了两秒,随即移开。

一家人坐上私家车,苏徆意依旧和苏持坐在最后一排。背包被扔在了前排供两位兄长把玩,苏徆意靠在椅背上,吃了两颗晕车药。

一会儿有段山路,这身体太"脆皮",他要以防万一。

私家车开出院门,驶入门前那段上坡路,朝着麓山湖的方向驶去。

金色的晨光落入车厢,今天会是个好天气。

麓山湖位于滇省与外省交界处,湖岸线优美绵长,三面环山,林木秀茂;湖水晶蓝清澈,湖面偶有微波。

景区里还有"情人湾""悬璧崖""许愿林"等热门景点。正逢节假日客流量大,苏家早上出门,直到下午才到达景区外面。

午后的阳光落满水泥路面,映出一片亮眼的日光。

于歆妍戴了墨镜、遮阳帽,身着白色长裙,显得身段优雅而有韵味。

"小意,一会儿妈妈照相的时候,你帮妈妈拿一下墨镜。"

麓山湖的风景适合拍照,里面还有个"情人湾"。从那旁边的拍摄台看去，三面环绕的山林会将湖湾圈成一个爱心，许多情侣都会在那里合影留念。

苏徊意很理解他爸爸妈妈的小情趣，道："好的呀。"

一家人从景区入口进去后，便混入了熙熙攘攘的人潮。苏纪佟揽着于歆妍的肩，于歆妍感动得想要靠在他肩头，脑袋一偏，太阳帽檐差点喂进苏纪佟的嘴里。

于歆妍瞬间笑得花枝乱颤。

身后四兄弟："……"

苏简辰神色复杂地同几兄弟道："爸妈是怎么走到一起的，靠戳一戳？"

那句"戳一戳"成功戳到了苏徊意的笑点，他在人群中笑成振动模式，头顶翘起来的头发在苏持脸上戳来戳去。

苏持垂眼，无语。

旁观的苏珽对于他二哥的合群有了新的认识：有心栽花花不开，无心插柳柳成荫。

几人跟随着旅客一路走到湖岸，大半的麓山湖便映入眼帘——纯粹的蓝沉淀着头顶一方苍空白云，沿岸倒映着青黄延绵的山林。

苏徊意拖着比山脉还绵长的语调"哇"了一声，然后被苏简辰截断："你又不是没看过。"

苏徊意的声音戛然而止，他缓缓收拢嘴，就着"哇"声的余韵道："啊，还是跟往年一样美。"

头顶隐约落下一声短促的气音。

苏徊意抬头，苏持弧度完美的下颚线绷得紧紧的。他狐疑道："大哥，你刚刚是不是在笑？"

苏持垂头看他，问："笑什么？笑你不长记性？"

苏徊意无可辩驳，他是真的不长记性。

从麓山湖进入传说中的"情人湾"只要二十来分钟。苏家每年过来，于歆妍和苏纪佟都会在这里拍一张合影。

待前面的游客拍完，苏持站在拍摄台上给两人照相，苏徊意帮于歆妍拿着帽子和墨镜等在一边。于歆妍歪头靠在苏纪佟肩上，两人从背后揽着彼此的腰，姿态亲密默契，一看就是老夫老妻。

苏徊意忽然有点感动。

背后环绕的群山和澄净的湖泊亘古不变，年复一年地见证了苏纪佟夫妇同样从未变质过的感情。

苏持给父母照完，转头走到苏徊意跟前，顿了两秒，问："怎么了？"

老二、老三正凑在苏纪佟夫妇跟前欣赏刚刚拍的照片，苏持高大的身躯立在他面前，隔绝了其他人的视线。

苏徊意屏住呼吸，把泪花憋回去，道："今天也在为绝美爱情而落泪。"

苏持："……"

于歆妍拍完又戴回了墨镜和帽子防晒，道："这里风景这么好，又不是非要情侣才能留影，你们要拍照的就去拍。"

苏简辰对拍照兴趣不大，道："我不用了。"

苏徊意蠢蠢欲动，旁边的苏珽瞄了他一眼，道："弟弟要不要和三哥在这里拍一张？"

"老三。"沉冷的声线截断了苏珽的提议。

苏珽在苏持的注视下，只短短几秒就经历了"蹦迪，从入门到放弃"的全过程。

苏珽拉着苏老二溜走时道："弟弟，我今天长得不上相，就不拍了。"

苏徊意觉得他三哥这借口堪比"手机没油"。

他转头同苏持道："什么叫'今天长得不上相'？三哥还能

一天一个样?"

苏持淡淡道:"不用管他,他是木之本斑。"

苏徊意:"……"

两人又在原地站了会儿,苏徊意望着"情人湾",还是想去照一张。

苏持的声音响起:"想去拍照?"

"嗯。"

"走吧,我找人给我们拍一张。"

直到被拉到湖泊前面,苏徊意还没回过神,对面拿着手机的小姑娘已经在招呼了:"你们摆一下造型啊,我说三二一就拍了!"

苏持揽上他的肩,低声道:"看镜头。"

苏徊意拉回了乱飞的思绪,朝苏持微微歪头,调整成一个"大哥,可靠"的姿势。

咔嚓,照片落入相机。

两人谢过小姑娘,苏徊意凑上去看了看照片:蓝天白云,青山碧湖,照片里的两人都身姿修长、长相出众,显得很亲近。

苏徊意还是挺满意的,道:"大哥,你看我们真是一对神仙兄弟。"

"走吧。"苏持收了手机走在前面,苏徊意开开心心地跟上。

苏纪佟他们已经在湖湾边上的凉亭里歇下了,苏徊意背着背包一路"哐啷哐啷"地跟过去。

苏持转头,目光落在鼓鼓囊囊的背包上,而后伸出手道:"你的重力势能要不要转移给我?"

苏徊意说可以用别的方式,又道:"你要吃零食或者喝水吗?"

"那我喝点水。"

几句话之间两人已经到了凉亭里,苏徊意低头翻着包,苏持怕他又被撞到,便伸手揽在他肩后。

于歆妍看两人进来,问:"老大跟小意去哪里了,怎么现在才过来?"

总不能是去照相了吧?他家大儿子除了拍全家福以外就没在外面照过相,比老二的照片还少。

苏徆意掏出一瓶水递给苏持,道:"我跟大哥在湖前面拍了一张照。"

于歆妍:"……"

苏纪佟有些诧异,问:"老大还照相了?"

苏珽抱着胳膊在一旁哼笑,呵呵,他就知道。

苏持平静地"嗯"了一声,顺手接过水来喝。

他的神色过于自然,苏纪佟只诧异了一瞬又想,对啊,这有什么好奇怪的,照相不就是想照就照嘛,说不定是小意拖着老大去照的呢?

"挺好的。老大,你就是照相照得太少了,以后要多照一点,等老了回头看才能有个念想。"

"知道了。"

水给了苏持,苏徆意又怀着"众生平等"的心态询问其他几人吃不吃东西。于歆妍正好渴了,从他包里拿了点水果吃。

苏珽也凑过来拿了点,道:"三哥虽然不饿,但是看弟弟背这么多不容易,就帮你分担一些。"

苏徆意再次感动地道:"三哥真好,谢谢三哥。"

旁边的苏持冷笑一声,而后道:"谢他什么,谢他自己不拎包还要蹭吃蹭喝?"

苏徆意、苏珽:"……"

几人从凉亭出来时,兔兔背包已经空了一半。苏徆意轻松地蹦了蹦,道:"大哥,我的重力势能转化为你们的动能了。"

苏持夸他："今年诺贝尔奖没提名你简直说不过去。"

苏徊意害羞地道："我……我也没这么好。"

从情人湾往里走是悬璧崖，崖下路窄，最多只可容三人并肩通行。

陡峭的崖壁几乎垂直落下，像是被一刀劈断，从下往上看时，还能见到峭崖上支出的遒枝绿叶，但若是以仰视的角度望去，便如同直耸入云的翠墨交杂的璧玉。如此奇景，不得不让人惊叹大自然的鬼斧神工。

苏纪佟在前面拉着于歆妍的手，道："你别走太快，这边人多路窄的。"

"哦，对。"于歆妍转头叮嘱几兄弟，"你们都看着点路。"

六人两两一排，苏徊意跟苏持走在中间。苏简辰闻言上前半步，问："要不要我帮你把兔耳朵抓着，免得被挤摔倒了？"

苏徊意已经笃定他二哥喜欢兔耳朵了，但他善良地没有拆穿并予以配合，只道："二哥你想抓可以抓。"

"什么叫我想抓？我是怕你摔了。"苏简辰说着就要挤上前去并排站着。

苏持和苏简辰的体格都比较高大，苏徊意虽然要瘦一点，但也是个成年男子，狭窄的通道一时容不下三个人。

苏简辰道："大哥，要不你到后面去？我从后面捞他容易踩到他。"

苏持皱着眉看了自己二弟几秒，随即一手抓上兔耳朵，道："不用，我抓着就是。"而后他又悠悠道："反正老二你不是不想抓吗？"

苏简辰："……"

苏简辰被击退回到了原点。

苏徊意间接被苏持拎在手里,暗想他大哥今天不怎么会察言观色——二哥是口是心非!这都看不出来。

他凑上去小声对苏持说:"二哥是想抓兔耳朵的。"

苏持把他拎回去站好,道:"好好走路。"

这一话题就此翻篇。直到一行人走过了悬璧崖,苏持才放开苏徊意的背包。

这一片的湖泊属于麓山湖左岸,往右是开阔的湖面,往左是低矮的山峦,即使是在冬季也有成片的茂林在岸边铺展开。

枝叶间挂满了三色许愿牌,随着穿林风拂过而晃动,红色系带在深翠的林间飘摇蹁跹。

苏徊意他们后面跟了一个小规模旅行团,导游的声音透过扩音器传出方圆十米:"这边就是著名的许愿林,待会儿大家可以从前方登上山神庙求一块许愿牌,再找一处挂上林梢。"

苏徊意循着导游的话往前面探头。

前方一条石阶深入山林,通往上方的山神庙,林梢间隐隐透出红柱青瓦檐。

"我们今年也去许个愿吧?"苏纪佟说,"我觉得挺灵的,我去年写了'逢凶化吉',你们看我这次摔倒不也没事吗?"

于歆妍说:"那是因为你身体底子好,天天想着求神仙保佑还不如自己多注意。"

"百密总有一疏嘛。"

一家人还是跟着络绎不绝的游客一起登上了山神庙。

苏珽走在前面,转过头来看了苏持和苏徊意一眼,栗色的头发扫过他张扬的眉眼,他道:"红色求爱情,黄色求事业,蓝色求平安。大哥和弟弟今年求什么?"

苏持没应他,只稳步踏在石阶上。

苏徊意说:"我觉得还是平安最好。"

"哦，大哥呢？"

苏徊意也转头看苏持，他觉得苏持大概会求事业，毕竟是苏家下任家主，事业心肯定是最重的。

他们没等来苏持的回答，苏简辰发出了诘问："老三，你怎么不问我？"

苏珽"嗯哼"一声，说："不用问都知道你求事业啊。"

苏简辰面色稍霁，看来兄弟情谊还是在的。

山神庙内供奉着香火，敬香参拜后可去一旁求愿。或许是各地习俗不同，苏徊意还是第一次见到这样的祈愿方式，他参拜过后便随着众人在求愿处排队等候。

求愿的人很多，苏家几人都分散开了，各自在队伍里站着。

苏持在苏徊意后面隔了三人的位置，高挑的个头超出人群一截，目光轻而易举地将人锁定。

"好好排队，别乱窜。"

苏徊意朝他摆摆手说知道了，接着转了回去。

苏徊意前面是一对情侣，他听见两人在商量：

"一会儿我求我们健康平安，你求我们爱情长久，不要把心愿浪费了。"

"你可真是个小机灵鬼啊，以后我们有孩子了，是不是还可以一人求一个？"

"可以哎……"

苏徊意被他们的高效利用给惊呆了。

那他是不是也可以许愿保佑他们全家平安了？

前面的队伍一点点缩短，不一会儿就轮到苏徊意。领许愿牌的地方站了个穿长袍的小姑娘，看样子是这里的工作人员。

苏徊意接过许愿牌道了声谢，保险起见问了句："许愿可以同时保佑一群人吗？"

小姑娘笑了，说："最好是只替一个人祈福，人太多了，福气就分散了，还是不能太贪心。"

"谢谢。"

他就说嘛，如果能同时给这么多人祈福，那每年选三个全国代表过来祈福就好了：山神在上，保佑全国人民爱情顺利、事业有成、健康长寿。

一边的空桌上放了笔用来写心愿，苏徊意想了会儿，写下一句：希望苏持身体健康、平安顺遂。

他想苏持肯定是要求事业的。苏持之前那么照顾他，他也不知道怎么回报对方，既然只能替一个人祈愿，那干脆就为大哥祈愿好了。

希望他大哥永远是最厉害的！

苏徊意写完没等苏持一起，自己找个地方偷偷挂上。

他挂完转过头，见于歆妍和苏纪佟已经等在了出口处，苏珽也刚好挂完走过来，问："弟弟也挂好了？我们先到爸妈那边去等着。"

苏徊意说"好的呀"，又回头望了一眼，没看到苏持在哪里，只看到苏简辰从不远处走了过来。

他们就一块去了入口处跟爸妈会合。

"我今年写的是无病息灾。"苏纪佟还在反思总结，"逢凶化吉不太好，前置条件有个'逢凶'，我去年是怎么想的呢？"

于歆妍安慰他道："看来你今年智商提高了。"她也求了健康，到他们这个年纪，除了健康，别的都不重要。

过了几分钟，苏持从许愿林那头走过来，远远看去周身散发着冷锐的气质，近了却能闻到他身上的香火气。

"走吧，我们下山了。"苏纪佟说。

苏持落在最后，苏徊意凑过去，问道："大哥，你求的是事业吧？"

苏持拉着苏徜意的胳膊避让周围的行人，道："看路，别看我，我脸上是有凸面广角镜？"

"哦。"苏徜意就专心走路了。

家里人都觉得苏持会求事业，苏持却第一个将事业排除。事在人为，而感情和健康却不可控制。

他那时候在两者之间迟疑了一瞬，接着抬头看见不远处的苏徜意正蹦蹦跳跳地在挂牌子，一副随时会摔倒的样子。

苏持就选了健康。

他不管苏徜意自己求了什么，此时他只在许愿牌上写下了自己的愿望：希望苏徜意身体健康、平安顺遂。

几人从许愿林出去，人流量骤然减少。

往前就只剩一条走马的古道，要么骑马到终点再乘车返回，要么现在就原路折返。

苏纪佟的摔伤还没完全养好，于歆妍说陪他往回走，又道："你们几兄弟不用管我们，想骑马的话就去骑。"

苏简辰按兵不动，等着其他兄弟发言后再附和。

苏珽说："我随便，反正往年已经骑过了。"

苏徜意的眼神往景点的方向偏了偏，渴望之情溢于言表。

苏持瞥见后道："我骑。"

苏徜意赶紧说："那我也骑。"

苏珽拉长声调"哦"了一声，说："那我是骑还是不骑呢？"

一道视线扫过来。

苏珽补充道："还是不了吧，我今天长得不适合骑马。"

于歆妍皱着眉扳过他三儿子的脸左右看了看。

除了苏持和苏徜意，其余人都原路折返，苏简辰是被木之本

335

珽拽走的,临走时还在问:"你为什么要替我做选择?"

"我是为了你好,二哥。"

这边骑马是按单边行程计费的,一匹马单程五百,由专业人士牵引着上路,上路前骑的人需要挑选适合自己的马匹,再戴好护具。

两人到了骑马点,苏持问工作人员:"有没有温顺一点的马?"

苏徊意凑了个脑袋过来,道:"大哥你喜欢温顺的马?"

"我是帮你问的。"

"那你呢?"

"我随便骑什么都是一样的。"

隔了会儿工作人员回来了,道:"成年马里没有太温顺的,只有小孩子骑的小马会稍微温顺一些。"

小孩子……小马……

已经是个成熟的大人的苏徊意觉得不太可以。他把目光投向苏持,苏持瞥了他一眼。

对面的工作人员看了两人一眼,会意地提出建议:"其实两个人共乘一匹马也可以。"停顿一会儿后,工作人员又补充,"不过这就是另外的价格了。"

"……"

几分钟后,一匹骏马被拉到两人跟前,马身有成年人那么高大,骏马喘着粗气,黑亮的眼睛还转过来看了苏徊意好几眼。

苏徊意道:"大哥,它一直在看我,它是不是喜欢我?"

苏持拨了拨他的头发,说:"应该是,你长得像它的粮草。"

苏徊意:"……"

两人在工作人员的指引下戴好护具,上了马。

苏徊意先上马,他坐上去后高出底下的人一截,便从四十五度俯视看苏持,然后道:"大哥,这样看你更帅了。"

苏持没理他，长臂一撑，也踩着马镫翻身上了马，沉声道："走吧。"

马蹄踏出第一步时，苏徊意惯性地往后一仰，苏持问："你是马背上的拉杆，起步还要换个档？"

苏徊意又赶紧坐正。

骏马被工作人员牵着往前走，马身颠簸，苏徊意的身体也随之摇晃，苏持却坐得稳稳当当。

保持着挺背的姿势在马背上颠簸了十几分钟，苏徊意渐渐感觉腰臀有些酸软，他微微放松了身体往后靠了靠，但立马被苏持阻止了。

苏持道："好好坐着。"

苏徊意稍稍偏过头，问道："大哥，你不舒服吗？"他问完又觉得应该不会，他大哥刚才翻身上马的姿势简直像要御驾亲征似的。

苏持"嗯"了一声，说："有点。"

还真是不舒服？苏徊意立马坐好了，道："要不我们现在就掉头回去了？你是哪里不舒服？"

前面牵马绳的工作人员闻言回头，道："路程已经走了快一半了，现在掉头回去还不如走到终点，再坐车返回还省力些。"

"继续走吧，没事。"苏持说完，同苏徊意道，"就是有点口渴。"

兔兔背包在刚刚分别的时候被苏简辰拎走了，他们两人身上都没带水。

苏徊意仔细瞧了瞧，发现苏持的嘴唇确实有些干。

"刚刚分开的时候该喝点水的。"苏徊意仔细思索道，"这里都没有水能给你润润嘴唇。"

苏持道："等到达目的地就好了。"

半个小时后，两人终于抵达了终点。旁边有好几匹马在休息溜达，还有其他游客坐在马背上拍照留念。

苏持问："你要不要拍一张？"

苏徊意想到对方口渴，便说不拍了，又道："要不我们直接回去吧。"

"好。"苏持说完撑着马鞍一跃下了马背，没等工作人员来扶苏徊意，他就伸了只胳膊过去，"下来吧。"

苏徊意抓着苏持的手从马背上跳下来，落地瞬间被扶了一下，缓冲了触地的力度。

"谢谢大哥。"

苏持松开扶着苏徊意的手，说："走吧，坐车回去了。"

乘车点旁边有个小超市，苏徊意让苏持等等，自己去买了瓶水回来给苏持。

"喝吧，大哥，你的嘴唇都要起皮了。"

苏持垂眼拧着瓶盖，吐出两个字："上火。"

苏徊意反思道："早知道刚刚该买凉茶的。"

苏持瞥了他一眼。

从景区回去是坐四面敞开的电车，一车大概十五人，苏徊意和苏持正好坐到最后一排两个位置上。

师傅看后面也没有单个的游客会来，就直接发动了电车返程。

"大哥，三哥他们已经快回到停车场那边了。"苏徊意看了眼微信，"我跟三哥说我们刚刚坐上电车。"

"差不多，我们从这里坐电车回去不到一刻钟，让他们等等。"

"好的呀。"苏徊意又垂头打字。

发完消息他抬起头，往四周望了望。道路一侧是低矮的山林，另一侧是一片草地，远远能看见低洼草荡，随风摇晃着。

苏持顺着他的视线看过去，说："这一片还没有开发，过几年应该会打造成别的景点,听说是准备架一座'鹊桥',和那头的情人湾呼应。"

"到时候我们可以去走那个桥。"苏徊意说完发觉意思不太对,补充道,"不是从两头走到中间相遇,我们就整整齐齐地并排走。"

苏持冷笑道:"要不要再两人三足地走?"

苏徊意惊喜地道:"我们这么默契?"

车外的冷风呼呼吹进来,苏持拧开盖子又喝了一口水。

到达停车点时,苏纪佟他们远远地等在私家车旁边。

于歆妍正让苏珽给她拍单人照,转头看见苏持两人下车,就挥了挥手。

"老大,小意,玩得开心吗?"

苏持"嗯"了一声,苏徊意激动地道:"开心!"

苏纪佟凑过来,问:"哦?小意骑的是多大的马?"

苏徊意跟他比画了一下,说:"那——么大。"他看苏纪佟露出怀疑的眼神,又解释道,"大哥在旁边陪着我。"

苏纪佟这才理解了,道:"我就说。"

苏珽闻言,发出"哇哦"一声惊叹。

苏徊意转头,问:"你干吗,三哥?你的尾音听上去很曲折,你是不是在嘲讽我?"

"没有哦,没有。"苏珽在苏持的注视下快速溜回车里,"快回去了,我好饿。"

于歆妍说:"就在回去路上那家烤肉店吃吧,半个小时就能到了。"

他们上午到的景区,玩了一圈下来已经两点多,到现在还没吃午饭。

苏徊意说:"要不三哥先吃点零食垫肚子吧。"

339

苏彻意说完跑到苏简辰跟前拿回自己的包，接着敏锐地察觉到兔耳朵似乎秃了一小块。

他狐疑道："二哥，你是不是……"

苏简辰脸红脖子粗，道："我没有薅！"

苏彻意："……"他还什么都没说。

几人吃过午饭回到家里已经是四五点。于歆妍叫吴妈先别准备晚饭，等七点过后再做夜宵。

苏彻意玩了一天也有点累了，回卧室换过衣服睡了一觉，直到阳台门被敲了敲才醒过来。

他从被窝里伸了个脑袋出来，探头看见苏持站在门外。

"起来准备吃饭了。"

"你进来吧，大哥。"苏彻意扒开被窝，伸出一只手在被子上拍拍打打找衣服。

阳台门被"哗啦"一声推开了，紧接着又被关上，隔绝了室外的冷气。苏持走到他床前，弯腰把他的衣服裤子拎到他手边。

苏彻意还在"扫描"，喃喃道："袜子，袜子……"

苏持日行一善地帮他把袜子从被窝里拖出来。

苏彻意被睡意笼罩的脑子清醒了点，相当羞涩的双手接过袜子，道："大哥，我是不是太放肆了？"

苏持说："你什么时候不放肆了？"

苏彻意说："你的容忍是我放肆的资本。"

苏持冷笑道："那你也算是家财万贯了。"

苏持的语调过于嘲讽，苏彻意一时没品出这句话的潜台词。他穿好了衣服鞋袜就随着苏持一起下楼吃饭。

时间已经很晚了，加上这几天的饮食都不怎么好消化，桌上的夜宵大多是清淡的时蔬。

苏徊意伸着脖子去挑铁板豆腐里夹杂的肉末，然后被夹了一大筷子卷心菜在碗里。

苏持说："大晚上别吃这么油腻。"

苏徊意回道："存在即合理。"端上桌的就是能吃的。

苏持淡淡道："没人像你一样把合理最大化。"

"……"苏徊意垂头吃草。

苏纪佟看他又萎靡了下去，清了清嗓子岔开话题："今天到麓山湖转一转，我还是觉得依山傍水让人心情愉悦。"

于歆妍听丈夫尾音上扬，就知道他是在铺垫了，追问道："所以呢？"

苏纪佟说："我们几年前不是商量在院子里搞个游泳池，后来说利用率不高就没搞嘛。我刚回来的时候想了想，要么在后院整个假山、汤池，春秋天凉的时候一家人坐里面泡泡，周围布置装点一下，我们这个年纪也该享受享受生活了。"

苏徊意精神一振。汤池，他喜欢！

苏纪佟瞥到小儿子的反应，立马拉拢他，道："小意也觉得好，是吧？"

苏徊意大加赞赏："简直是绝妙的主意！"

于歆妍朝两人投去包容又慈爱的目光。苏纪佟沐浴在她的目光下，又转头问几个儿子："你们觉得怎么样？刚好我们在这里度假，可以让人去后院动工了。"

苏持说随便，苏珽说可以，苏简辰成功说了次加一。

这件事就这么定了下来，当晚苏纪佟便打电话联系人去后院准备动工。

苏宅那头很快开始施工，苏家人在滇省住着不受干扰，每天就是吃吃喝喝，出门溜达闲逛，偶尔再和刘家聚个餐，一起到周边玩玩。

一月过了一大半的时候,一个电话打到了苏持的手机上。

电话打来时他们正好吃完午饭准备出门遛弯。苏徊意听见苏持"嗯"了两声说"知道了",然后挂了电话。

苏纪佟问:"怎么了?"

"之前没谈拢的合作,对方这会儿又找上来了,说可以再商量。"苏持眉头微蹙,"我得回去一趟。"

苏纪佟拍了拍他的肩,道:"好,那就辛苦你了。"

"应该的。"

晚上睡觉前,苏徊意洗过澡溜去了阳台,在玻璃门上敲了敲,问:"大哥,你没睡吧?"

里面的窗帘被拉开,苏持站在他跟前开了门,道:"怎么了,又吃多了?"

"……"苏徊意觉得他大哥就是有偏见,他晚上明明只吃了"亿"点点,"我是来问问,你打算什么时候回去?"

苏持侧身让他进屋,道:"明天下午。"

苏持的房间很整洁,床单平整,衣服都挂在衣架上。行李箱从柜子里推了出来放在墙角,看样子他正准备收拾。

"那什么时候回来呢?"

"说不准,快的话三五天,慢的话就到月底。"

苏徊意忽然有点不舍。他已经习惯跟他大哥朝夕相处了,身边骤然空了一块出来,总感觉心里不踏实,他道:"我会想念大哥的。"

苏持生出一丝感慨,说:"好熟悉的台词。"

苏徊意:"……"

他两只手合在一起比了个大大的心,试图强调道:"真心的。"

苏持看他两只手各翘了三根手指起来,像是比了个残疾螃蟹,道:"嗯,体会到了。"

明天就要出发,苏持转头开始收拾行李,苏徊意坐在床边守着。苏持要带走的行李不多,毕竟日常用品家里应有尽有。

只二十分钟苏持就收拾好了行李,转头看着床边的苏徊意,道:"有事要说?"

苏徊意还是那句话:"我会想念大哥的。"

苏持沉默了两秒,抬步走到床前坐下。

两人面对面,苏持看着苏徊意,问:"你是不是想跟我一起回去?"

这情景似曾相识,苏徊意赶紧坐正表明态度:"我知书达理、进退有度,大哥不带我去,我就不去了。"

他记得他们上次还闹过别扭,不过后来误会解开了。既然如此,他就不会再去纠结同样的事。

苏持没再说话。

房间里安静了片刻,苏徊意看时间不早了便准备回去,道:"大哥,我先回屋了,祝你工作顺利!"

他说完站起身,坐在床沿的苏持突然叫住了他,问:"你到底要不要去?"

苏徊意顿了好几秒才回过神,道:"可以带我去?"

苏持问:"为什么不可以?"

苏徊意对上苏持的眼神,迟疑了一下,说:"那我就去吧。"

苏持收回目光,说:"回去把东西收拾一下,我让小秦订票。"

苏徊意"嗯"了一声,转身跑回了房间。

第十四章

第二天早餐桌上。

苏纪佟和于歆妍商量着下午出门玩,说完又转头问苏持:"老大,你是几点的飞机?我叫小林送你过去。"

"吃完午饭就走,"苏持端着碗朝旁边的人瞥了一眼,"带着他一起。"

苏彻意被点名,立马从碗沿上抬起双眼去观察苏纪佟的表情,像是准备偷溜的小学生遇到了家长。

苏纪佟惊讶地道:"你要带着小意一起去?"

于歆妍也看向自己的大儿子,道:"你谈生意带着小意做什么?跑来跑去本来就麻烦,能不去就不去了。"

苏持淡定地喝了口粥,道:"我想带着。"

"你想带着?"苏纪佟觉得他大儿子也太随意了,就跟随手揣了个充电宝似的。

苏彻意见苏纪佟连反问语气都用上了,赶紧放下碗解释:"我也想跟着大哥去,我不是他的助理吗?"

"哦……这样啊。"这才像个正常理由嘛,苏纪佟道,"既然你们都达成一致了,那小意就跟着去吧,反正年轻,多跑跑也累不着。"

苏徊意乖巧地道:"谢谢爸爸。"

一家人吃过早饭,苏徊意上楼准备"葛优瘫"一会儿,苏珽也跟着他一起上楼。

"弟弟跟大哥这次要去多久呢?"

"大哥说快就三五天,慢就要到月底了。"

"哦。"苏珽拍拍他的小脑袋,"一切顺利,月底见。"

苏徊意悉心地指出对方的逻辑漏洞:"三哥,一切顺利的话我们三天之后就能再见了。"

"嗯嗯,对的对的。"苏珽的语气相当敷衍。

下午,苏徊意跟苏持搬着行李上车。

苏持的行李只有几公斤重,苏徊意则满满当当装了一箱。下楼的时候他一路拖着"哐哐当当"地响,苏持看了他两眼,伸手替他拎过行李径直往大门走去。

苏徊意快步跟上,道:"我来吧,大哥。"

苏持只大步往前走,道:"不用了,隔壁听到还以为我们家要挖一条护城河。"

在客厅里看新闻的苏纪佟捕捉到这句"持言持语",转过头来看了苏持一眼,心想:不错,词语库又更新了。

苏纪佟转瞬又开始忧虑,他大儿子这张嘴真是不饶人,难怪快三十了还没对象。也不知道小意是怎么黏上对方的,苏持跑那么远出差,他都要跟着。

两人将行李放进后备厢,就由林司机送去机场。

去机场的路上,苏持坐在后车厢看平板电脑,确认要谈的项目,苏徊意也敬业地探了个脑袋过去看。

毛茸茸的头顶凑到苏持眼前,苏徊意毫无察觉,苏持也没躲。

345

苏持问:"看得懂?"

苏徊意想起自己应有的知识储备,立马正襟危坐,道:"看不懂,大字不识一个。"

苏持侧头看了他一眼,道:"九年义务教育在你这里是纯慈善性质的?"

苏徊意:"……"演过头了。

从家里到机场不过一个小时,托运了行李之后,两人便登上飞机。

头等舱的位置依旧是两两连座,一排四位,中间隔了一条过道,苏徊意坐在靠里一侧,苏持坐在外面。不一会儿,广播在机舱内响起,飞机开始滑行,苏徊意下意识地转头去搜寻苏持的手。

他刚瞄准要探过去,那只手就伸了过来。

"要起飞了,"苏持靠在靠背上闭上眼,"别乱扭,待会儿耳鸣头晕。"

机身果然在下一秒抬高,苏徊意赶紧缩回去,同时抓紧苏持。

直到飞机在高空平稳飞行了几分钟,苏徊意才松开手。

苏徊意侧头看向苏持,后者神色如常地靠着,察觉到他的目光,苏持睁眼看过去,问:"看什么?"

苏徊意细细揣摩着对方的神色,道:"我看看你是不是被调包了。"

"……"苏持配合地低头,道,"够你看清楚吗?"

苏徊意身子往后仰,道:"够够的,够够的。"

下了飞机后,两人打车回家。

两地温差有二十度左右,苏徊意虽然提前加了外套,但下飞机那一刻还是被冻成了振动模式,一路被他大哥夹在胳肢窝下,取了行李后才上车。

在后备厢放好行李箱,苏徊意颤抖着飞速缩进车后座,苏持随后跟上,"砰"地关上车门,问:"很冷?"

"太冷了,哥哥哥!"

苏持重新把他夹回胳肢窝,道:"到家就好了。"

苏徊意点头如同小鸡啄米,感觉自己的港湾又回来了。

两人到家已是午后三点多。

刚下车就听见后院施工的轰隆声,苏持皱了皱眉,提了行李带着苏徊意一起进了门。

屋里噪声小些,家里还留了两个用人,见到两人打了声招呼。苏持将苏徊意的行李拎上楼,转头叮嘱:"把屋里的地暖和空调都打开吧。"

"哎,好的。"

苏徊意跟在他大哥后面上楼,道:"还是滇省适合我生长。"

苏持上楼的脚步顿了一下,而后他接着往前走,没说话。

苏徊意愣了愣,忽然福至心灵,两步跟上去,道:"但是滇省的太阳远不及大哥的揠苗助长!"

苏持将他的行李拎进卧室,转头同他说:"你要是实在怕冷,这几天待在家里就行了。"

苏徊意迷惑地缩起下巴。这样他就不是很懂自己跟过来是干吗的了,于是道:"我还是跟着大哥吧。"

"跟着我给我伴奏?"苏持看他目露迷茫,贴心地补充说,"用你战栗的牙齿。"

两人最后折中了一下,苏持去公司的时候他可以跟着,苏持到公司外面时他就留在公司等着。

达成一致后,他们各自回房间收拾行李。

外面的施工声透过阳台门传进屋中,苏徊意本来打算睡一觉,这会儿估计是不行了。

347

他打开阳台门想去到苏持那边，开了门才反应过来这边的阳台不是连通的，又转身出门，敲响苏持的房门，叫道："大哥。"

隔了片刻，门从里面打开，房内已经收拾整洁，苏持站在门口，问道："怎么了？"

"外面有点吵，大概要施工到什么时候？"

"正常是下午六点左右，再晚就扰民了。"苏持问他，"想睡觉？"

"还是大哥最懂我。"

"是你比较好懂。"

这会儿没法睡觉，苏徊意回房待了会儿，然后打算去后院看看施工现场。他裹上羽绒服和围巾，下楼的时候被苏持叫住："哪里去？"

苏徊意回头指责道："你也在用白骨精的语气叫我。"

"改改你的语病。"苏持走过去，问，"要出门？"

"去看看施工现场。"语病的事被他自动跳过。

苏持没跟他计较，道："怕冷还要乱窜，走吧。"

两人一起下了楼。侧厅外的小庭院被围了一大半。后院本来是有个花房的，因为要给汤池挪位置就搬来跟后院合并了，搭成半开放式庭院。

花房里摆着一盆翠意盎然的罗汉松，苏家人离开的这段时间由用人照顾得很好。

苏徊意看到罗汉松，激动地道："那是我和二哥一起养的松！"

苏持"哦"了一声。

苏徊意赞叹道："长得还挺好的。"

苏持瞥了眼他的头顶，道："不及你茂盛。"

苏徊意："……"

无故被牵连的罗汉松很快被两人抛到脑后，开门时，扑面而来的冷气吹得苏徊意头都僵硬了。

见他缩了缩脖子，苏持抬手将他的围巾拉高了一点，直接盖过眉眼，让他彻底变成一棵盆栽。

"我都看不见了，哥。"

"我拎着你过去就是了。"

然而，预想的画面并没有出现，从宅屋去到后院的路坑坑洼洼，还有几条管道横在地面上。

苏徊意全程抓着苏持胳膊走过去，就怕再来个平地摔。

距离施工现场还有二十多米便能看见里面的场景，有好几名工人和大型机械在现场忙碌着，灰尘扑落在冬日的冷空气中，有些呛人。

汤池已经开凿出来了，正在装注水、排水管道。两人站在施工场地外围看着，几名施工人员转过头来看了他们几眼。

"那边的就是这家雇主吧？这么多天了才第一次见。"

"肯定是了，你别说，气质和相貌还真出众。"

"是两兄弟吗，怎么长得不是很像……"

"哎哎，别说了，说这些干吗，干活！"

工人的嗓门一向很大，说话的时候没有自觉，周围轰隆隆的施工声音盖住了大半，他们以为苏徊意两人听不见，说了几句又接着做事。

苏徊意在嘈杂的施工声中转头去看苏持的神色，发现对方并没有不高兴的样子，道："大哥，他们说我俩长得不像。"

苏持看着他哼笑一声，道："像就出事了。"

苏徊意当他说的是自己的身世，笑道："也是。"

"你又知道我在说什么了？"

"我当然知道了。"

苏持不同他争辩，只道："看好了没有？看好了就回屋。"

苏徊意说好了，接着把脸往围巾里埋了埋，道："这里太嘈杂了，耳朵受不了。"

"那就用手捂着。"

"手拿出来好冷。"

苏持吐出两个字："脆皮。"

两人一前一后站立着。苏徊意正想转过头为自己正名，一双手忽然从后面伸过来，覆在了他的耳朵上，隔绝了嘈杂的声音。

苏持道："你说，你怎么这么脆皮？"

苏徊意被苏持夹在胳肢窝下回了屋，大门关上，隔绝了外面的冷空气。

外面的施工队大概是到了下一个施工阶段，轰隆声停止了，叮叮当当的敲击声透过侧厅外的庭院传进来。

"现在没那么吵了，你上去睡会儿。"苏持松开他，道，"戴上耳机外面的声音会小一些。"

苏徊意小声道："那耳机的声音得多大。"

苏持没说话，直接把人拎了上去。

回到卧室后，施工的声音依旧不减，苏徊意被苏持拎进屋后，转头看向站在门口的苏持。

对方扶着门框，高大的身躯看上去既安全又危险，对方问："还有事？"

"没有了。"苏徊意移开目光，"大哥，那我去睡了。"

"嗯，吃晚饭时我叫你。"

苏徊意准备伸手关门，苏持忽然抬手在他脑袋上搓了一把，道："实在睡不着再跟我说，我让楼下施工的人先回去。"

"咔嗒"一声，门被对方带上。

苏徊意面对着紧闭的卧室门愣了愣。

这个午觉苏徊意几乎没怎么睡好，他缩在被子里迷迷瞪瞪半个多小时，才伴着外面极富节奏的当当声慢慢睡了过去。

苏徊意再醒来时天已经黑了，他扒出手机看了眼，已经七点了，于是赶紧爬起来出了门。

他路过苏持的房间时，透过半开的门往里看了眼，发现里面没人，而楼下的灯亮着，隐隐还闻得到香味。

苏徊意下到一楼时，苏持正坐在侧厅看平板电脑，对方听到动静抬头看来，道："睡醒了？洗个手准备吃饭。"

苏徊意走近后试探性地问道："大哥，你怎么不叫我？"

苏持冷笑道："我去敲了三次门，开门看见你的'燕窝'都流到枕头上了，怎么叫你？"

苏徊意："……"

难怪他睡到一半觉得当当声里混入了咚咚声，原来是他大哥在敲门。

苏徊意心虚地道："那你吃了吗，大哥？"

苏持收了平板电脑，起身走向餐厅，道："你都没在，我吃什么。"

苏徊意提着一颗心赶紧跟上去。

晚饭是苏持打电话从外面订的餐，四菜一汤刚好够他们两人吃。两人面对面坐着，吃饭的时候苏徊意偷偷瞟着他大哥。瞟到第六次，苏持终于放下筷子看过来，道："苏徊意。"

"啪嗒"一声，筷子在碗沿磕了一下，苏徊意抬起头，问："怎么了？"

"你看人下饭的习惯是跟谁学的？"

"……"苏徊意小声指责，"大哥，你别乱用词语。"

苏持夹了棵花椰菜递到他嘴边，假装那是话筒，采访道："现在你能理解我的心情了吗？"

351

苏徊意捧着碗接下花椰菜，羞愧地垂头道："感同身受。"

第二天两人去公司上班。

离开大半个月，这还是他们今年第一次来公司。两人到了顶楼出电梯时遇见小秦，小秦一如往常地板直，他道："好久不见，苏董，苏助理。"

苏持"嗯"了一声，继续往前走。苏徊意久违地看到相中的"墙脚"，顿时有点激动，哪怕冷得牙齿打战还是热情招呼道："秦秘书，好久不见！"

小秦回以标准的职业微笑。

苏持停下脚步转头问苏徊意："这么大声音做什么，想通过热血沸腾来达到自我升温？"

苏徊意："……"

小秦伸手抵了抵眼镜，利落地转身告辞。

两人一前一后进了办公室，暖意扑面而来。

苏持脱了外套搭在一旁，只着一件修身的毛衣。他将袖口挽了挽，坐在办公桌前，道："你今天把各部门递交的纸质材料整理出来就行了，下午我和小秦出去谈事情，你在办公室等我。"

这是两人之前商量好的，苏徊意没有异议，应了一声便坐下来开始整理材料。

大半个月没工作了，刚上手时还有些不适应，苏徊意整理了半个多小时才逐渐找回状态。

其间，苏持从电脑后面抬起头看了他一眼，见他正专注地做着手头的事。苏持的目光在那张半埋的小脸上停留了片刻，又收了回来。

上午的时间很快结束，两人中午去餐厅吃过饭回来，苏徊意有点犯困。

"大哥，我想睡个午觉。"

苏持坐回办公桌前，道："你睡就是，我什么时候不让你睡觉了？"

苏徊意迟疑了几秒，问："那你呢？"

苏持打开电脑，道："你睡吧，我要准备下午的行程。"

苏徊意睡了午觉起来，办公室里已经没人了。

他拿出手机看了眼微信，苏持给他留了两条消息。

苏持：我出门了，好好工作，累了就歇会儿。

苏持：别乱窜。

苏徊意感觉苏持跟他说得最多的一句话就是"别乱窜"，好像他随时能跑不见似的。

他乖乖回信息。

苏徊意：知道了，大哥，我就在办公室画地为牢地等你。

微信消息发过去，对面竟然秒回。

苏持：累了也可以学学成语。

苏徊意："……"

下午的时间过得飞快，苏持交给他的工作其实不多，三四点就做完了。苏徊意奉旨摸鱼，还窝在座位里点了杯奶茶来喝。

他刷着手机，喝着奶茶，正开心，新的微信消息突然弹了出来。

苏持：不是说怕冷，奶茶还敢点去冰？

苏徊意差点把嘴里的珍珠吐出来。

他大哥怎么知道？

他疑神疑鬼地抬头四下里望了望，企图寻找隐匿的摄像头。搜寻一圈无果，他向他大哥发出了质问。

苏持：你以为没有我的同意外卖员能上顶层？

苏徊意捏着手机，顿如上课偷吃被抓包的小学生。

到下午五六点的时候,办公室大门终于被推开。苏持站在门口没有进来,他对吃得小脸红扑扑的苏徊意道:"回家了。"

苏徊意把外卖都收拾到垃圾桶里,裹着外套走上前,道:"大哥,你直接在停车场给我发消息就好了,跑上来一趟好麻烦的。"

苏持长臂一伸把他夹回胳肢窝,道:"等你一个人慢吞吞地下去,天都黑了。"

苏徊意就窝在港湾里不动弹了。

上车后,苏持专注地开着车没说话,两人一路无言地回了家。

两人到家时,后院的施工队还没走,估计今天会延迟收工。两人吃过饭便各自回房间休息,此刻天已经黑了,后院传来大型机械哐啷铲土的声音。

苏徊意拿了换洗的衣服正打算去洗个澡,屋里突然变得一片漆黑。

施工声停止,只听见几名工人在大声说话。

苏徊意放了衣服推门出去,整个宅子里都是黑的。几米之外,苏持的房门"咔嗒"一声打开,一道光束落在走廊上,紧接着脚步声接近。

"停电了,大概是外面施工挖断了线路。"

苏徊意靠得离苏持近了些,他问:"后院施工怎么会挖到线路呢?"

"这个片区的宅院,每家每户几乎都自己改装过,线路不是统一牵的。"

苏徊意隔着卧室透过阳台看了眼,远处另一家宅院里果然还是亮的。

两人说话间,有用人端了盏应急灯走到楼梯口,道:"外面的工人施工挖断线路了,正在抢修,不知道要多久,但十二点前肯定能好。"

苏持说"知道了",用人又端着灯下楼去,到院子外面监工。

电路一断,屋里的空调也跟着关了,客厅里的地暖在两人回屋后就被关上,这会儿冷意逐渐升了起来。

苏徊意身上只穿了睡衣,他的感受尤为明显,道:"大哥,我有点冷。"

苏持照着路,带他回了卧室,道:"先把羽绒服穿上。"

苏徊意找出羽绒服拢上,又问:"大哥冷吗?"

"还好。"

黑暗的环境里,只有一束光落在两人脚下,苏持站在他面前没动,道:"你要是还冷,我下去把地暖给你打开。"

"我自己去就好了。"

"你好好待着。"

苏持的语气平淡得仿佛这是他该做的,他的体贴从来都是这样不动声色。

大概是黑暗模糊了彼此的面容,苏徊意忽然生出一股勇气。

"大哥。"苏徊出声叫苏持,"你为什么对我这么好?"

"不行吗?"

"没有不行,我只是觉得我没做什么……"

苏持说:"苏徊意,你不要妄自菲薄。"

苏持的语气这样认真,苏徊意怔了怔,忽然有些动容:"我……"

苏持夸他:"你捧哏捧得就不错。"

苏徊意的目光瞬间变得锐利,心想:原来大哥只是看上了他的才华!

大概是黑暗也掩盖不了他如此灼热的视线,苏持下一秒又补充:"其他方面也不错,除了总爱惹我生气。"

苏徊意开始怀疑苏持是在打着夸赞的幌子吐槽他。

他回击:"明明是因为大哥像河豚,才总爱生气。"

苏持没计较他的类比,只道:"你也不想想我是因为谁生气。"

晚上九点来电后,苏徊意洗过澡就上床睡觉,但他真正睡着已经是凌晨。

第二天,他被苏持的敲门声叫醒。

他洗漱完下楼吃饭,全程没去看苏持的神色,只埋着脑袋喝牛奶。

苏持坐在对面看了他一眼,道:"你是觉得三个孔一起喝牛奶速度更快?"

"……"苏徊意赶紧把脸从牛奶碗里抬了起来。

苏持的语气与平常无异,苏徊意偷偷瞥了他一眼,结果正对上他睥睨的眼神。

苏持问:"看我做什么?"

苏徊意放下碗,回敬了一句:"那大哥还看着我呢。"

苏持道:"我乐意。"

苏徊意认输了,要这样斗嘴,他是斗不过的。

吃过饭就要出门,苏徊意在玄关换鞋,苏持例行朝他敞开胳肢窝,道:"进来。"

苏徊意顿了一秒,摇摇头道:"不了,大哥。"

苏持尊重他的意愿,转头从玄关柜里拿了条围巾,把他裹成"盆栽",道:"走吧。"

大门一推开,外面的冷气扑面而来,苏徊意冷得牙齿打战,一路小跑上了车。

他们到公司后,小秦已经等在办公室门口了,见到苏徊意还打了个招呼:"苏助理早。"

"秦秘书早。"苏徊意把围巾取下来,他见苏持拿了文件就要下楼开会,忙问,"需要我一起去吗?"

"不用,你待在办公室里就好。"

大门关上,室内恢复安静。苏徊意看着合拢的大门,想起自己用错成语的情况,深吸了一口气,转头拿出一本《新华词典》看了起来。

词典看了十来页的时候,苏徊意的手机忽然亮了,是刘钦凌发来的微信消息。

两人只在滇省约着吃饭的时候会互发几条微信消息,他现在回家了,也不知道刘钦凌为什么会找他。

刘钦凌:今天聚餐没看到你,才知道你跟苏大哥回去了。

刘钦凌:你怎么就回去了呢?没有你大哥的监督,你想吃什么就吃什么!

苏徊意不知道自己在刘钦凌那里到底是个什么牌子的饭桶。

苏徊意:临时有工作,我就跟着大哥回来了。

刘钦凌:我都听苏伯父说了,你根本用不着过去的。唉,你这么黏你大哥,他也算没白疼你了。

苏徊意把手机往桌上一搁。

怎么连刘钦凌都看出来他大哥疼他呢?

苏持开完会回来的时候,就看见苏徊意在对着桌子发呆。苏持把外套往椅背上一搭,挽了挽袖子转头看着对方,问:"你在干什么?"

苏徊意依旧发着呆。

苏持皱了皱眉头,三两步走到苏徊意桌前,道:"苏徊意,我桌子上是印了《清明上河图》?你看得快成斗鸡眼了。"

一记熟悉的"持言持语"成功唤醒出神的苏徊意。他抬头道:"大哥回来了?"

苏持冷笑道:"我要是不叫你,你都能在办公室里太空漫步一周了。"

苏徊意:"……"

苏持问他:"你在想什么?"

"钦凌姐……"察觉到对方目光不善,苏徊意瞬间加快语速,"今天聚会没见到我们,来找我问了两句。"

"问你什么了?"

苏徊意老老实实回答:"问我怎么跟你回来了。"

"你怎么说的?"

"我就说有工作。"

修长的手指在空空荡荡的红木桌面上敲了两下,苏持道:"有工作?"

苏徊意请教道:"那大哥指导指导我,我该怎么说?"

苏持道:"你该说路上缺个吉祥物,我就把你一起带回来了。"

苏徊意:"……"

下午下班回家时,苏徊意歪头靠在车窗上,感觉受尽了蹉跎。

苏持开着车,侧眼看见苏徊意的头发在光洁的车窗上堆得毛茸茸的,都打了好几个圈了,问:"行为艺术?"

苏徊意支棱起脑袋。

苏持说:"你要是想靠着,我给你买个 U 型枕。"

"不用了,大哥,我就随便靠一下。"

闻言,苏持没再说什么,直到等红灯时他才再次开口:"这个点回去,施工队应该还没收工。你要是觉得吵,我们在外面吃了再回去。"

施工队都有自己的工期,延误了工期会影响公司信誉度,如果没什么特殊情况,苏持是不会去叫他们提前收工的。

苏徊意也理解，他想了想，道："那就在外面吃吧，反正这几天都是订餐，没有什么区别。"

苏持说"好"，绿灯亮时方向盘一转，便拐去了另一个地方。

十来分钟后，车停在一家牛肉馆前。

这家牛肉馆生意兴隆，大堂敞亮，没有包间，门口的蒸笼腾着热气，进门右边窗口挂了十几个木牌。

苏持轻车熟路地领着人进了店内，找了个靠窗的位置坐下。

服务生没一会儿就拿了菜单过来，问："两位要点什么？"

苏持示意："直接问他。"

苏徊意看服务生转向自己，又看向苏持，道："我没来过，大哥点吧。"

"他家的菜都挺好，不会踩雷，按你喜欢的点。"

苏徊意就照着两人的口味点了招牌粉蒸牛肉、尖椒肥牛、干拌牛脊髓和豆腐脑花，最后要了个番茄牛肉汤。

服务生点菜的手顿了顿，问："客人来齐了吗？"

苏徊意有点羞涩地道："就我们两个。"

服务生善意提醒："我们家的菜比较大份哦。"

苏徊意欣慰地道："那太好了！"

服务生："……"

服务生走后，苏徊意见苏持似乎笑了一下。

苏徊意很少见到他大哥这样不带嘲讽的笑，于是凑上前道："大哥，你在笑什么？"

"替你开心。"

"因为我能大吃一顿了？"

"因为能吃是福，你应该是洪福齐天了。"

苏徊意惊觉他大哥的段位变高了，光从表面已经很难品出是不是在嘲讽。

这里的菜品不多,生意又好,厨师做菜都是五份五份连着做的,很快他们点的菜就端上了桌。

苏徊意端着碗探出脑袋,从左到右挨个尝了一遍,欣喜道:"好吃哎,大哥!"

苏持端着碗没吃,问:"最喜欢哪个?"

"粉蒸牛肉。"

"嗯。"

苏徊意正埋头吃着,一双筷子就夹了一块粉蒸牛肉放进他碗里。他有点不好意思地道:"大哥,我夹得到,你快自己吃。"

苏持说:"那又不一样。"

苏徊意放下碗看过去,问:"怎么不一样?都是一个菜盘子里的。"

苏持懒得回答,苏徊意低头戳着碗里的饭,视线范围缩小到一个碗口那么大,但时不时落在碗里的牛肉依旧强调着对面之人的存在感。

苏徊意吃到一半放下碗,道:"大哥,我吃不下了,你自己吃吧。"

苏持笃定道:"不可能。"

苏徊意:"……"

筷子最终收了回去,苏持给两人各盛了一碗汤放一边凉着,道:"不给你夹了,你吃吧。"

"嗯。"

两人喝过汤,苏持问苏徊意吃饱了没有,苏徊意说饱了,苏持就叫服务生过来结账。

"大哥,我来吧。"

"让你结账?"苏持看了苏徊意一眼,"我是追着你讨债的?"

苏持说这话时服务生正好走近,他神色自然地道:"而且我哪次让你掏钱了？"

服务生眼里的羡慕之意倾泻而出。

苏徊意说不出话了。苏持是从没让他掏过钱，而且老二或老三跟他出去时，也从不让身为弟弟的他掏钱，几人很有做哥哥的气度。

旁边的服务生刷过卡，两人起身准备离开。苏徊意走之前想去上个洗手间，苏持站在门口等他。

苏徊意从洗手间出来，看见苏持立在门口似乎心情挺好的样子，便问："大哥，怎么了？"

他探头往苏持手上瞧了瞧，道："发票上面刮到20元现金奖了？"

苏持："……"

"没什么。"苏持一时无语，带着人上了车，"要回家还是在外面逛一会儿？"

两人坐进车里，苏徊意低头扣安全带，道："嗯……施工队离开了吗？"

"正常情况下应该离开了，但不排除像昨天那样延迟收工。"苏持发动汽车，道，"你要是想回去，我们就直接回家，你要是不想回去，我再带你去别处逛逛。"

"去哪里逛？"苏徊意立马回道。

"有家视觉艺术体验馆在全国巡展，这个月到我们城市，后天就收馆了，想不想去看看？"

苏徊意假装贴心地朝他道："人家大老远来这儿展出一趟也不容易……"

苏持直接发动了汽车，朝体验馆的方向驶去。

视觉艺术体验馆开在ISE中心商城的顶楼，为了更好的展出效果，每半个小时限定游客15人。

苏持跟承办方打了个招呼,直接带着苏徊意进去。苏徊意惊叹:"我们就这样长驱直入……"

苏持顺着他的话道:"我们下一步是不是还要攻城略地?"

带他们走后门的员工立马警觉地转头看了两人一眼。

两人:"……"

到了通道口,员工对他们说:"二位是在前后两个批次之间进来的,同批次的人已经进去十几分钟了,下一批次还有十分钟左右入场。"

员工介绍完后便离开了,留下苏徊意二人在通道口处。

苏持伸手搭在门把上:"走吧。"

通道口的大门被一把推开,两人抬眼一瞬间,满天细碎的星辰撞入他们的视线,星光环绕在脚下、身侧、头顶,远远近近高低错落地四散分布着。

刹那间,苏徊意屏住了呼吸,苏持带着他往前走,轻声问:"有什么感觉?"

身处其间的两人像踏在星河上空,苏徊意缓缓呼出一口气,道:"好漂亮……"

"还有呢?"

"还有什么?"

苏持提醒他,问:"有没有觉得宾至如归?"

苏·下凡星星·徊意:"……"

两人一前一后错开走着,苏徊意领先半步,苏持落后半步,不紧不慢地跟着他。

视觉体验馆一共六个场景,从星空馆出去还有时间展览馆。

时间展览馆的天花板上挂满了钟表齿轮,金粉装点的空间内,有一条长道从脚下穿过,指引着游客通往深处。

苏徊意蓦然记起苏持有一块宝珀的手表,当时一起参加宴会时还看苏持戴过,但后来就一直没见着了。

他转头问:"大哥,你是不是有块宝珀的手表,蓝色的?"

"嗯,怎么了?"

"你戴着好看,怎么没见你戴了?"

"平时戴着不方便。"苏持说,"你要是想看,我也可以戴给你看。"

苏徊意真是每时每刻都被他大哥的路数给惊到,他就没见过苏持这样的,仿佛孔雀开屏的时候还啾啾问两句:"你觉得我哪个角度开屏好看,我给你开一个?尾翎展开四分之三适不适合?"

苏徊意赶紧说"不用了",又道:"也不是一定要戴着才好看,不戴也好看!大哥就算手上套根麻绳都好看。"

苏持微微皱眉,道:"我是被流放到了宁古塔?"

苏徊意:"……"

两人走出体验馆已经是半个小时之后。

冬天天黑得早,外面的天色全暗了下来,寒冷的夜风刮过脸颊,苏徊意把脸往围巾里埋了埋。

苏持开了车门把人塞进去,冷风全被他挡在了身后,他道:"回家吧。"

两人到家已经八点多,施工队都离开了,用人提前开了暖气和空调,两人进屋便被热意包裹。

苏徊意换完鞋,拿出手机看了一眼,苏纪佟在家庭群里发了消息。

苏纪佟:@苏持老大和小意多久回来?

苏纪佟发了张照片,随后道:去寨子里吃了村民做的饭,民风淳朴!

苏徊意一边上楼一边回消息。

363

苏徊意：我也想体验淳朴的民风……

于歆妍：等你们回来，我们再去吃一次！

苏徊意转头问苏持："大哥，爸问我们多久回去。"

苏持跟在他身后走进去，道："月底。"

苏徊意依言在群里回复。

两人一起往楼上走，苏徊意又问："事情还没办完吗？"

"办完了。"

"那怎么还不回去？"

苏持道："休息几天。"

上楼后，两人回了各自的卧室。苏徊意在屋里洗个澡又出来了——他晚上吃多了牛肉，感觉有点燥，想下楼喝杯果汁。

从他房间到楼梯口要路过苏持的房门，他看见苏持的房门半开着，苏持正坐在里面看平板电脑。

大概是听到动静，苏持似要抬起头，苏徊意见状赶紧从门口溜走了。

苏徊意到一楼时正遇到一名用人从侧厅经过，用人跟他打了个招呼，问："您要找什么？"

"下来喝点果汁，我自己去拿就好了。"

"好的。"

进了厨房后，苏徊意在储藏柜里找了一圈，只看到两瓶椰汁。他又打开冰箱看了看，在第二层翻出一瓶喝了一半的橙汁。

这个天气喝去冰的奶茶勉强能行，但冰了好几天的果汁还是太伤胃。他转头找了个杯子，将果汁倒进去后放进微波炉加热。

微波炉"嗡嗡"响着，热光烘烤着杯里的果汁。苏徊意在旁边站了十来秒，忽然听见一道细微的吱吱声。他往里看了一眼，见明亮的火花在杯沿燃起。

苏徊意吓得转头叫了声用人，又赶紧按下微波炉的暂停键，随后跳到一边。

身后响起急促的脚步声，苏徇意回头去看，却见走进来的是苏持。

"大哥！"苏徇意有点被吓到了，"我把杯子热出火星了！"

"没事。"苏持语带安抚，而后打开微波炉看了眼，解释道，"杯子带了金边，不能进我们家这个微波炉。"

苏徇意心有余悸地探头看了一眼，还好没什么事。他在现实世界用的杯碗都不带金边，所以习惯性地往微波炉里放了。

苏持把杯子拿了出来，厨房外忽然又有脚步声响起，用人的声音传进来："您刚刚叫我了？"

声音由远及近，用人几步便到了门口："您怎么了？哎，苏持先生也在啊。"

她看两人面对面站着，苏持一手垂在身侧，一手端着杯子。

"这是怎么了？"

苏持侧头同用人道："没什么事，他不会用微波炉，这边我来就好。"

"哦。"用人又扫了两人一眼，心想该不会是苏徇意想喝果汁，苏持不许，所以两人吵起来了吧？

她正想着，又听苏持说："你回去休息吧。"

用人离开后，苏持把果汁倒进另一个杯子。苏徇意凑近了一点，观赏他大哥给他热果汁的英姿。

片刻后，苏持打开微波炉，拿出杯子试了试温度，然后递给他，道："喝吧。"

温热的触感从掌心传入四肢，苏徇意浑身熨帖，低头啜了一口果汁，温度刚好。

第二天，苏徇意下楼吃饭，看到苏持身上还穿着睡衣，问道：

"大哥怎么没换衣服？"

苏持说："事情都办好了还去公司做什么，打卡拿全勤？"

苏徊意无言，拉出椅子坐下，等用人给他端上早餐后，他追问："那我们不去公司，就待在家里吗？"

"你有想去的地方我可以带你去，你要是想待在家里也行。"

"哦……那待在家里就可以了。"

宅院一楼开了地暖，比卧室里更暖和。苏徊意吃过早饭没有上楼，就窝在客厅沙发里看手机。苏持上楼拿了平板电脑下来坐到他旁边。

苏徊意慢慢摊成一张"汤圆饼"，舒舒服服地玩着消消乐，突然，家庭群聊的消息从屏幕顶端弹了出来。

苏纪佟发来照片，随后又道：大自然的好风光！分享给辛勤工作的老大和小意看看！@苏持 @苏徊意

苏徊意沉默，心想：不，他们没有在辛勤工作。

苏纪佟：你们两个辛苦了！

苏持：不辛苦。

苏纪佟：不用说，我都懂。

苏徊意侧头看了眼苏持，后者正跷着二郎腿靠在沙发上，姿态闲适地喝着咖啡，旁边甚至还摆了一碟点心。

苏持说"不辛苦"是真的没有谦虚。

苏持察觉到他的目光，抬眼看过去，问："怎么了？"

苏徊意摇摇头，道："大哥很诚实。"

苏持把点心朝他推了推，同时示意他不能多吃，道："那也抵不过爸根深蒂固的认知。"

苏徊意接过点心，和他大哥达成共识。

第十五章

两人在沙发上坐到临近中午，苏徆意的手机里忽然跳出一条到账通知，是昆酒的账户里多了笔进账。

微信群聊里的消息适时抵达。

孙河禹：第一季度的进账汇入卡里了啊，现在单价涨了七成，等春节肯定会翻倍。

周青成：哇！这得庆祝一下，可惜苏徆意在滇省没回来。

苏徆意：我这几天刚回来啊！

周青成：回来也不说一声，走，择日不如撞日，今天下午出来玩呗，我再叫几个朋友，大家一起去唱歌！

苏徆意：等一下啊。

他收起手机，对苏持道："大哥，周青成和孙河禹约我下午出去玩。"

苏持放下平板电脑，道："你想去就去。"

苏徆意在微信上回复：好的呀。

隔了两秒，他又听到苏持问："要我陪你吗？"

苏徆意迟疑了一下。他们现在不用去公司，苏持留在家里是为了陪他，他要是转头跟朋友出去玩，把苏持一个人丢下，那也太不尊重苏持的感受了。

他光是想想都觉得心里有点堵。

"大哥要是愿意去，我就跟周青成他们说一声。"

"嗯，你跟他们说一声。"

"好呀。"

苏徊意就在微信里跟周青成说了，对方收到消息差点蹦起来。

周青成：苏持要来？！他要来参加我们年轻人的party？

苏徊意：什么叫"我们年轻人"，我大哥又不老！

周青成：骚凹瑞（sorry），我错了，是我们愣头青的party，行了吗？

苏徊意对周青成定位人设的本事早有领教，自动跳过这个话题，只问对方可不可以。

周青成：可以啊，你大哥光临，我们的聚会简直蓬荜生辉！

周青成说完发了时间和地址过去，并叫苏徊意提醒苏持穿随意些，别太正式了，免得和他们愣头青的party格格不入。

苏徊意无语，看来他大哥在外人眼里就是个霸道总裁老干部的人设。

聚会在下午两点，午饭过后两人就收拾准备出门。苏徊意思索片刻，还是试探性地问："大哥，你准备穿什么？"

苏持正要进屋，闻言转头道："你是觉得我会穿得西装革履？"

想法被识破，苏徊意羞赧地垂头。

苏持道："放心，我又不是去跟你朋友跳交际舞的。"

苏徊意赶紧送上夸奖："我知道，大哥是时尚的弄潮儿。"

"……"苏持微微吸了口气，道，"回去换你的衣服。"

苏徊意隐隐感觉自己逃过了一次嘲讽，于是迅速溜回房间。

下午聚会的地方比较嘈杂，苏徊意没穿浅色的衣服，而是挑了件深蓝色的羽绒服，内衬是米色的，整体既耐脏又休闲。

他换好衣服去敲苏持的门，门一开，苏持还穿着睡衣，看见他就侧身让他进来，道："你等我会儿。"

苏徊意探头道："大哥，你该不会找不到衣服穿了吧？"

苏持"哗"一声推开衣柜，里面挂满了各式衣装，瞬间推翻了苏徊意的不实言论。

苏徊意："……"

苏持抬手取了件深蓝色的低领毛衣，搭了件驼色毛呢外套，不过五分钟便换好。苏持换衣服时没有避开苏徊意，只是背过了身子。苏徊意则自觉地低下了头。

苏持换完便转回身，迈着长腿走到苏徊意跟前，道："好了，走吧。"

聚会的地点在一家私人俱乐部，他们到时，周青成正等在门口，对方看到他们的车停下，立刻三两步走过来，道："苏徊意！苏……苏先生。"

周青成是真的不知道该怎么称呼苏持，叫名字太冒犯，叫"大少"又显得轻佻，苏持跟他们这种游手好闲的富二代可完全不是一类的。

苏持下了车，把车门"砰"地关上，主动解救了不知所措的周青成，道："你们是朋友，跟着他称呼就可以。"

周青成就客客气气地叫了一声"苏大哥"，吊儿郎当的姿态消失殆尽，弯腰的弧度像是在替俱乐部迎宾。

苏徊意惦记着来之不易的友谊，没有当面笑出声。

三人一起往大门走去，苏徊意左边是周青成，右边是苏持，苏徊意微微偏向左侧，道："你专门来迎接我啊？"

周青成凑近他，压低声音道："迎接你带来的大佛。"

"苏徊意。"苏持突然出声，

苏徊意迅速直起身转向苏持,问:"怎么了,大哥?"

苏持在他头顶捋了一把,道:"头发翘起来了。"

苏徊意随后也抬手压了压,道:"可能是在车窗上靠的。"

"嗯。"苏持的目光重新回到前方,他道,"就说给你买个U型枕了。"

两人说着进了电梯,旁边的周青成心想:原来苏持的性格这么亲和吗?

上到三楼,电梯门"哐啷"一声打开,苏徊意抬头就看到两个熟悉的人站在门外。

"小可爱!"孙月激动地跟他们打了个招呼,旁边的孙河禹却目露惆怅,眼底似有逆流的悲伤。

一行人往包间走去,苏徊意看了孙河禹好几次,越看越觉得他像悲伤蛙,于是关切地问:"孙河禹,你还好吗?"

孙河禹忧郁又迷茫,发出一个带疑问的"哈"字。

苏徊意深吸一口气,心想:还真是悲伤蛙!

孙月落后一步走到苏徊意身侧,道:"你们别理我哥,他就是间歇性自卑。周青成今天叫了几个朋友过来,男男女女都有……结果你和你大哥一来,他就觉得自己被比下去了。"

苏徊意疑惑地道:"我们今天是来走秀的?"

孙月:"……"

周青成接话道:"是联谊啊,这都不懂?"

苏持蓦地停下了脚步。

苏徊意瞬间惊得头发直立:联谊?没人跟他说这是联谊啊!

周青成还跟个憨憨似的冲他挤眉弄眼,道:"开心吧,嘻嘻!"

嘻嘻个鬼啊!

苏徊意顿时感觉到一道目光落在自己头顶,就连他那撮竖起来的头发都感到一阵寒意。

苏持低沉的声线听不出起伏，他问："联谊？"

周青成笑得很鸡贼，道："放心，苏大哥，你们俩肯定是今夜最亮的星！"

不，苏徊意感觉自己是颗陨落的星……

他转向苏持，试图力证清白，道："大哥，我……"

一只手摁在了他的领口上，苏持平静地道："你的毛衣是不是穿反了？我带你去洗手间看看。"

"应该是，应该是。"苏徊意赶紧附和，"我说怎么感觉很窒息！"

孙月狐疑地往苏徊意领口瞅，道："反了吗？你这不就是中领毛衣？"

苏持直接拎着人离开，道："先失陪了。"

头顶的廊灯映在脚下，明暗交替，两人脚尖撑着脚跟地走出十来米，身后还传来周青成的声音："306包间！穿好记得快点回来发光！"

苏持拎着苏徊意头也不回地往前走。

不过几十步他们便转过一个拐角到了洗手间外，四周是黑色大理石墙砖，整个走道空空荡荡。

苏持把人拉到门口就停了下来，苏徊意被他调了个方向，两人面对面，苏徊意道："大哥……"

"苏徊意，我是不是对你太好了，你居然带我来联谊？"

苏徊意很紧张，就差起誓了。他说："我不知道是联谊，不然肯定不会带大哥来。"

"只是不带我来？"

危机感令苏徊意的敏锐度飙升，他想起大哥最不喜欢类似的场合，于是迅速补充道："我自己也不会来！"

苏持看了他一会儿，往后退了半步，四周低沉的气压缓慢回

371

升。苏徊意捂着小心脏观察他大哥的表情，以确认自身安危。

苏持毫不避讳地对上他的视线，问："看什么，看我还有没有生气？"

苏徊意点头如捣蒜。

"我是被你气到了。"苏持道，"你说怎么办？"

苏徊意闻言试探道："我……我待会儿给你唱一首令人快乐的歌？"

回答他的是一声并不快乐的冷笑。

下一秒，苏持转身朝来时的方向走去，但苏徊意呆立在原地。

察觉到人没跟上来，苏持回头看了一眼，问："还站在卫生间门口做什么，吸氨气？"

苏徊意立马"哒哒哒"地跟了上去。

两人推门进入 306 包间时，一阵喧闹声立即传来，同时还夹杂着节奏感十足的音乐声。

苏持和苏徊意一前一后地走进去，门口的灯映亮了两人的相貌和身形——一个高大凌厉，冷峻如覆雪青松；另一个清隽秀丽，纯净如雨后新竹。

两人穿着同色系的服装，却呈现出截然不同的风格，一时形成了强烈的视觉张力。

包间内蓦地静了一瞬。

周青成适时地站起来介绍道："今天我们的两颗璀璨之星来了！来，我给大家介绍一下。"

周青成的热场能力极强，他带着两人介绍完一轮，等苏徊意和苏持在包间一侧坐下，全场有一半人的目光都在两人身上。

两人："……"

周青成介绍得口干舌燥，便弯腰拿了杯鸡尾酒来喝。

他喝完起身朝场中扫了一眼,目光一顿——今天的两颗璀璨之星居然在角落里蒙尘,周围的朋友都快用眼神把两人望穿了,那两人却毫无反应。

他顿时痛心疾首。

多好的机会啊,苏徊意这小憨包不去结交新朋友,还跟个鸽崽似的缩在他家"大鸽"的翅膀底下,是要一起孵蛋吗?

"苏徊意,你干什么呢!"周青成恨铁不成钢,凑过去低声道,"你看到那边的顾小姐了吗?人家看了你不下三次了啊,你要是不喜欢,那头的崔小姐也对你挺有好感的!你窝在角落里干吗?我是叫你来听歌识曲的吗?你还不去展示你迷人的魅力,大放光彩!"

苏徊意感觉周青成每说一个人,苏持的目光就扫过去,他紧张得冷汗都要冒出来了,道:"我没想来这儿找对象啊。"

"哎呀,交友交友,又不是让你一定要跟人家谈恋爱,多个朋友多条路子。"世界一级"海王"周青成继续道,"你要是实在不愿意和人单独相处,那没关系,交给我!待会儿我组织大家一起玩游戏!"

"不,我就不……"

"不麻烦,我俩谁跟谁!"周青成拍拍他的肩,十分善解人意,"好哥们。"

周青成说完转头跑掉,去跟其他朋友商量集体游戏的事了。

苏徊意:"……"

他怀疑周青成才是施工队的,在他的前路上挖下一个又一个的巨坑。

"顾小姐,崔小姐……"一道低沉的声音忽然在他耳边响起,"你觉得哪个好?"

苏徊意发挥卓越的自救能力,道:"不知道,对不上号!"

苏持笑了一声就转回去了。

苏徊意觉得自己很吃亏。明明看他大哥的人更多，他随便扫一眼，就能发现看上他大哥的人。

然而，周青成不敢打趣他大哥，只敢打趣他。

两人坐了一会儿，对面的顾小姐起身出门接了个电话，几分钟后再进门时，她没坐回刚刚的位置，反而朝苏徊意他们这边走过来。

苏徊意抬头看向她，对方微卷的中发披在身后，这么冷的天她也穿了得体的长裙，很有气质。

他坐在沙发靠外侧，顾小姐便自然而然地坐到他旁边，她朝两人笑了笑，道："中间太闹了，我到这边来清净一下。"

苏持依旧很高冷，点点头当作回应。苏徊意随和地回了一句："你请坐。"

顾小姐坐下后拿了两颗圣女果，将其中一颗递给苏徊意，问："要吗？"

苏徊意摇摇头，道："不用了，谢谢。"

顾小姐两颗一起吃了，而后同二人搭话，道："早就听说苏家的几位兄弟个个出类拔萃，今天见到果然跟传闻一样。你们不去中间坐着吗？我看大家的注意力都在你们身上。"

苏徊意垂头，腼腆地道："不了，我太害羞。"

苏持扫了他一眼。

顾小姐哽了一下，似乎没想到在这个以社交为纽带的圈子里居然有人说自己害羞，不过她很快就接上了话："内向的性格也很受欢迎，我就挺欣赏温和内敛的人。"

苏徊意："……"

苏持忽然倾身从面前的盘子里拿了颗圣女果，转手递到苏徊意跟前，问："要吗？"

苏徊意缓缓伸出双手接过圣女果，拿到嘴边咬了一小口，发出喟叹："啊，好甜。大哥真是温和内敛。"

顾小姐："……"

苏徊意又转而朝顾小姐投去赞同的目光，道："我和你一样，也很欣赏我大哥这样的人！"

苏持："……"

短暂的沉默后，顾小姐起身，拍了拍裙子，向两人告辞："我休息好了，去中间继续唱歌。"

苏徊意腼腆地送走她，道："慢走。"

顾小姐离开了，小角落又变回二人空间。

苏徊意看见顾小姐坐回几个朋友中间，接过酒杯摇了摇头，旁边的女伴说了两句什么，又拍拍她的肩。

"苏徊意，你以后至少不愁生计。"苏持的声音拉回了他的注意力。

苏徊意应了一声，转头看向他大哥，问："什么生计？"

苏持低头翻了翻手机，找出一组图，然后将手机递到他跟前。

苏徊意接过来一看，是顶级杂技表演：走着钢丝花式端水。

场上歌曲唱过一轮，周青成手里拿了副扑克牌站起来示意大家听他讲："我们人多，刚好来玩游戏！就按现在的座位坐一圈，聚会必玩，真心话大冒险！"

旁边另一个男人"喊"了一声，道："太老土啦，周少，玩刺激点的国王游戏啊！"

周青成意味深长地看他一眼，问："你敢？"

那个男人先是一愣，随后道："怎么不……"他话头一顿，倏地瞥向苏持，补充道，"不……不如就真心话大冒险。"

周青成"哼"了一声，心想：看你那小怂样，还不是和我如出一辙！

375

场上共十二人，周青成抽出十一张顺牌和大王扣在桌面上让大家来抽。苏持长臂一伸摸了两张，递了一张给苏徊意。

苏徊意接东西的动作堪称流畅娴熟。

周青成抬眼看着他那"鸽们"，还跟鸽崽一样依偎着他家大鸽，顿觉心累不已。

周青成摆摆手驱散心头的郁气，道："来来，开牌！"

苏徊意对周青成的忧虑一无所知，这会儿正开开心心地翻着牌，开牌一看梅花3。与他隔了三个位置的一个姑娘挥了挥牌，道："我是大王哦。"

众人起哄道："快点个牌！"

姑娘笑道："8点。"

另一头的男人把牌一摊，道："是我是我，我选真心话。"

"哎！你是不是不敢啊？"周围的人又起哄，"大冒险多刺激啊！"

"真心话也可以玩得很刺激啊。"

苏徊意兴致勃勃地凑热闹，还侧头同苏持道："真心话能怎么刺激？"

苏持说："就问一些私密的问题，懂了吗？"

苏徊意赶紧捂住心口，捍卫自己纯洁的心灵。

场上游戏玩了三四轮下来，这次是斜对面一位短发的姑娘拿到大王牌。

苏徊意依稀记得她姓樊，他们几个相互介绍的时候她还看了苏持好几眼。

樊小姐拿牌后报了个数字："6点。"

苏持的胳膊动了一下，一张牌在桌面上摊开，他淡淡地道："是我。"

"哗——"全场微微吸气：我去，那可是苏持，题要是出得不好,那就是所有人的大冒险。

樊小姐也愣了愣,接着问:"真心话还是大冒险?"

"真心话。"

这次没人说"不够刺激"了,他们就怕一不小心刺激过了头。

樊小姐斟酌了几秒,随后说:"那我问一个不算太私密的问题吧。"

她抬手将鬓发勾到耳后,大方地坐正看向苏持,问:"请问苏先生喜欢哪种类型的?"

这个问题不过分,却也很大胆。周围的人纷纷向苏持投去看热闹的目光。

苏持的手指搁在光洁的大理石桌面上,"嗒嗒"敲了两下。

苏徜意迅速拿了杯冰可乐端到苏持跟前,道:"大哥讲之前是不是想先开个嗓?"

众人沉默了一瞬,猜测他是想说润嗓。

苏持也沉默了一瞬,而后接过可乐喝了一口,征询道:"我要不要再吊个嗓?"

苏徜意对自己的措辞失误若有所察,羞赧垂头。

这一插曲随着玻璃杯底在大理石桌面上"铛"的一声轻磕而翻篇。苏持微微坐正了看向提问的樊小姐以示尊重。

周围看热闹的群众知道重头戏要来了,全都不由自主地挺直了腰板,就连四仰八叉的周青成此刻也微微收腹……等待着苏持的回答。

苏持淡淡开口:"没什么特别的类型,只要擅长运动、学识渊博就行。"

众人闻言对视几眼:哎,听上去很普通嘛!

苏持继续道:"运动最好是极限运动,学识不用太渊博,横跨两个领域、获诺贝尔奖提名的水平就够了。"

众人："……"是他们想得太简单了。

樊小姐定了定神，笑道："苏先生的要求似乎没人可以达到。"

苏持不置可否。

孙月跟樊小姐是闺蜜，见状接话道："就是说嘛。小可爱，你说谁能达到你大哥的要求？"

冷不丁被点名，苏徊意细细斟酌后道："孙悟空？"

又要学识渊博，又要擅长极限运动，如此神通广大的猴子，想必仅此一只。

樊小姐看他的眼神瞬间变得惊喜，还带上了几分志同道合的意味。

众人："……"

周青成适时地站起来组织下一轮游戏："好了，我们继续！"

十几张牌飞回桌子中央，随着游戏再次开始，气氛又变得紧张热络。

玩过几轮后，有两人起身出门去洗手间，游戏便暂停下来。

孙月从另一头溜到苏徊意他们这边，她瞟了眼苏持，又拉过苏徊意，悄声问道："你大哥的要求真这么高？"

苏徊意轻轻摇头，道："捧杀罢了。"

周围声音嘈杂，孙月没听清，她跳过这个不太重要的问题直奔主题，道："小樊是我的好朋友，性格也很好，要不你跟你大哥说说？"

苏徊意胆战心惊，道："不要拿生命开玩笑。"

"什么？"

包间里的音响重新开始放歌，孙月觉得自己应该是听错了，她凑近了点，道："你刚刚说……"

一只胳膊忽然顺着沙发靠背落在苏徊意肩头，把他往后带了带。苏持的目光扫过来,在一晃一闪的霓虹灯下,竟然也显出了拒人于千里之外的冷淡。

孙月话头一止,明白了苏持的意思。

唉……算啦。她朝苏徊意摆摆手,道:"没什么没什么,当我没说!"看来苏持是真的对她的小姐妹没意思,她也不来自讨没趣了。

孙月离开后,刚刚去洗手间的两个人就回来了,有人招呼着说继续玩游戏。周青成却说没意思,换一个游戏,然后叫服务生拿了几副桌游。

他挑了经典的"大富翁"桌游拿到苏徊意那头去,道:"别干坐着了,我们来玩这个!嗯……那个,苏大哥玩吗?"

苏持说:"不用,我就看你们玩。"

苏徊意兴致勃勃地道:"叫上孙河禹跟孙月小姐一起啊!"

周青成就转头叫了声孙河禹,对方起身走过来,孙月正挽着樊小姐在聊天,她朝几人摆摆手说"先不来了"。

这个版本的大富翁需要四个人,他们三缺一,苏徊意再次问苏持:"大哥来吗?"

孙河禹在孙月说"不来"时便掉头走向了另一边,在苏持回答前又回来了。他"啪"的一下拍在苏徊意肩上,道:"找到人了,崔小姐要来!"

"来了来了,玩游戏是吧!"一个声音穿过有些闹腾的音乐由远及近地传来,一位漂亮的姑娘几步走近在桌边坐下,"我跟你们玩几局。"

苏徊意朝崔小姐看了一眼,刚好对方抬眼看过来,她冲他笑了笑,道:"我是你下家,手下留情啊。"

苏徊意抱歉地对崔小姐道:"我不太知道扔骰子该怎么手下留情。"

崔小姐："……"

苏徊意身侧传来一道短促的笑声。

几人开了局，掷骰的顺序从周青成、孙河禹、苏徊意转到崔小姐。

骰子扔过几圈，孙河禹占下一个据点。苏徊意接过骰子刚要扔，旁边就伸过一只手按住他。

苏持将骰子拿走，轻声指点："你这里该用刚刚抽到的道具卡，前堵上家，后封下家。"

苏徊意恍然大悟，激动地丢出一张道具卡，脑袋还"咚"地跟苏持撞了一下。

对面的周青成听见那声清脆的撞击声，眼睛都瞪大了。他惊恐地看向苏持，生怕苏徊意这一撞撞坏了整个商圈最聪明的那颗脑子。

苏持只淡淡地瞥了苏徊意一眼，看到对方开开心心地把孙河禹的地盘占了，并没说什么。

周青成瞬间更加惊恐，果然还是撞坏了吧？

下家的崔小姐被这一步逼得进退不能，她朝苏徊意苦笑道："都叫你手下留情了。"

苏徊意这才想起她的嘱咐，心虚地转头看了幕后黑手一眼。

苏持挺直地坐在一旁，一只手搭在膝盖上敲了两下，看向崔小姐，道："没手下留情吗？"

崔小姐指着自己所剩不多的资金，问："这叫手下留情？"

苏持沉默地挑了挑眉。

接下来的十分钟，所有人都切实地体会到了什么叫把"骰子游戏玩成了商战"。

计算、分析、取舍，在每一种投掷的可能性中剖析出最有利的一种投资占地方案，充分利用抽到的每一个道具以退为进、逆风翻盘。

苏徊意虽然早就见识过他大哥凭借脑力赢过他三哥逆天的运气，但现在还是被这几近碾压的战局震撼了。

最后的筹码一收，苏徊意独揽全部资金。

周青成感叹了一声，道："你们玩的是大富翁吗？你们玩的是不倒翁！谁能打倒你们啊？"

苏徊意沾了苏持的光，似乎就连印堂都在发亮，像颗抛了光的汤圆。

崔小姐叹了口气，心悦诚服道："玩不过，不愧是苏家的人。"

有苏持在，难怪苏氏集团会成为商界一座屹立不倒的雄峰。

为了不给朋友们留下太糟糕的游戏体验，苏徊意只玩了这一把便退到一边，把位置让给其他人。

跟苏持重新回到两人的小角落，苏徊意兴奋地称赞自家大哥："大哥就是最厉害的！"

他现在看苏持都觉得对方在闪闪发光，这种光芒超越了外貌和身形，完全来自人格魅力——怎么会有这么厉害的人呢！

苏持看上去心情也不错，道："我很少玩这些游戏。"

苏徊意道："我知道，高手都在关键时刻才出手！"

"这算什么关键时刻？"

苏徊意只是随口夸了一句，闻言立刻卡住了。

"你还真的是孙悟空版的弼马温？拍马屁都能拍到马颅骨上。"苏持悉心指导他，"需要我教你怎么说吗？"

苏徊意洗耳恭听。

苏持说："我是为了你才出手的，懂吗？"

一场聚会持续到晚上八九点才结束。

本来几位男性平时能玩通宵，但在场的几位姑娘要早早回去卸妆做美容，他们吃过晚饭又玩了会儿便散场了。

一行人走出俱乐部，夜间的冷风立即迎面袭上。

苏徊意缩了缩脖子，苏持看了他一眼，问："要不要到我的胳肢窝下面来？"

"不了，谢谢大哥。"

苏持没有勉强，只把苏徊意的毛领拢了拢，将他拢得像个鸟窝，道："脑子别被吹僵了。"

苏徊意很有自知之明，道："不会的，脑容量小，迎风面小。"

苏持："……"

果然是跨领域巨擘。

聚会的十几个人在门口相互道别，周青成没察觉到他那"鸽们"已经在瑟瑟发抖了，还拉着人商量下次聚会。

苏持扫了他们一眼，转头回车上提前打开暖气。

周青成和苏徊意说完自家年后举办宴会的事后立马换了话题，道："对了，你今天是怎么回事？你大哥就算了，高冷男神，大家都懂。你学什么高冷，别人跟你示好，你都不回应一下，我这老父亲的心都给你操碎了！"

苏徊意一时竟不知该不该跟他说声谢谢。

"我对他们都没那种意思，当然不能回应了。"

"你又没接触，怎么知道没有？"

"反正我暂时还不考虑这些。"苏徊意丢下这句就转头溜走，留下周青成在原地发蒙。

苏徊意坐进车里后，瞬间被暖意包裹。

苏持等他系好安全带便开车上路。天色已经暗了下来，街头的霓虹灯在夜色中形成一道道流光溢彩的线条。

苏持的侧脸映在车窗上，他问："周青成跟你说什么了，你们聊这么半天？"

"他说年后他家举办宴会，邀请我们过去。"

"你要去？"

"当然要去了。"苏徊意说完又问，"大哥去吗？"

苏持把暖气温度调高了点，道："看来你的脑子还没解冻。"

苏徊意："……"

他配合地把脑袋朝出风口凑近了些，道："我以为你对这些没什么兴趣，看你平时也很少参加私人聚会。"

苏持瞥了他一眼。

两人回到家里已经十点多，施工队早就离开了，只留了盏照明灯挂在后院的施工现场。

院内的地面被填平了大半，从车库到大宅的路上只剩几条管道露出地面。

苏持对苏徊意道："看着点路，别又平地摔。"

苏徊意道："我可是运动健将。"

苏持："……"

苏持按捺住天性，顺着他的话说："我是怕你马失前蹄。"

苏徊意被捧得浑身舒坦，喜滋滋地回了屋。

屋内开了空调暖气，驱散了一身严冬的寒冷。

苏徊意洗了个澡出来，浑身都暖融融的，他到楼下去热牛奶，用人看见后主动上来搭手，道："我来吧。"

"谢谢。"

用人倒了一杯牛奶放进微波炉，转头又问："需要给苏持先生也热一杯吗？"

苏徊意闻着奶香，满心慈爱道："热吧，他正在长身体。"

用人："……"

两杯牛奶一起热好，苏徊意端上楼停在苏持房门前，发出召唤："大哥大哥！"

里面隐隐传来一阵响动，大概过了半分钟，房门"咔嗒"一声被打开。苏持头发半干，睡衣领口还有两粒扣子没扣上，露出锁骨和颈窝。

"怎么了？"

"社区送温暖！"苏徊意捧着杯子道，"你这次开门比之前慢了十三点六秒，你在干吗？"

苏持感叹于他精准的计时功力，道："你哪儿是社区办的，你是来当裁判的。"

苏徊意羞赧地垂头。

苏持身上的沐浴露香混合着热气，他伸手接过杯子，道："今天沾到酒气，所以洗了澡，刚刚在穿衣服。"

接着，他侧身道："要进来坐会儿吗？"

"不用了，大哥。"

"那就早点回去睡觉。"

"好。"苏徊意应下便捧着杯子快速溜掉了。

从聚会回来之后休息了两天，苏纪佟又打电话过来问他们多久回去。

现已进入一月下旬，今年过年早，二月初便要放假。

苏持说先去公司处理完节假事宜再回滇省。

"刚好在总部，打算开个年底会议，把相关工作布置下去。过几天还有春季招聘会，结束之后我们就回去。"

苏纪佟在电话那头叮嘱："你的能力爸放心，工作上的事我也不多说了，你还是要适当休息，劳逸结合！没事欣赏一下爸爸发在群里的自然风光，也好望梅止渴！"

苏持顿了顿,侧头看了眼在旁边沙发上吃零食的苏徊意,深觉其强大的感染力。

他收回目光应下:"我知道。"

两人又聊了几句便结束了通话,苏徊意凑上前问:"我们还要去公司吗?不是说没事了?"

"既然都回来了,就把事情移到年前办完。"

"哦,也对。"苏徊意放下手里的饼干,很有仪式感地击掌道,"毕竟来都来了!"

一捧碎渣随着他的动作像在空中炸开了一朵烟花。

苏持微微合上眼。

年底会议和春季招聘面试定在了同一天,招聘的事由人力资源部来负责,苏持作为集团董事不管这些,只去公司开个会,等招聘结束后顺便接收个反馈。

去公司的路上,苏持把握着方向盘侧眼看向副驾驶座,问:"你就对招聘会这么好奇?"

苏徊意难得穿了正装,外面裹着羽绒服,回道:"关心一下集团未来的新生力量。"

苏持忽略他冠冕堂皇的发言,道:"招聘会已经交给人力资源部了,你要是想看,我可以让他们给你多搬张椅子,你就坐到旁边。"

苏徊意感激道:"谢谢大哥。"

他以前也经历过投简历、应聘面试,独自跑过四五场招聘会,但还从来没有从面试官的角度感受过。这次机会难得,旁观一下就当体验了!

车开到公司地下停车场,两人下了车进电梯。苏持说:"我待会儿直接在二楼下,你到顶层去找小秦,让他带你过去。"

苏徊意道："大哥跟小秦通过气了吗？"

苏持沉默片刻，自动修改了他的措辞，道："我没跟他打过招呼，你直接和他说就行了。"

几句话间电梯已经停在二楼，"叮"一声电梯门打开，苏持迈步走出去，又在门即将合拢的那一瞬回头看了苏徊意一眼，道："有事发消息给我。"

哐！电梯门关上。

片刻后，电梯停在顶层，苏徊意来到小秦的办公室，小秦从办公桌后抬起头，伸手抵了抵眼镜，道："苏助理。"

苏徊意回道："秦秘书早，我想旁听今天的招聘会，不知道你方不方便把我送进去？"

小秦对他类似于蹲局子的说法给予了谅解，当即起身示意他跟来，道："当然可以。"

两人乘电梯下了楼，小秦在途中为他讲解："招聘会共三个流程，签到、半结构化面试、无领导小组讨论。后两项需要面试官的参与，在两个不同的地方，不知道苏助理是想旁听哪一场？"

苏徊意说："半结构化面试吧。"

他对个人信息展示的部分更感兴趣一些。

"好的。"

两人下到八楼，在走道上看见十来名去往候场区的应聘者。

苏徊意跟着小秦穿过走道，一路上遇到几名员工同他们打招呼："秦秘书，苏助理。"

旁边的应聘者纷纷将目光投向两人。

小秦淡定地点点头，道："麻烦在一考场添把椅子，苏助理旁听。"

员工赶忙应下，随即安排去了。

落在两人身上的目光顿时又热切了几分。

苏徊意表面高深莫测,心底惋惜地想着:你们看我也没用啊,我不是来加入你们的,我只是个匆匆过客。

小秦安排好后便带他去人力资源部陈部长那边打了个招呼。苏徊意隐隐记得陈部长之前内涵过自己,结果被苏持反击回去了。

两人这次再见面时,陈部长摆出一副很好说话的样子,道:"没问题啊,苏助理的面子谁敢不给呢?那不是相当于不给苏董面子嘛。"

他说着转头吩咐:"你们可得把苏助理照看好了,他可是苏董的得力助手!"

"好的,部长。"

出了陈部长的办公室,苏徊意若有所思地道:"他是不是在阴阳怪气地说我?"

小秦惊讶道:"不明显吗?"

苏徊意摇头道:"见识过广阔的大海之后,就很容易忽略这些涓涓细流。"

小秦受教了:"还是苏助理领悟得深。"

面试在上午九点半开始。

苏徊意进了一考场,同几位面试官点头打招呼:"打扰了,我来旁听会儿。"

几位面试官对他没有陈见,甚至挺欢迎的,道:"苏助理随意就好。"

几人坐定后,面试开始,面试者一位位进来自我介绍、提问应答。

苏徊意虽然是来旁听的,但也坐得端正,怕自己表现得太不走心让面试者感到紧张。

第一轮面试结束已经是四十分钟之后。

面试过程中不能看手机，苏徊意趁着中场休息捶了捶僵直的腰背，拿起手机看了一眼。

苏持居然给他发了消息。

苏持：怎么样了？

苏徊意：第一轮面试刚结束，感觉好新奇！来我们公司的应聘者都很优秀哎，大哥！

过了三分钟，苏持回复了消息。

苏持：如果有事就跟我说。

苏持：我还有一个小时，结束后去找你。

苏徊意不太懂他大哥开着会为什么还能这么快回消息。他怕信息太频繁打扰到苏持开会，看到这条之后便没回复了。

中场休息只有十分钟时间，第二轮面试很快开始。

这轮面过几个人后，一名面试官趁着下位面试者还没进来，说笑道："我感觉苏助理是把双刃剑，进来的人看到你就能放松，但又忍不住总往你这儿看。"

苏徊意对症下药道："不如开场给他们十秒钟看着我放松，然后我再把脸蒙起来。"

几名面试官想象了一下那个场景，道："这对我们公司的企业文化不太好吧。"

苏徊意思索片刻，遗憾作罢。

有了这一个小插曲，几人的关系拉近了不少，接下来的面试在融洽的气氛中度过。

中途稍微耽误了会儿，结束已经是十一点多，上午的面试算是到此为止。

"苏助理下午还来吗？"

"如果苏董有别的事，我就不来了；如果他没事，我再过来。"

几人收拾好桌上的简历，边聊边往外走。

出了考场，他们才发现很多面试者站在走廊里没有离开，三三两两地聚在一起小声交谈，目光都时不时往一个方向瞥去。

苏徊意顺着他们的视线往走廊那头一望，就看见攒动的人群后空出了一方天地，无人靠近。男人挺直修长的身影立在墙边，也不知道等了多久。

听到他们这边的动静，苏持脚步一转，穿过数十道目光走过来。周围的人自动让开一条道，几位面试官相互看了几眼后匆匆站到另一边。

苏徊意立在原地，看着苏持朝他一步步走近，后者的气场强势凌厉，臂弯里却搭了件跟他的气质很不符的蓬松羽绒服，最后停在他跟前。

"结束了？"

"嗯。"

苏持垂头将羽绒服递给他，神色自然地道："你们延迟了十多分钟，早知道我就慢慢过来了。"

苏持又问："饿了没有，去吃饭？"

"那就去吃饭吧。"苏徊意拉了拉外套，跟着苏持走出两步又说，"你也不用这么着急来找我，我又不会惹麻烦。"

十来分钟后，车停在一家西餐馆前。苏徊意边解开安全带边打量着店门口的菜品展示牌，道："每份菜品看上去都很少，能吃饱吗，哥？"

苏持道："我哪次让你饿着过？"

苏徊意闻言放下心。

这顿饭果然没让他饿着，两人点了一大桌菜，服务生甚至礼貌地询问："需不需要再给二位杀头牛？"

苏徊意矜持地婉拒了。

望着服务生的背影消失在包间门口，苏彻意回头同苏持道："大哥，这家店不错，我们以后可以常来。"

　　苏持难得没有讽刺他，道："你想来，我再带你来就是。"

　　"谢谢大哥。"

　　一顿饭吃过大半，苏彻意想起回滇省的事情来，问："我们什么时候回去？"

　　"再过两天吧。"

　　一顿饭结束，苏持叫了服务生来结账。

第十六章

接下来两天,两人过得十分悠闲,最后买了次日上午回滇省的机票。

出发前一晚,两人吃过饭休息了会儿,苏徊意就去收拾行李。苏持跟在他后面上楼,问:"要不要我帮你收拾?"

苏徊意大手一挥,道:"不用,你不知道我要带什么。"

"但我知道你不该带什么。"

最后,行李是两人一起收拾的。苏徊意一度想带上床头的公仔,不过被苏持制止了。

苏持道:"带它的目的在于?"

苏徊意说:"放在床边好天天看着它。"

苏持建议:"那你不如给它拍张照片,到了滇省洗出来摆在床头柜上看。"

苏徊意不赞同:"这不吉利。大哥,你为什么容不下这么一只小小的公仔呢?"

"是你的行李箱容不下它。"

"……"苏徊意目光幽幽。

最终,那只公仔被苏持拿回房间塞进了他自己的行李箱。

两人花了四十分钟把行李收拾好,苏徊意看时间差不多该准备洗澡了,便同苏持说:"谢谢大哥,你也快回去休息。"

"知道了。"

第二天,苏徇意起了个大早,准备重操旧业——做爱心早餐。

苏徇意换好衣服溜下楼,从厨房门口探了个脑袋进去,用人正在里面准备早饭。

用人转身拿羹勺,一晃眼看到背光的厨房门口有一撮头发,顿时吓了一跳。

"哎哟,您在那里悄摸摸地看什么呢?"

苏徇意伸长脖子观望,问:"今天有饭团吗?"

"您想吃饭团早说啊,今天喝粥,想到你们要坐飞机,就做了好消化一点的。"

"噢,那把粥拧拧能塑型吗?"

用人惊恐地道:"不能吧,拧拧都成潲水啦!"

苏徇意只能遗憾作罢。他走进厨房亲自巡视了一圈,接着目光定在那两盘荷包蛋上。

十分钟后,用人将早餐一齐端上了桌,苏徇意拿了把刀叉走到苏持的位置前开始切割荷包蛋。他还记得2D粽子的教训,这次力求切成个客观的爱心。

他先在荷包蛋顶部切了块三角下来,然后对着那块无处安放的蛋白迟疑了两秒,决定暂时先放在自己嘴里。

接着,他又开始对边边角角进行雕琢……

苏持来到餐厅时看到的就是这一幕——

某个"汤圆"正粘在自己座位上,拿了副刀叉在鬼鬼祟祟地偷吃蛋白。

苏持靠在门框上出声:"苏徇意。"

苏徇意正雕琢得忘我,冷不丁听到一道熟悉的声音,差点把蛋黄戳爆。

他赶紧抬起头来,就看见苏持环着胳膊靠在门口,包容的目光落在盘子里的半成品上。

苏持道:"想吃直接端回自己座位上吃,我什么时候对你吝啬过?"

苏徆意:"……"不,他不是想吃,他是想做爱心早餐!

他开口想要解释,发现嘴里还"暂存"着蛋白,只能先嚼巴嚼巴咽下去……

苏持看他的眼神写满了"果然如此"。

苏徆意瞬间喉头一哽。

苏持抬步走过去,端着盘子挪到他对面的座位上,道:"坐好了吃,还要吃什么?都给你。"

蛋白终于被"咕咚"一声咽了下去。

苏徆意对上他大哥宽厚容忍的眼神,觉得此刻的自己实在没立场指着那盘荷包蛋说"这是我对你的心意"。

他脑袋耷拉下去。

苏持摸摸他的"狗头",道:"吃吧。"

苏徆意眼中含泪道:"谢谢大哥。"

吃过早饭,两人去楼上提了行李下楼。

外面很冷,苏徆意裹了厚厚的围巾。他们换过鞋出门,严冬的冷风迎面扑来。

苏徆意从强劲而凌厉的风声中嗅到了一丝丝契机。

他猛地抬手解开围巾,捞起一头挂上苏持的脖子,围巾一端还缠在他自己肩上,高低的落差宛如一道雄伟的瀑布。苏持低头看了眼他这疑似谋杀的行为,半响无言。

他们俩颈窝前都大敞着,冷风呼呼灌进来,这条围巾就像七仙女的飘带一般灵动。

苏徆意找补道:"暖和吗,哥?"

苏持轻声说:"还好,主要是窒息。"

苏徆意:"……"

围巾重新松开套回苏徆意脖子上,他们叫的车刚好到了大院门口,苏持一手一个行李箱拎了过去。

苏徆意"哒哒"跟上。

他很惆怅,是他天生不适合耍帅吗?为什么每次他大哥耍起帅就如此"丝滑"?

两人打车一路到了机场,托运行李后准时登机。

起飞前,苏持在家庭群里发了条信息,汇报了两人的航班号和落地时间。苏纪佟很快回了消息。

苏纪佟:欢迎老大和小意回家!到时候我让林司机在机场外等着。

苏持:知道了,谢谢爸。

飞机起飞那一刻,苏徆意眼疾手快地抓住了苏持的手臂。苏持侧头看了他一眼,早已习以为常。

机身拉高时,震荡和眩晕感同时袭来,过了五六分钟,机身才稳定了下来。

苏徆意正要开口,就听见头顶传来广播通知:"女士们、先生们,飞机受气流影响会有所颠簸,请大家不要担心,暂时不要随意走动。"

接着,空乘边从过道快步经过边轻声交谈。片刻后,空乘推着餐车停在两人跟前:"请问两位需要什么?"

苏徆意还没回话,苏持已经替他回答:"给他一杯常温可乐,我要一杯咖啡,谢谢。"

"好的，先生，您的可乐。"空乘倒了杯可乐递过来，被苏持右手接了放在苏徊意的桌板上，随后又接过自己的咖啡。

空乘被这"兄友弟恭"的一幕萌得一颤，离开的时候还在压抑自己翘得过于不符合行业标准的嘴角，跟下一位客人说话时没克制住，声音婉转如同欢乐的百灵鸟。

苏徊意："……"

苏持轻轻笑了一下。

苏徊意发现他大哥最近是越来越爱笑了，而且不是他熟悉的那种嘲笑，是饱含深意、发自内心的笑。

笑得他想把对方的嘴皮子捏成一只可达鸭。

苏徊意喝过他最爱的可乐，苏持叫他眯一会儿，但他其实不太能睡得着。

不知道是不是机舱内的空调温度正合适，苏徊意最终还是睡了过去，一个多小时后才睁开了迷蒙的双眼，嘴角还挂着"燕窝"。

耳边是机舱内的广播，在提醒乘客收起小桌板，说飞机准备降落。

苏徊意一下就清醒了。

桌板已经被苏持收起，空乘从过道里快步走过挨个检查。舷窗的遮光板被打开，明亮的天光透过云海落入机舱。

"睡醒了？"苏持低声道。

"醒了。"苏徊意失神喃喃。

苏持看着他空洞的双眼客观评价道："不像。"

苏徊意再次眼中含泪。

两人的行李都托运了，机舱门打开后便直接下了飞机。

他们路过门口时，空乘眼睛一亮，脸上的职业微笑变为标准姨母笑，道："乘客慢走，欢迎下次再乘坐我们的航班。"

苏持微微点头，道："会的。"

下了飞机取回行李，他们推着箱子一路往机场外走，脚下是光滑明亮的大理石地砖，头顶是璀璨闪耀的灯光。

两人走出机场，家里那辆显眼的加长车已经等在了停车场里。林司机远远地看见他们，赶忙推门下车，绕到后方打开后备厢。

苏持和苏徊意推着箱子过去，林司机要来搭手，苏持就把自己手里较轻的那件递给他，转头接过苏徊意手里宛如沉铁般的行李，道："你的给我。"

林司机放好行李抬眼看来，失笑道："您看起来挺开心的，比起工作，还是更喜欢度假吧？"

苏徊意道："也没有啊，都是一样的。"

林司机哈哈大笑，道："怎么会一样呢！"

行李放好，后备厢"砰"一声被关上，林司机绕到前面驾驶座去开车。

苏徊意慢慢挪到后座，心说这段对话怎么有点耳熟呢？

一只手在他之前将车门拉开，苏持站在他侧后方，微微低头，问："在想什么？"

苏徊意矮身钻进车里，道："没什么，只是觉得刚刚那段话有种熟悉的感觉。"

苏持紧随其后坐进去，"砰"地关上车门，私家车慢慢开出停车场。

他转头看了一眼冥思苦想的苏徊意，道："明天我会让吴妈煮鱼片粥。"

苏徊意："……"为什么又让他补脑？

车抵达宅院门口，缓缓停下。

苏持和苏徊意一前一后下车拿了行李，穿过前庭往住宅走去。

到了门口,苏持打开门,客厅里的苏纪佟夫妇听见响动走了出来。

"老大跟小意回来了?"

"回来了,爸,妈。"苏持侧身把行李拎进去。

苏徊意从他背后探出头,叫道:"爸,妈。"

苏纪佟应了一声,于歆妍在旁边站着,她的目光在苏徊意脸上停留了几秒,问:"小意,你的脸怎么这么红?"

苏徊意腼腆地道:"开门红。"

于歆妍:"……"

苏纪佟捧场地拊掌称赞:"我们小意还挺祥瑞的!"

苏徊意:"……"

旁边落下一道若有似无的轻笑。

两人换过鞋走进客厅时,苏琎和苏简辰正好从楼上前后脚走下来。

苏琎扬了扬眉,道:"大哥和弟弟回来啦。"

苏简辰稳稳当当地叫了声:"大哥,弟弟。"

"老二,老三。"苏持推着行李走过去,又在客厅一侧停住,同家里几人说道,"午饭出去吃吧,我请客。"

苏徊意闻风而动,从他背后探出脑袋,满脸激动。

苏纪佟疑惑地道:"怎么突然想出去吃了,回家几天没吃好?"

"没有,只是事情办好了,庆祝一下。"

"哦,那行啊!"

将出门吃饭的事情说定了,两人就上楼放行李、换衣服。

滇省的气温在二十度左右,他们出门时穿的外套、围巾都可以换下来了。

苏徊意推着自己的行李回到房间,刚选了套衣服换上,身后的阳台门就被人"咚咚"敲了两下。他回头,苏持立在玻璃门外。

397

苏徊意朝他大哥摆摆手示意对方可以进来，门便被"哗啦"一声推开了。

"大哥，你怎么过来了？"

苏持拎着他的公仔，道："来送你的吉祥物。"

苏徊意羞赧地接过，道："大哥有心了。"

廉价的夸赞被直接略过，苏持道："收拾好了就准备下楼出门吃饭。"

"我们中午去吃什么？"

"预订了一家汤锅。"

苏徊意"哦"了一声。

苏持继续说："选这家汤锅也是因为只有它才配得上你。"

苏徊意很疑惑："为什么啊，那是什么皇家汤锅吗？"专门用来煮尊贵的汤圆？

苏持从手机里调出图给他看，图片上，汤锅腾着白雾，看上去白蒙蒙的一片。苏徊意怎么看也没看出"配得上他"的点在哪儿，他抬头投去求知的眼神。

苏持贴心解答："腾云驾雾的，和祥瑞的你很配。"

苏徊意目光微凝："……"

苏纪佟的声音适时地透过房门传来："老大，小意，好了吗？就等你俩了！"

苏徊意决定大度地不同他家大哥计较，抬手将苏持推回阳台，道："我们还是快下去吧。"

苏持被推出门，微微侧头看他，问："我不能从你这里出去？"

苏徊意道："从哪儿来，回哪儿去。"

苏持："……"

吃汤锅的地方距离宅院不远，坐车过去也就十来分钟。

店内装潢偏唐风，雕梁画栋、纸金花红。苏持订了一个包间，进店后有穿唐装的服务生领着一行人穿过大厅去往预订的包间。

苏纪佟打量了四周一眼，道："老大，你挑的这个地方不错，新开的吗？我们之前怎么都没来过？"

苏持说："应该是去年开的。"

前方领路的服务生转头笑道："去年春季开业的，马上就要周年庆了，今天消费满1288元，每人送一份鲍汁粥。"

几人说话间已到了包间门口，服务生侧身开门，道："几位请进。"

包间内摆了张圆桌，待苏纪佟夫妇落座后，几兄弟纷纷坐下。

苏徊意找了个位置刚坐好，苏持便自然而然地坐到他身侧，苏珽晃晃悠悠地坐在了苏持另一边，苏简辰坐在苏徊意旁边。

全家都落座后，苏纪佟把菜单递给苏持，道："既然是老大请客，那就老大来点。"

苏持接过来扫了一眼，转手递给苏徊意，道："点你喜欢的。"

苏徊意愣了愣，垂头羞涩地道："这多不好意思。"

苏持揭穿他："之前眼神快粘上菜单的时候也没见你有多不好意思。"

苏持说完，菜单便被一双手矜持地捧了过去。

苏徊意按照家里人的口味点完菜，又抬头问另外两兄弟："二哥、三哥看看还要点什么？"

苏珽摆摆手，说："不用了。"

苏简辰不太懂苏老三的矜持，他接过来自己点——唉，这种集体活动还要自行退出，那就别怪二哥不带你了。

"……"苏珽看他的眼神一时流露出不符合辈分的慈爱。

苏简辰毫无察觉，他迅速点了几道菜，笔尖一顿，道："我点了爆汁丸子。"

"嗯?"苏徆意心头浮起一丝谨慎。

苏简辰贴心地问他:"再给你加个冰可乐怎么样?"

苏徆意:"……"

苏持淡淡开口:"配套还挺齐全的。"

苏简辰没听出潜台词,提笔在可乐前打了个勾,自觉办事挺稳妥。

苏纪佟见状,扭头同于歆妍道:"看来咱们家当哥哥的都是以弟弟为重啊,不错。"

点过单后没一会儿汤锅便被端了上来,亮铜色的大锅放在桌子中央,奶白色的汤汁在锅底翻滚沸腾。

一家人围在一起吃饭,于歆妍随口道:"你们这次怎么回去这么久,事情办得不顺利吗?"

苏持伸出筷子尖夹起青菜抖了抖汤汁,道:"还行,一波三折,但结果是好的。"青菜转道落入苏徆意碗里,"是吧?"

"嗯。"苏徆意捏着筷子把青菜戳到碗底埋起来。

苏持见状道:"你把青菜埋起来做什么,来年开春好生根?"

苏徆意:"……"

于歆妍看见后也附和说:"小意,听你大哥的,不要挑食。"

青菜又被刨了出来。

吃过饭后,一家人慢慢散步回去。

天色已经暗下来,天际浮出大片灿金瑰红的云霞,有余晖透过高低错落的建筑群斜映在脚下。

苏纪佟和于歆妍在前方走着,后面跟着的四兄弟边走边聊。

"老大,你们这次回去看见家里的汤池修得怎么样了?"

"修得差不多了,开年回去应该就能用。"

苏纪佟畅想道:"这几天我还研究了中式园林设计和日式庭

院设计，打算在池子边栽棵树。"

苏徊意思及埋在那周围的水管，小声同苏持道："我觉得不好吧，大哥。"

苏持淡然道："没什么不好，等它根深叶茂，后院就能多一处野生喷泉了。"

几人一路沿着河边走回宅院，天色彻底暗了下来。

金红的落日被夜色吞没，灰蓝的苍穹下，街灯一排排亮起。

他们走过河畔拐了个街角，进入一条清静的长街。街灯每隔十来米亮起一盏，苏纪佟夫妇在前面凑在一起说话，苏徊意和苏持走在最后面。

两人并排走着，但彼此间隔了点距离，他们的影子在脚下转动、伸缩，每十来米就在地面上叠交一次。

苏徊意伸了只手出来，在苏持的影子靠近时瞄准时机用手影去戳，然后开始笑。

他的笑声吸引了前面的人，苏纪佟回头看了一眼，同于歆妍道："小意还跟个小孩子似的，也就老大成熟点，能带着他。"

话落，他就看见自己成熟的大儿子用手影夹住了苏徊意作乱的影子。

夫妻两人："……"

苏纪佟心情复杂，道："怎么老大也陪着闹，变得这么幼稚。"

于歆妍抬手把他的脑袋转回去，道："老大就是太严肃了，跟小意在一起才有点年轻人的活力。我的儿子我还不清楚吗，老大心情正好呢。"

"唉，夫人说的都是对的。"苏纪佟妥协了，"这样也挺好的。"

几人回到家是晚上八点多。

于歆妍拉着苏纪佟在客厅看电视，四兄弟都上楼回屋。

往楼梯上走时，苏斑转头问走在后面的苏徊意："弟弟一会儿要不要来三哥房间里拼模型？"

苏简辰闻言警觉起来，也侧头看向苏徇意——如果弟弟要去，那大哥也会去，他万万不能落后！

苏徇意同苏珽说："不去了，我今天有点累，想回去洗个澡睡觉。"

苏珽"嗯哼"一声，没再说什么。

苏徇意第二天醒来，换了衣服下楼吃饭，他一进餐厅，苏纪佟就道："小意起来了。"

"爸爸。"

家里其他人都在餐厅里坐着了，苏徇意也拉开椅子坐下，吴妈替他盛了早饭放到他跟前。

"老大，"苏纪佟坐在主位上，开启了新一天的第一个话题，"你们刘叔叔知道你们这两天回来，前几天就说聚一聚了。"

苏持淡淡道："好。"

于歆妍说："那待会儿吃完饭跟他们约一下。"

苏徇意扒着煎蛋，正走着神，忽然被叫了一声。

"苏徇意！"苏持放下筷子看过去，道，"你进化了是吗？"

苏徇意回神，问："什么？"

苏持看着他快喂进鼻子里的煎蛋，道："鼻孔继喝牛奶之后又会吃鸡蛋了？"

苏徇意："……"

他大哥是精灵球吗，怎么总是一秒捕捉到他？

旁边的苏珽面无表情地戳开一个蛋黄，不是很懂这两人的相处模式。

吃过饭后，苏纪佟给刘家打电话，刘家人的做事效率极高，中午就要来拜访。

两家人之间很熟,也没别的讲究,苏纪佟转头让吴妈中午多做点菜以招待客人。

苏简辰在客厅里看电视,苏珽在侧厅外研究花花草草,苏纪佟同他们说了一声,又上楼通知剩下的兄弟两人。

"老大,小意!"

苏纪佟在走廊口站着,隔了半分钟,苏持的房门打开,他问:"什么事,爸?"

"你们刘叔叔一家中午要过来,记得提前收拾好。小意呢?"

苏持还没回话,隔壁的门就"咔嗒"一声被人从里面推开,苏徊意露出半张脸,叫道:"爸爸。"

"哦,小意也听到了吧?你们看着时间差不多就下楼。"苏纪佟说完又看了看他的脸,"你没生病吧,怎么脸是红的?"

苏徊意道:"间歇性祥瑞。"

苏纪佟哽了一下,叮嘱他多喝热水之后转身下了楼。待苏纪佟的背影消失在楼梯口,苏持转头看向苏徊意,道:"你是什么医学奇迹?"

苏徊意回敬对方:"那大哥就是绝世神医。"

这个话题在几个来回之间结束,他们各自回屋里收拾了一下,快到中午便去客厅里等着。

十一点多,刘家的车停在了院子外,苏纪佟夫妇在门口将人迎进来。

一行人走进客厅,苏徊意几人纷纷起身打招呼。

刘钦凌扎着干练的高马尾从刘贺成夫妻二人背后探出身,招手道:"苏大哥跟徊意弟弟终于回来啦!"

苏持点头"嗯"了一声,接着被刘贺成叫过去坐着聊天。苏徊意自觉地坐到了沙发外侧。

苏珽看见了,问:"嗯?弟弟怎么不过去?"

苏徊意道:"他们聊天,我就不过去了。"

苏简辰闻言回头,露出了不赞同的目光:这不符合他的合群价值观。

兄弟几人间的交流没持续多久,刘钦凌就从客厅另一头走过来,坐在苏徊意身边同他聊天:"这次回去工作很累吧?"

她的语调关切中带着同情,苏徊意有些汗颜,道:"还好。"

除了表演杂技的时候。

刘钦凌又转头看了苏持一眼,小声问苏徊意:"你跟着你大哥回去,就你俩单独在一起,更方便他严格管理你的饮食了,你是不是都没吃上一顿饱饭?"

苏徊意不好意思讲自己每顿都吃到撑。

他委婉地道:"我还是吃得挺饱的。"

刘钦凌目露慈爱,道:"不可能,我每次看你吃饭的劲头就知道你常年挨饿。"

苏徊意:"……"

刘钦凌拍拍他的肩,仗义地说:"你放心,待会儿吃饭的时候我把你俩隔开,你敞开了吃,我绝不让他挨着你坐!"

直到要吃饭了,苏徊意还在思索如何同刘钦凌说不用隔开他和他大哥。

他先前拒绝得太委婉,现在错过了良机,再解释又显得太刻意了。

刘钦凌没察觉到他纠结的心情,继续跟他聊着天。没一会儿,吴妈在客厅门口招呼了一声说"可以吃饭了",苏纪佟便站起身来,道:"走吧,咱们去吃饭!"

餐厅里,丰盛的菜肴摆了满桌。

双方长辈落座后,苏持跟着坐在苏纪佟身侧。

"我要和徊意弟弟坐在一起!"刘钦凌忽然出声,她顺手拉开一把远离苏持的椅子，抬手招招苏徊意，"这边来，和姐姐联络一下感情。"

苏纪佟见状略感诧异，钦凌什么时候跟小意这么好了？他对这和睦的气氛也乐见其成，便道："行啊，行啊！你们几个孩子随便坐就是了。"

这一天的苏徊意又重拾了表演杂技的恐惧。

苏珽一把拉住想要坐到苏持身边的空位上的苏简辰，苏简辰微微皱眉，道："老三，你干吗不让我坐？你不要扰乱餐桌秩序。"

就在这时，苏持忽然起身，道："我坐过去吧。"

"老大，你都坐下了还换什么位置？"苏纪佟顺着他的目光看到那头的苏徊意，"哦，你也要和小意坐一块啊？"

苏持一手搭在餐桌边沿，没有说话，算是默认了。

苏纪佟说："那你们仨挨在一起不就好了嘛。钦凌，要不你坐到这边来？"

刘钦凌誓死要让苏徊意吃上一顿饱饭，道："这不好吧，我要和弟弟说悄悄话。"

苏持终于开口："你们是姐妹淘？"

刘钦凌："……"

碍于对方是女生，苏持的语气没有那么嘲讽，还夹杂了一丝虚心请教的调调。

刘贺成冲着自己女儿摆摆手，道："哎呀，有什么悄悄话吃完饭再说，而且边吃边说，饭菜要是喷到弟弟的耳朵里也不好。"

众人："……"有画面了。

苏徊意当即缩起脖子遮挡住耳朵。

最后，一腔孤勇的刘钦凌还是没扳过根基深厚的苏持，苏徊意坐到了他们中间，两人一左一右。

苏珽在刘钦凌旁边坐下，占据了有利地势，准备近距离观赏这出戏。

他预感其下饭效果应该堪比综艺。

苏纪佟他们边吃边聊着天,苏徇意本着少说少错的原则埋头扒饭。正吃着,碗里"咚"地落下一块山芋,他抬起头,见右侧的苏持淡淡地收回筷子。

"咚",碗里接着又落下一块红烧肉。苏徇意转头,左侧的刘钦凌仗义地看着他,意思不言而喻:吃吧!

她浑身的气势之刚淳,仿佛自带 107 个好兄弟。

苏徇意被震慑了一秒,道:"谢谢钦凌姐……"

右侧一道目光扫过来。

苏徇意迅速补充:"也谢谢大哥!"

碗里就又多了两筷子蔬菜。

刘钦凌捏着筷子观望了片刻,她发现自己夹菜的时候苏持并没有阻止,反而像是在比拼一样,跟她一起越夹越多。

她有点疑惑,苏家大哥也不像是会把徇意弟弟饿着,但为什么只给人家吃草呢?男孩子要多吃点肉才能长得壮实啊!

刘钦凌又给苏徇意夹了点肉,道:"弟弟,快吃快吃。"

"嗯嗯。"苏徇意雨露均沾地一口肉一口草全部吃了下去。

吃过饭后,两家父母聚在一起说要打牌。苏家一楼布置有棋牌室,他们刚好四个人,凑一桌打一下午。

苏纪佟吩咐苏持:"老大,你先带着弟弟妹妹去玩,我们打打牌。"

"知道了。"

五个小辈坐在客厅里,苏珽抬手撑着后颈,懒懒散散地道:"家里又没什么好玩的,我们出去玩呗。"

刘钦凌对这边比较熟悉，提议道："最近开了家密室，口碑还挺好的，要不要去？"

苏徊意立即探头，问："在哪里，需要预约吗？"

刘钦凌看出他心动了，立马拉拢他："坐车二十分钟，本来是要预约的，但我凭这个就能带你们进去。"

她说着拍了拍自己的脸。

苏徊意问："厚脸皮？"

刘钦凌："……"

苏持淡淡出声："刷脸。"

苏徊意羞赧地道歉："对不起。"

刘钦凌慈爱地道："我原谅你。"

他们准备去的那家密室是一个沉浸式密室体验馆，不但可以玩解密，还有对应的场景和服装，是这两年才逐渐流行起来的新玩法，因此十分热门。

林司机开车将他们送到目的地，刘钦凌打了个电话，挂断后同苏家几兄弟比了个"OK"的手势，道："搞定了，这是我朋友家开的，待会儿我们直接进去。"

苏徊意为之前的失言感到羞愧，这会儿疯狂夸赞她："钦凌姐真是一手遮天！"

刘钦凌的表情再度变得慈爱。

一只手落在了苏徊意头顶，温柔而不失力道地搓了搓。苏持同刘钦凌道："他的心意是好的，我以后再好好教教。"

他指缝间的那撮头发蔫耷耷地垂落。

"没事，我知道！"刘钦凌大度地摆手，转头朝密室馆门口走去。

走着走着她心里又觉得怪怪的，这种"我替我家崽子道歉"

的感觉是从哪里冒出来的？哎呀，不过大哥给弟弟兜底好像也没什么毛病。

五人在前台登完记，工作人员拿了场景介绍过来让他们挑选，有古堡、校园、医院、古风、和风等十余个场景。

有几个场景刚被挑走，快结束的场景里还剩校园、古风、未来科技这几个。

刘钦凌转头问："你们想玩哪个？我随时都能来玩，今天主要是陪你们。"

苏徊意扒着桌沿，埋着脑袋仔细看简介，道："我喜欢古风的那个，看几个哥哥选什么，我们可以投票来决定。"

他埋头的时候，头顶那撮翘起来的头发一点一点的，他们旁边就是休息区，有很多来玩游戏的人在等着。

离得近的一桌上传来细微的声音：

"唉，看那个男孩子，好可爱！"

"真的……等等，旁边那几个男生也好帅，大姐姐好飒！好看的人是不是都会聚在一起？"

"哇，他转过来了，侧颜杀我！"

"你们说能去要联系方式吗……"

苏徊意正扭头征询家里几个兄长的意见，一只手忽然压住了他的头发，短暂地把那招摇的"苗头"摁了下去。

苏徊意感觉自己的灵魂都被压制了，问："怎么了，大哥？"

苏持低声道："没事，我也选古风。"

"哦，好啊，二哥、三哥呢？"

对面的苏珽撩起眼皮，也不知道视线定格在了哪里，嘴角翘了翘，道："我也投古风一票。"

"好的呀，二哥呢？"

苏简辰皱着眉，做出深思的模样，他在苏徊意探寻的目光下沉吟半晌，郑重地开口："我也一样。"

众人："……"你沉吟了个寂寞。

刘钦凌都忍不住多看了苏简辰两眼。

几人在休息区没等多久，前一组拿古风剧本的人就出来了，工作人员上前引着苏徊意他们五人进了后场。

到了准备室外，工作人员同他们介绍："这两边是更衣室，里面古风专区的服装几位都可以挑选。换好衣服之后，个人物品寄存在收纳柜里，钥匙可以戴在手腕上，另外请把电子设备也一起存进去哦。"

刘钦凌移步去了女生更衣室，朝几人挥挥手道："咱们待会儿见哈！"

苏徊意也挥挥手道："钦凌姐待会儿见。"

苏持伸手把他拎走。

男生更衣室里，右边是一排寄存柜，左边是十几个对应的服装挑选区，古风的服装挂了一排。

苏徊意一眼看见服装，立马从苏持手底溜走，扑棱扑棱地就过去了。

苏持不紧不慢地跟在他后面。

苏简辰一向对这些花里胡哨的东西不感冒，随手挑了件深色的衣服就转头去另一边换上。

苏珽抬手拎出一件绣着赤红花纹的长衫，苏徊意侧头看见，目光在对方栗黄色的头发上顿了顿，待苏珽走后，他小声同苏持道："大哥，我有点饿。"

苏持挑衣服的手一顿，随后他问道："怎么，你是觉得老三秀色可餐？"

苏徊意道："没有，三哥有点像番茄炒鸡蛋。"

苏持拍了拍他的脑袋，道："说得不错。"

两人一起挑好服装，苏持手肘间搭着黑底滚金边的长衫，苏徊意则选了件白底带浅金色竹叶的长衫。

苏徊意和苏持走到更衣室另一侧换衣服，苏徊意把自己那套长衫递到苏持手里，道："先帮我拿一下。"然后他便开始脱自己身上的衣服。

隔了大半个房间，另外两人正在说话：

"二哥，你怎么还没换好？"

"老三，这条带子是怎么整的？"

苏徊意拿回长衫，垂头拉住衣襟细细理好。

他正理着，头顶的光线忽然一晃，苏持也抬手脱了上衣。

苏持将脱下的衣服扔在椅子上，抖开手中的黑色长衫，抬起胳膊从头顶一拉而过——

不透光的丝质布料在灯光底下显出细腻的光感，他背部性感的肩胛骨微微耸动着，又被长衫掩住。

长衫从背后倏地落下，苏持直起身，拢好衣襟。

那头的苏简辰正好转过来，问："大哥，你们好了没？"

苏持转头看向苏简辰，他的衣襟还敞着，问："你觉得呢？"

苏简辰"哦"了一声。

"二哥，"苏珽叫了声望眼欲穿的苏简辰，"你帮我看看我后面理好了没。"

苏简辰收回视线，皱眉道："老三，你怎么这么讲究？"

苏徊意和苏持重新低头整理衣服，苏徊意的衣襟被一只手拉上去。

苏徊意拉着系带，小声催促："大哥，你也把衣服拉好吧，不然腹肌该着凉了。"

苏持："……"

几人换好衣服，将随身物品放入收纳柜。苏徊意跟在苏持后面走到更衣室出口,苏珽跟苏简辰一齐走过来,道:"出去吧。"

推门出去就是等候室,刘钦凌已经等在了里面。她看见四人走出来,眼里闪过一丝惊艳。

龙生九子,各有不同。苏家的四兄弟也是风格各异——苏珽一袭红衣张扬肆意,像是风流的王公贵胄;他身后的苏简辰身着藏蓝长衫,稳重大气,线条刚硬,很有大将之风。

"哇,你们……"她脱口而出的惊叹在看到最后两人时一止。

苏持一身矜贵的滚金黑色长衫,抬眼间气势凌厉,冷峻而禁欲。他微微侧头看向身旁的人时,浑身气势稍减,道:"好好走路,不要踢到衣摆。"

苏徊意跟在苏持后面,身着白色长衫,外面拢了轻薄的外袍,隐隐透出底下被束腰勾勒出的腰线。听到大哥的叮嘱,他道:"我没有故意踢,我只是走路带风。"

"你以为你是吸尘器?"

"……"

"哇,凌姐真是个大美人。"苏珽几步走到刘钦凌跟前,相当惹眼。

刘钦凌叉着腰,扬起下巴,道:"那可不!"

工作人员起身,将手里的小册子发到几人手中,道:"这是道具使用说明,有助于大家待会儿破解密室,我们这个剧本里没有什么角色扮演,齐心协力走到最后就可以了。"

小册子拿在手中,苏徊意翻开逐字逐句细细指读,他看到一半,余光就瞄到苏持合上了册子。苏徊意抬头指责他:"大哥,你看得不认真。"

苏持道:"我已经记下来了。"

苏徊意不信,道:"你只是扫了一眼,都没有指读。"

苏持看着他,若有所指地问:"指读的效果就很卓越?"

"那必然……"话刚出口，他脑子里蓦地跳出自己最近一次的指读成果——聂赤鸡。

苏徊意的声音戛然而止，他自知理亏地垂下头，不再同苏持争辩。

"金鱼脑袋"被人怜惜地搓了搓。

看完了指导手册，一行人在工作人员的带领下穿过光线幽暗的走廊，走到一扇红漆铜环的大门前。

通关时长两个小时，可以使用对讲机求助，但只有一次机会。苏徊意抱着对讲机，仿佛抱住了全村的希望，道："有不会的记得来找我。"

刘钦凌理智地道："我觉得应该先找苏大哥。"

苏徊意醒悟道："哦，也对，大哥才是最厉害的！"

苏持则直接抬手推开漆红的大门，沉重的开门声打断了两人的话。

门内光线昏暗，环境简陋，依稀可以看出是古代大宅的后厨。

二十几平方米的空间内，正对着墙壁有一扇门，左边挂了三个大簸箕，右边刻了天干。地面上堆了些柴火、各类杂物。

五个人走进去后，大门就在他们身后"砰"地关上，随即门外又响起"哐啷"的落锁声。

大门一被反锁，苏徊意心里就紧张起来，他赶紧靠近他大哥。苏持在陌生的环境里依然很沉稳，他道："我们先搜集线索，再集中起来——对应，第一关一般都不难，很快就能出去。"

苏徊意警觉地道："你不要乌鸦嘴！"

苏持："……"

刘钦凌摆摆手，道："唉，我信苏大哥的。"她说完转头去四周找寻线索，苏珽也晃晃悠悠地研究墙壁上刻的天干去了。

苏简辰见状立马加入，道："我去看看那边的灶台，上面有个圆盘应该是关键线索。"

苏徊意瞥见另一个角落没人去，正要移步，胳膊就被人拉住。

力道一收，他整个人又转回到苏持身旁，衣摆在脚底打转，苏徊意感觉自己像在跳梦幻华尔兹。

他站定后稳住身形，叫道："大哥？"

室内光线十分昏暗，根本看不清彼此的神色。苏持的声音陷入昏黑之中，低沉而模糊，苏徊意只听到他大哥说："跑什么？跟着我。"

大家都各自查找着房间里的细节，苏徊意跟着苏持，像只小鸡崽似的。

苏持的目光在他脸上定格了几秒，随即道："你过来，看看这里。"

后厨的一侧靠墙处有个木质橱柜，每一层都摆放了瓷碗、瓷瓶，物品之间有间隔。橱柜背后贴着墙，苏徊意探头看了一眼，有半指宽的空隙，看上去是可移动的。

他试着推了一下，橱柜纹丝不动。

苏持把他拎到一边，抬手翻开碗底挨个察看，碗底用醒目的油漆涂了数字，暂时看不出规律。

苏徊意凑了个脑袋过去，问："大哥大哥，这是干什么用的？"

瓷碗被放回到原位，苏持道："你以为我是人工智能，语音输入就能知道答案了？"

苏徊意觑着脸道："你是最……"

苏持似是知道他要说什么，看了他一眼，他把嘴唇往牙齿后面娴熟地一收，乖乖闭嘴。

过了十来分钟，密室里的几人便在中间会合，交流各自得到的情报。

苏珽说:"右边墙上刻了天干,还有对应的数字,左边墙上摆了三个圆形簸箕,翻开之后背面有标记。"

苏简辰一下来精神了,这道题他会!

他说:"灶台上是一个大圆盘,里外三层,全刻了天干,应该是跟你找到的线索相关。"

苏徊意一听有关键线索,立马转身跑到灶台那里去看。苏持顿了顿,脚尖一转跟在他身后。

灶台上面果然有一个大圆盘,中心一根指针朝上,三层圆盘可以转动。苏徊意伸出手试着转了转圆盘,袖摆在盘面上扫来扫去,接着被苏持捞在手里。

他侧头看过去,苏持也正看着他。

苏简辰忽然冒出来,道:"哦,忘记说了,盘面还刻了些字,但这里光线不好,看不清楚。"

两人:"……"

气氛有片刻的沉凝,苏简辰察觉到哪里不对,问:"怎么了?"

苏持淡淡开口,"没什么,老二你凑近点就能看清楚了。"

苏简辰笃定道:"不行的,大哥,我刚刚就凑得很近了!"

苏珽懒懒地跟在后面,往旁边一靠,他已经放弃扭转他二哥这憨厚的性格了。

刘钦凌闻言猛地拍掌,道:"我刚刚看到一盏烛灯,因为没有线索,所以就丢在一边了!"

她说完,转头就去翻找。

第十七章

烛灯很快被翻出来,因为是模拟古代场景,道具只是做成了烛灯的形状,实际上是电子照明设备。几人捣鼓了一下,昏暗的室内终于又见了光。

刘钦凌高举着烛灯,一袭长衫迤逦,亮光映在她明丽的脸上,她说:"兄弟们,你们看我……"

苏徊意适时夸赞:"像自由女神。"

刘钦凌:"……"

她放下烛灯微微叹息,心想:如果我有错,请让法律制裁我,而不是派苏徊意来镇压我。

苏珽难得好心安慰她:"好歹是女神。"

苏简辰抓不到重点,但也不甘落后,道:"还很自由!"

刘钦凌说:"那真是谢谢啦。"

有了烛灯的照明,圆盘上的小字就变得很清晰了,是一圈一圈的数字,排布在圆盘内侧。苏持修长的手指搭在台边,若有所思地敲了两下。

几秒过后,他忽然转身大步走向左墙,将上面挂着的三个簸箕取了下来。

其余几人围过去,问:"想到什么了?"

簸箕被翻过来，借着光亮，他们这才看清背面上是字迹被淡化过的天干，簸箕边缘还有一道红杠。

苏持将三个簸箕按大小重叠在一起，三道红杠归于一条直线后，对应的天干排成一道。

刘钦凌恍然惊呼："啊，原来是这样组合用的！"

苏持淡定地转手递给苏简辰，道："老二，去排一下。"

"哦，好！"

苏珽和刘钦凌都跟着一起去解密了，墙边只剩苏持和苏徊意两人。

苏徊意有点激动，虽然他自己没解出答案来，但苏持解出来了，他也算沾了点光，毕竟那是他大哥嘛！

"大哥，你好像大 boss，解开了谜底又不亲自出马，站在背后让其他人去动手，自己隐匿于黑暗的小角落。"苏徊意"呜呼"一声，接着道，"好有格调！"

苏持伸手拽了拽苏徊意的头发，问："你觉得我是为了耍帅？"

苏徊意没回答，抱着袖子笑着跑开了，背影招摇而嘚瑟。苏持靠在墙上深呼吸了两下，片刻后，他抬步朝前方围在一起的几人走去。

苏徊意正凑在几人外面围观解密，苏持就站到了他的身后，他起初没在意，直到苏持一手搭在了他的肩头上。

苏徊意本能地觉出一丝危险，前面几人还在埋头研究灶台上的转盘，暂时没有注意到他们这边。

他正要转头用眼神来震慑苏持，那只手就着搁在他肩头的姿势，拽了一下他的头发。

他惊了！光天化日、昏昏乾坤，苏持居然敢对他的头发下手，这普天之下还有没有王法了？

他猛地侧头，目光如炬。

苏持垂眼看他，苏徊意的气势顿时弱了下来，前面的苏简辰忽然猛地直起身，道："解开了！"

苏徊意心头一跳，赶紧撤回目光转向前方，发出赞叹："哇……哇哦！"

搁在他肩头的那只手便从他背后收了回去。

圆盘按照簸箕背后给出的提示重新排好了顺序，三个轮盘卡合的一瞬，正对的那扇门后传来"咔嗒"一声轻响。

刘钦凌抬头，道："开了？"

"我去看看。"苏珽离门最近，大红衣摆一转，上前扣住门环，道，"可以拉开。"

刘钦凌说："哇！就这么解开了吗？"

苏徊意心头一动，总觉得不应当，他跟他大哥看到的那个橱柜里还有线索，右墙上的天干也还没派上用场，怎么会就这么解开了？

他下意识地看向苏持，对方转向他，问："怎么了？"

"大哥，我觉得没这么……"

"咦？"苏珽的声音吸引了众人的注意力，他拉开门环，发现后面并不是下一个房间，于是道，"是个暗格，里面有个签筒。"

"不是下一道关卡吗？"刘钦凌说，"我还以为解开了……不对啊，里面就这一扇门，那出口在哪里？"

苏徊意指了指橱柜的方向，道："我们刚刚看到那边的橱柜是可移动的，出口可能是在橱柜背后。"

签筒"哐哐"摇晃了两下，苏珽挑眉道："哦，看来解开橱柜的线索就在这里了。"

签筒里有几十张木牌，倒扣过来之后，每张木牌上都写了一半的数字，看着像是需要拼图。

苏徊意挥拳道:"这个我擅长!"

宽大的袖摆顺着他的动作滑落,露出光洁的手臂,苏持伸手把他的手摁下去,道:"你是活体ETC?"

苏徊意一不小心说出了心里话:"你才是。"

苏持沉默地凝视着他。

旁边的苏珽打圆场:"嗯哼,这有什么好争的?"

一个外在ETC,一个内在ETC,谁也不输给谁。

刘钦凌以德报怨地救苏徊意于水火,她拉回话题:"弟弟擅长拼图?"

苏徊意羞涩地道:"也没有,我只是擅长不动脑子的事。"

众人:"……"

苏徊意花了五六分钟在地上拼好木牌,连起来是一串数字,他起碗底和瓶底的数字编号,抬头向苏持求证:"大哥,是不是按这个顺序来排的?"

苏持弯腰把他拉起来,道:"是。"

苏徊意叹息道:"我好聪明。"

苏持不置可否。

其他几人在排出数字后就到橱柜那头去调整排序,苏徊意又趁机小声同苏持道:"大哥,是不是因为我老和你在一起,所以我变聪明了?"

"……"苏持第一次违背了自己的良心,道,"是。"

"呜呼!"

碗瓶重新排好了顺序,最后一只碗归位时,橱柜背后传来"咔"的一声响。苏简辰捞起袖子去推橱柜的一侧,随着"哗啦"一声,橱柜后面的墙体展露了出来。

没有门,只有一堵墙,上面写了三个数字。

室内空气凝滞了一瞬。

没有出口,那出口会在哪里?

刘钦凌非常没有气质地揪了揪自己的头发,道:"该找的线索都找到了吧,这些数字又是做什么用的?"

其余人集体陷入了沉思。苏徊意转向苏持,长袖一振,指向虚空,道:"大哥,看到了吗?"

苏持眉峰微动,问:"什么?"

"你曾经说过的大话。"

苏持盯了他两秒,蓦地转过身对着橱柜那边几人,挡在他跟前,压低声音道:"是我太放纵你了,现在敢反讽我了?"

苏徊意道:"师夷长技以制夷。"

苏持道:"要是讽错了,你打算怎么办?"

苏徊意心里"咯噔"了一下,说:"我可以道歉?"

回答他的是苏持的轻笑,他蓦地有点发虚。

"还要赔礼。"苏持说完,越过他径直走到了灶台前,伸手开始转动三个轮盘。

刘钦凌注意到这边的动静,几步跑过来,道:"怎么了,我们不是都转过这个盘了?"

"二次利用。"

随着圆盘重新排序,在苏持收回手的同时,灶台突然发出"哐"的一声响。

看上去严丝合缝的灶台倏地出现一道缺口,一束光从里面透出来。

苏持淡定道:"通关了。"

众人沉默的同时一脸疑惑。

苏徊意直接呆住了,他甚至怀疑苏持之前是故意不说的,就等着他往坑里跳!

苏简辰本着求知精神研究着已经破局的圆盘，问："大哥，这是哪儿来的线索？"

"三个数字对应三个轮盘，墙上有提示天干对应的数字大小，重排一下就是答案。"苏持掀起眼皮子，道，"之前指导手册上不是说过，某些道具是可以重复使用的？"

众人齐齐道："哇哦！"

苏徊意心想，原来他大哥是真的记住了！

刘钦凌对旁边的苏珽道："我觉得其实我们花点时间也可以参透，但你们大哥解得太快了，这样会显得我们很笨，仿佛一无所知。"

苏珽的目光落在被震惊的呆住的苏徊意身上，他得到了一丝安慰，道："还好有弟弟在。"

刘钦凌陷入思索，苏家内部好像存在一条奇怪的食物链是怎么回事？

从灶台下的缺口往里看是一条密道，有长梯从出口伸下去，高度在三米左右。

苏持把外袍往后一掀，矮身扶住台沿，道："我先下去。"他说完，转头看了眼一旁还在怀疑人生的苏徊意，补充道，"你跟着我。"

苏持的行动很利落，他顺着扶梯三两下就落到了地面。苏徊意等他退开几步后，才小心地慢慢往下溜。

他一边试探着去踩梯子，一边探头看向下方的苏持，说："大哥，这个古装好碍事。"

苏持走近了点，以防他踩空掉下来，道："这是你仔细斟酌之后选的。"

"你当时不也赞同我了？"

他说这话时刚好下到距离地面还有半米的位置，干脆手一松跳下去，轻薄的外袍在身后翩跹，露出底下一截被束紧的腰肢。

苏持虚虚扶住苏徊意，待人站定后，低声问："你以为是拜谁所赐？"

苏持收回手后，抬头对上方的苏珽道："下来吧，老三。"

苏珽："……"呵呵。

苏徊意站在苏持身侧，看着上面几人一个个慢慢下来。最后一个是刘钦凌，她下来时，苏徊意还善意地上前试图搀扶，然后被对方干脆地拒绝了。

"不用！这梯子不过如此。"

苏徊意担忧道："别说了，你也不怕风大闪了舌头。"

刘钦凌差点一脚踩空。

苏徊意一惊："看吧！"

刘钦凌平稳落地后，意味深长地看了苏徊意很久。

苏持代为教育般，"啪嗒啪嗒"地拍了拍苏徊意的头。

密道两侧都点了灯，比上一个房间亮堂很多。一行人沿着密道往前走，脚步声在空荡的通道里回荡。

苏徊意左右张望，道："我们就顺着这条密道一直走到下个房间吗？为什么如此平平无奇？"

他说着发出畅想："如果是我来设计这个密室，我就在这里设置一个机关，当众人放松警惕的时候，来个出其不意……咦，你们怎么都不说话？"

其余几人眼神复杂地看着他。

苏持微微弯腰，一副人生导师的姿态，道："你有没有读过'华容道义释曹操'？"

苏徊意："……"

自此，一行人全都管住了嘴巴，相顾无言地朝前方继续走着。

有了苏徊意的乌鸦嘴，他们个个心生警惕。

很快密道到了尽头，一条梯子沿着墙体直通上方，天花板上嵌着一扇木板做的门。

苏简辰攀着梯子爬上去推了推，发现落了锁，道："开不了，看来得找找有没有别的线索。"他说完，俯瞰了苏徊意一眼，"果真不是平平无奇。"

苏徊意被自己的乌鸦嘴震惊了。

他颓然地往旁边墙上一靠，"轰"，墙体突然毫无预兆地转开。

"我去！"苏徊意直接蒙了，侧身跌了进去！

意外突如其来，不仅是他，在场其他人都没反应过来发生了什么。

他身后是一片黑暗，墙体在面前快速合拢。光束收缩的那一瞬，一道身影蓦地冲破明暗的分割闯了进来。

外面传来几声惊呼：

"大哥？"

"徊意弟弟！"

在苏徊意跌倒的前一刻，一只手拉住了他。

从尚未完全合拢的空隙间，他还能看见外面几人焦急的眼神。

"咚！"墙缝彻底合拢。

黑暗的环境中，苏持低声问："你是从哪里保送来的种子选手，凡事踩雷第一名？"

"……"苏徊意搬出自己的守恒定律，道，"那可能是运气守恒。"

遇见苏家人，遇见苏持，大概是他最大的好运，所以要在别的地方让他受点苦。

不知道是不是猜到了他的想法，苏持安抚般地拍了拍他，淡淡道:"没有这种说法。"

隔了道墙,外面传来"咚咚"的敲击声。

"大哥,你们没事吧?"

"里面是什么情况?"

苏持转向外面,声线沉稳道:"没事。"

苏持说完,又低头轻声问苏徊意:"还造作吗?"

苏徊意:"……"

苏持说:"觉得自己高枕无忧了是吗?"

苏徊意:"……"呜呜。

苏简辰几人讲话的声音透过墙体隐隐传来,一片黑暗之中,苏持说:"你是不是还欠我赔礼?"

现在是讨论赔礼的时候吗?苏徊意道:"等我们出去之后,我再请你吃饭。"

"咚咚"的敲墙声再次响起,苏简辰隔着墙叫他们:"大哥,你们找到机关或者线索了没有?"

苏持没有回话,苏简辰疑惑地追问:"怎么了,大哥?"

苏徊意戳了戳苏持,他看不见对方的神色,也无法揣度对方此刻的想法,只道:"大哥,二哥在问你。"

"咚咚咚"的敲墙声又一次响起,苏简辰道:"大哥,你们没事吧,怎么没声音了?老三,我们要不要找工作人员来看看?"

苏持深吸一口气,又缓缓呼出来,朝墙外开口:"没事,刚刚在探索。"

外面的议论声停下来,苏简辰松了口气,道:"那就好,大哥你刚刚怎么不说话?"

苏持一本正经道:"在听声辨位。"

苏简辰深信不疑,道:"里面的机关竟然如此复杂!"

忽悠完苏老二,两人也该干正事了。

苏持叮嘱苏徊意:"你不要乱窜,我去四周看看。"

苏徊意拉住他,道:"还是算了,这里这么黑,万一你摔了……"

苏持伸出去的脚骤然刹住,似乎在权衡自己的把握和苏徊意的乌鸦嘴哪个功力更大。

半晌,他对苏徊意的信任占据上风,选择了一个折中的办法。

他抬手摸到墙边,道:"我先沿着边缘走一圈,别的地方不去,如果不行就……"

"就动用全村的希望。"苏徊意拍了拍不知道塞在哪里的对讲机。

苏持:"……"

墙外的三人似乎没有找到什么有效信息,苏持在墙内绕了一圈也一无所获。

继续盲目探索下去只会浪费有限的通关时间,苏徊意摸出了"全村的希望",道:"我们'开挂'吧,大哥!"

苏持道:"准了。"

两人在对讲机里呼叫工作人员,过了不到三分钟,室内的灯便亮了。

苏徊意这才看清他们身处一个全封闭的石室,石室中央放置了一张石床,上面刻有阵盘。

背后的旋转门被推开,工作人员身后跟着苏简辰几人走进来。

工作人员同众人解释道:"这个密室其实需要用到上一个场景里的烛灯,但你们没有带下来。"

刘钦凌说:"就算带下来也不能保证进去的人刚好手里拿了烛灯啊。"

"这是因为你们开门的方式很……很特别。其他客人都是用手推开的,有充分的时间把烛灯带进去。"

几道意味深长的目光同时落在了苏徊意身上。

苏徊意顿时有些惊惶。

有了外挂加成,这间密室里的线索很快被破解,苏简辰返回到梯子上面,顺利推开了木板门。

"好了,都上来吧!"

苏珽和刘钦凌陆陆续续往上攀,苏徊意和苏持留在最后。

刘钦凌的身影消失在下个房间的入口处,苏徊意捞了捞袖子也拉住了扶梯,苏持道:"别踩到衣摆。"

"肯定不……"

"苏徊意。"

暗含警告的声音打断了他发挥乌鸦嘴的功力的机会,苏徊意闭上嘴,乖乖往上爬。

上去之后是一个书房,苏徊意理了理长衫站定,看见四壁都挂满了书画卷轴,雕花木桌上摆了个笔架,还有几册旧书放置在一旁。

苏持跟在苏徊意后面上来,顺道关上了木门以防踩空。他关好后环顾了一周,还没开口就被刘钦凌制止:"苏大哥,这次你先别说话,让我们也稍微有一点游戏体验。"

苏持善解人意地道:"好。"

苏徊意看向苏持,在心里竖起了大拇指。

其余三人分头去寻找线索,苏徊意在加入和留守之间犹豫了片刻,就被苏持拉到一边。

他的袖摆还在苏持手里,他抬起手,道:"大哥,你看,我们在袖手旁观。"

"……"苏持采访他,"小学的看图说话你都是拿满分吧?"

苏徊意谦虚道:"也没有都是,就百分之八九十!"

"剩下的没给满分应该是怕你骄傲。"

"原来是这样。"

时隔多年，苏徆意再度重建自信。

事实证明，苏简辰、苏珽和刘钦凌的智商还是在线的，即使没有苏持的加入，他们也逐步解开了剩下的线索。

三人只在偶尔卡住的时候，才将求助的目光投向苏持，而苏持则会十分有格调地指点一二，然后三人便发出"哇哦"的惊叹声。

苏徆意站在苏持身侧，享受着钦佩的余光，颇有些狐假虎威的意思。

整场关卡包括暗室在内共五个房间，从书房出去之后还剩两个，至此时间已经过去一大半。

刘钦凌他们体验完游戏了，眼看时间不够，立马整整齐齐地让到一边，把剩余的空间留给苏持施展，道："大哥，请。"

苏持抱着胳膊好整以暇地望向自动提升了游戏难度的几人。

苏徆意"崽仗鸽势"地站出来，道："你们这样也太为难我大哥了！"

众人："……"

苏持目光一转，问："为难？"

他看了苏徆意几秒，转身朝下一个场景走去，高大挺直的背影如同即将开荒的王者。

苏珽嘉奖般拨了拨苏徆意的头发，道："弟弟，干得不错。"

苏徆意一脸蒙，问："我干啥了？"

苏简辰也很蒙，同问："他干吗了？"

刘钦凌一拳砸在掌心，道："哦，激将法！"

苏珽长袖一甩，越过这群憨憨，大步离开。

他终于体会到了无人能懂的寂寞。

男人的自尊心无所不能，尤其放在最厉害的苏持身上。

几人如梦似幻地跟着苏持解开层层线索、推开最后一扇大门时,距离限定的时间还有十分钟。

工作人员站在门外"啪啪"鼓掌,道:"恭喜几位通关!"她说完,由衷赞叹道,"我真是全程看着你们一路闯关的,太厉害啦!"

全程看着?苏徊意整个人呆住,他光是想想那个画面,头发都能瞬间蜷成一团毛线。

工作人员转头领着他们去更衣室换衣服,刘钦凌回了女生更衣室,苏简辰跟苏珽推开男生更衣室的门走在前面。

苏徊意从工作人员面前经过时侧头看了她一眼,两人对视片刻,工作人员忽然朝他抿嘴一笑。

苏徊意心里一惊,苏持从背后提溜起他,切断两人的视线交流,问:"你是在跟人行注目礼?"

苏徊意暂时没工夫捧哏,他拍掉苏持的手,道:"大哥,请你矜持。"

苏持收回手,深深地看了他一眼。

几人换完衣服从密室馆出来,时间接近下午四点。

林司机载着他们往家里驶去,刘钦凌还沉浸在玩密室的余韵中,一路说个不停。可能是她太兴奋,说话相当富有节奏感,苏徊意听着听着就开始犯困,头一点一点的。

苏持低声问:"睡会儿?"

"不用了,到家洗把脸就好。"苏徊意撑开眼皮,道,"我好累,明明没怎么动脑子却觉得很累。"

苏持正要安抚他,又听他打了个哈欠,补充道:"要是动了脑子,还不知道会有多累。"

几人到家时还不到四点半。

进了家门后，苏家几兄弟要去楼上换衣服。密室馆的服装虽然看上去整洁，但也是公用的，他们都得冲个澡。

刘钦凌没这个条件，就摆摆手让他们随意，自己直接去往棋牌室找父母。

晚饭时，两家人在餐厅陆续就座，苏持在苏纪佟身边坐下后，接着先发制人地长臂一伸，在刘钦凌出声前将苏徊意打捞到自己身旁。

刘钦凌见状，只得遗憾作罢。

开饭后，桌上觥筹交错，因为刘家在场，每人跟前还摆了酒水。一轮敬酒过后，苏徊意杯中的酒水少了一半，脸上泛起了热意。

苏持转头看见，起身去拿茶饮。

苏徊意感觉燥意顺着心口一路蔓延到了脖子根，抬手扯了扯衣领散热。

"叮"，瓷碗撞击桌面发出一声响。

苏纪佟的目光定在苏徊意脖子上，他问："小意，你这儿怎么了？"

苏徊意顺着他的目光往下一落，问："我怎么了？"

苏纪佟凑近了点，说："你脖子那里……"

苏持刚好拿了茶饮回来，闻言朝苏徊意颈间轻轻一瞥，接着将茶饮摆在桌上，坐下后道："好像红了。"

苏徊意流露出迷茫而震惊的表情，问："红了？"

桌上其他几人注意到这边的动静，纷纷看了过来，刘贺成关切地问了一句："这是怎么了？"

苏徊意道："可能是局部开门红。刘叔叔一家来了，我给大家献个祥瑞。"

众人："……"

苏持轻轻开口:"你是上古神兽?"

苏纪佟跳过他的瞎扯,转头同苏持说:"你看看你弟弟脖子上怎么了,是不是酒精过敏了?"

"嗯。"苏持撩开了苏徊意的领口,只看了两秒便收回手,重新将他领口拢好,道,"不是过敏,应该是在哪里擦红了。"

苏徊意缓缓呼出一口气,道:"今天在密室玩的时候好像是有磕到碰到。"

苏纪佟放下心来,道:"那待会儿吃完饭你看要不要擦点药。"

苏徊意捏着筷子点头如捣蒜。

一旁的刘钦凌陷入回忆:磕到碰到,她怎么没印象呢?唯一有可能的是苏徊意跌入暗室的那会儿。

晚饭过后,刘家人便要辞别了。

苏家人站在门口送他们,临上车前刘钦凌还惦记着苏徊意的擦伤,细细叮嘱他:"弟弟,记得擦药。"

苏徊意的"祥瑞"再度浮现在脸上,他道:"好的呀。"

送完刘家人回到客厅,于歆妍提醒了一句药箱的位置便同苏纪佟一起上了楼。

苏简辰还想说点什么,却被苏珽勾肩搭背地捞走。苏珽道:"二哥,要不要去我房间里拼模型?"

"老三,你最近对我格外热情。"苏简辰狐疑道,"你该不会又做了什么对不起我的事吧?"

苏珽呵呵一笑。

家里人都陆续上楼了,苏徊意坐在客厅里,看着苏持把药箱翻出来放在茶几上。

活血化瘀的药倒了几滴在棉签上,一股药味弥散在空气中。

苏徊意看着苏持,忽然给他大哥做起了职业规划,道:"大哥，你就算不是霸道总裁，也很适合当细作。"

苏持帮苏徊意擦好药，丢掉棉签，直起腰来拍了拍他的脑袋，恍惚有轻微的水声在客厅里响起，苏持问："听到了吗？"

苏徊意虔诚地闭上眼，道："这一定是上古神兽在传播神谕。"

宽厚的手掌抚上他头顶，苏持也跟着闭上眼。

苏徊意微微睁开眼，打量着苏持，问："大哥，你在做什么？"

"沾沾上古神兽的福气。"

苏纪佟洗漱后坐在卧室的沙发上，又想起他家小儿子脖子上的擦伤。

那个位置实在有点微妙，他第一眼还以为是那什么呢，吓了一跳。

于歆妍在梳妆台前护肤，透过镜子看了眼发呆的苏纪佟，问："你该不会还在想下午那把牌吧？"

"怎么会！"这会儿只有他们夫妻两人，苏纪佟没有隐瞒自己的想法，道，"我是在想，小意也太容易碰伤了。我吃饭的时候看到他脖子上那痕迹，还以为……哎呀，要不是他还没谈恋爱，我都有点尴尬了。"

他说完，又忽然警惕地道："小意应该不会瞒着我们偷偷谈恋爱吧？"

"你就会胡思乱想。"于歆妍抹完护肤精华，拧上瓶盖，道，"今天他们几个兄弟姐妹一起玩，都没分开过，他能和谁偷偷谈恋爱？"

"哦……也是！看我这年纪大了，脑子不好使。"

"你这叫关心则乱。"

夫妻两人又聊了几句，临近十点便准备关灯休息。屋子里的大灯"啪嗒"一声关上，只余床头一盏雕花小台灯，苏纪佟在柔和的光线下缩进被子,忽然顿了顿。

于歆妍侧头,问:"怎么了,睡前忘上厕所了?"

"不是啊夫人……"苏纪佟又顺滑地躺平,道,"我是在想,小意也到谈恋爱的年纪了。老大、老二、老三之前都说过不用管他们感情上的事,但小意没说过。我们干脆找个时间问问他,看要不要给他介绍个对象什么的。"

"问问也好,都问过上头三个哥哥了,不要让小意觉得我们差别对待。"

"对,还是夫人考虑得周到!"

夫妻两人达成共识后便安心地关了台灯合眼睡觉。

苏徊意肩窝里的痕迹过了两天才慢慢消散。

晚餐桌上,苏家人边吃边聊天。

他们家没有"食不言寝不语"的规矩,每天的吃饭时间就是他们聚在一起联络感情的时候。

翻过二月就接近春节,苏纪佟讲了点准备过节的事宜,初步把回家的时间定在年后。

"过完年就开春了,回去找人把花草打理一下,公司里的事也有得忙。"苏纪佟说完又看了眼埋头扒饭的苏徊意,道,"小意是怎么打算的呢,继续跟着老大上班?"

苏徊意扒饭的动作一停,这才想起自己的试用期已经结束了。

"如果大哥不介意,我还是跟着大哥上班。"

他把话说得这么客气,一副公事公办的口吻,对面的苏持就抬眼看向他,似笑非笑。

苏纪佟闻言转向苏持,问:"老大觉得怎么样?"

苏持收回目光,道:"他表现得还行,要留也可以留着。"

他的语气有点勉强,苏徊意的筷子尖"啪嗒"一下,挑落了两粒米饭。

两人正暗地里相互较劲，苏纪佟忽然开口："工作是工作，不过也可以考虑一下个人问题。小意，你也二十几了，有没有想过谈一场甜甜的恋爱呢？"

这个话题转得猝不及防，餐桌上蓦地安静了一瞬。

苏徆意回道："也不用那么刻意……该来的时候总会来。"

苏纪佟和于歆妍对视了一眼，于歆妍接着说："你别觉得不好意思，你现在接触的人也不多，选择面还是狭窄了点。你看，需不需要给你介绍个对象……"

苏徆意赶紧拒绝："不不不……不用了，我心智还不健全！"

餐桌上静默了一瞬。

苏纪佟眼神复杂，道："哦，实在不愿意就算了，小意你……倒也不必这么说自己。"

苏徆意："……"

吃过晚饭，一家人出门溜达了一圈。

回到家后，苏徆意上楼洗了个澡，刚从浴室出来，阳台玻璃门就被"咚咚"敲响。

见苏持站在外面，苏徆意便搭着浴巾走过去开了门，叫道："大哥。"

苏持看了眼狭窄的门缝，说："这门开得不错，和我很配。"

苏徆意立马将门缝拉到最大。

苏持抬步进屋，两人坐在沙发上，正要说话，苏徆意就感到一阵轻微的晃动。

苏徆意道："大哥，你别抖腿……"

气氛凝滞了两秒，苏持突然抓住苏徆意的胳膊。苏徆意还没反应过来发生了什么，就听外面隐隐传来两道开门声，与此同时，他被苏持拉着快步走向房门口。

"大哥,你是要带我去参加集体夜跑……"

苏持"哐"一声拉开卧室门,回头时,目光沉冷凶戾,道:"是地震,苏徊意!"

苏徊意猛地提起一口气,慌忙跟紧了苏持的脚步。

卧室门打开,冷风灌进敞开的领口,苏徊意抬手将衣领拢住。

两人刚从房间出来,就对上从三楼下来的苏纪佟和于歆妍。

地震还没有停止,现场有些慌乱,苏纪佟只转头看了他们一眼,便道:"老大,小意,快点下楼!"

苏持应了一声:"知道了。"

苏徊意一只手被他大哥拎着,另一只手拢紧了自己的领口,对地震的恐惧袭上心头。

他跟着苏持,脚撵脚地往楼下跑,小声叫道:"大哥。"

苏持侧头同他说:"没事,有我。"

到了楼下,大门敞开着。苏珽和苏简辰都站到了院子里,苏纪佟拉着于歆妍跑出去,问:"你们没事吧?"

苏珽道:"能有什么事啊,爸。"说罢,他朝屋里看了一眼,问,"大哥和弟弟呢?"

苏纪佟道:"应该马上就出来了。"

他话音刚落,苏持就提溜着苏徊意走了出来。

苏徊意的领口已经在出玄关的时候扣好,现在胸口被挡得严严实实。他半个身子都缩在苏持身后,一副惧怕的神情。

于歆妍的注意力全放在地震上面,她问:"我们在三楼都有震感,这次地震得有五六级吧?"

苏简辰拿出手机看了眼,地震信息已经出现在了微博上,道:"震中在滇北,5.8级。"

"那还好,不是很大的地震,就怕还有余震,晚上都睡不踏实。"她说完看向苏纪佟,却发现后者没有像往常那样搂上来安慰她。

于歆妍皱了皱眉头,道:"纪佟,地震把你震傻啦?"

苏纪佟回过神,说:"啊,夫人说什么?"

于歆妍目光犀利。

苏徊意暗搓搓地用手指戳苏持,结果手被苏持"啪"的一把抓住。

苏持道:"苏徊意,你戳我做什么,当我是地震仪?"

"弟弟,"苏珽忽然走上前,一把勾住苏徊意的脖子,道,"怕不怕啊,要不要三哥陪你睡?"

"你陪着他睡做什么!"苏持把手揣回兜里,道,"难道地震来了用你的一颗赛珽把他送走?"

苏珽"嗯哼"了一声,不置可否。

苏徊意看着苏珽,道:"谢谢三哥关心我。"

苏珽伸出一只手拍了拍他的脑袋瓜,道:"不客气,弟弟。"

于歆妍羡慕道:"家里的老幺就是幸福,有这么多哥哥疼。"她说完,看向苏纪佟,意有所指地道,"比结了婚的女人还幸福。"

苏纪佟迅速反应过来,凑过去道:"地震来了我也在夫人前面挡着!"

于歆妍抬手搓了搓丈夫的老脸。

一家人在院子里待了十来分钟,夜间的气温有些低,苏纪佟看问题不大,便说回去了。

苏徊意落在最后,跟着家里人往屋内走。

路过客厅时,苏持转头走了进去。

苏纪佟站定了,目光落在自家大儿子身上,问:"怎么了?"

苏持在左侧的柜子前停住,抬手将药箱拿了出来,道:"他碰伤了,我给他拿点药擦擦。"

"小意又碰伤了?"苏纪佟将目光移向苏徆意,惊讶地道,"这是怎么回事?!"

苏徆意的演技一秒上线,他声情并茂地道:"刚刚从浴缸里爬出来的时候,左脚踩到了右脚,右脚踢到了边缘,我就顺着原来的路线滚了回去,撞到了心口。"

苏纪佟哽了一下,道:"也不必描述得这么详细。"

苏徆意:"……"

苏持将药箱放在客厅的茶几上,道:"爸,那我先给他上药。"

"哦哦。"苏纪佟转头叮嘱苏徆意,"你平时多注意一点,要有安全意识,看你总受伤。"

"知道了,爸爸。"

苏纪佟顿了顿,又道:"你们擦过药就上楼休息吧。"

苏徆意回道:"好的呀,擦过药我们就上去睡觉。"

"行。"

"晚安,儿子们!"于歆妍向几兄弟摆了摆手,带着苏纪佟上了楼。

夫妻两人相携离开,苏持抬手招招"汤圆",道:"过来。"

"汤圆"立马咕噜咕噜地滚了过去。

苏简辰也没走,他向苏徆意释放善意,问:"伤得重不重?我帮你看看。"

苏徆意一把按住领口,道:"不用了,谢谢二哥。"

待老二、老三回了房间,客厅只剩下苏徆意和苏持两人。

苏徆意坐在沙发上看他大哥拿着根棉签,像在挥舞仙女棒一般,客厅里很快弥漫着一股红花油的味道。

完事后,苏持收拾了药箱,两人齐齐上楼。

苏徆意站在苏持屋门口,看时间不早了就伸手推推苏持,道:

435

"大哥,你快回去睡吧。"

"赶我走了?"

"没有!"苏徊意觉得他大哥好是好,但有时候有点胡搅蛮缠,他道,"该睡觉了。"

苏持看了他一会儿,忽然开口:"晚上可能有余震,怕吗?"

苏徊意道:"也不是很怕。"虽然他挺紧张的。

苏持笑道:"好。"

第二天清早,阳光透过玻璃门铺落在床被上,等苏徊意收拾完从房间里出来时,隔壁他大哥的房门还紧闭着。

他正望着苏持的卧室门发呆,背后另一扇房门忽然"咔嗒"一下打开。

苏徊意猝不及防惊了一下,他回过头,见苏珽挠着一头栗色的头发走了出来。

对方看见他后勾了勾嘴角,道:"弟弟是特意在这里等三哥的吗?"

苏徊意道:"不能算是特意,只能说是出其不意……"

苏珽:"……"

楼梯口传来一阵响动,打断了两人的对话,是苏纪佟夫妇一前一后下了楼。

看见两人,苏纪佟问:"老三,小意,杵在走廊中间做什么?下楼吃饭了。"

"知道了,老爸。"苏珽长臂一伸,勾着苏徊意的脖子把他往前带,道,"走吧,弟弟。"

苏徊意的头发在半空中一晃一晃,他回答道:"好的呀。"

早餐桌上,除了苏持,其他人全都到齐了。

一顿饭吃了大半，苏纪佟见苏持还没下来，道："老大今天是怎么了，这会儿都没下楼？"

苏珽懒洋洋地道："大哥是睡过头了吧？"

苏简辰第一个跳起来反驳："老三，大哥又不是你，他不是睡懒觉的人！"

苏珽宽容地看向自家二哥。

苏纪佟喝了口粥，放下碗，问："小意，你觉得呢？"

"我觉得，大哥可能是被余震吓到了，整晚在床上辗转反侧、瑟瑟发抖……"

苏纪佟一口气卡住了，他很难想象自己成熟稳重的大儿子躲在被窝里瑟瑟发抖的模样。

于歆妍讲出了丈夫的心声："应该不至于的，小意。"

苏徆意继续小口咬饼吃。

一家人陆续离开餐桌时，成熟稳重的苏持终于下了楼。

苏纪佟正好吃完站起身，见状问："老大来了，今天怎么这么晚？"

"爸，妈。"苏持拉开椅子坐下来，道，"昨晚没睡好。"

苏徆意还在桌前喝牛奶，他从碗沿后面抬眼偷偷瞥苏持，见后者眉眼冷戾，又飞速垂下眼帘。

苏纪佟闻言又坐下，细细打量他大儿子的神色，见后者面上确实有些疲态，便转头同于歆妍道："夫人，要不今年我们早点回去？"

"也可以啊。"于歆妍叹了口气，道，"唉……滇省本来就处在地震带附近，往年都是四五月份以后才有地震，今年居然这么早。我心里也不踏实，还是早点回去比较好。"

苏持淡淡道："我无所谓，看爸妈的意思。"

"那待会儿我再问问老二、老三。"苏纪佟说完，看向整张脸几乎都埋进碗里的苏徊意,问,"小意呢,想多久回去?"

苏徊意捧着奶碗,边嘬边回道:"我都可以。"

"行,你们慢慢吃,我去问问他俩。"苏纪佟说完就跟于歆妍一起出了餐厅。

两人一走,餐厅里就只剩苏持和苏徊意。

苏持抬眼,问:"我这还是第三次见到把脸埋在碗里喝牛奶的人。"

苏徊意闻言猛地抬头,露出了找到同好的欣喜表情,问:"前两次是谁?"

"也是你。"

"……"

苏徊意嘬完牛奶之后没走,留在座位上看他大哥吃饭。

早餐吃完时,吴妈过来收拾碗筷,她例行问候了一句:"您吃饱了吗?"

苏持起身,替她把碗盘叠起来,道:"没怎么饱。"

"吃饱了就……嗯?"吴妈抬头,"没饱?那我看看再去热些什么。"

"没事,不用了。"苏持回头问苏徊意,"我要上楼待一会儿,你去不去?"

苏徊意立马"啪嗒啪嗒"地撵了上去。

第十八章

在征询过全家人的意见后,苏纪佟将返程的时间定在了大年初三,原定的一些行程因为不定时的地震只能移到明年。

他们家有守岁的习惯,守完大年后休息一天就准备回家,好在今年过年早,翻过二月没几天便是春节。

除夕当天早上,吴妈将香肠和腊肉放到锅里"咕噜噜"煮着,香味溢了满屋。

"今天我们哪儿都不去了,就在家里待着。"苏纪佟打开电视,道,"晚上还有春节联欢晚会,也不知道今年的好不好看。"

他侧头问坐在旁边的苏徊意:"小意,你觉得呢?"

苏徊意的眼神穿过餐厅射向厨房,他道:"我也觉得好吃。"

苏纪佟:"……"

苏珽拿牙签串了两片煮好的香肠从厨房里走出来,向他招了招手,道:"弟弟,想吃吗?"

苏徊意深吸一口气,叫道:"三哥!"

苏珽问:"三哥今天帅吗?"

苏徊意的眼神粘在香肠上,他道:"帅。"

苏珽"哦"了一声,微微侧向不远处的苏持,问:"弟弟觉得几个哥哥里谁最帅?"

苏徊意被美食蒙蔽的大脑瞬间清醒了一点,他的余光偷偷瞄向苏持,正对上对方意味深长的目光。

苏徊意心底一颤。

"哗啦"一声,厨房门被人推开,吴妈适时地端着香肠和酥肉走出来,道:"出锅了,都先尝尝!"

苏徊意猛地站起来,道:"我还是觉得大哥最帅。"

他的背影在几秒之内便冲到了餐桌前面,苏珽"嗯哼"一声,顶着他大哥的视线把香肠吃了,又悠闲地转着牙签细嚼慢咽。

苏家人白天在家里窝了一天,除去吃吃喝喝,下午还聚在客厅里打了会儿扑克牌。

不过他们只打了两把就将苏珽和苏持踢出了牌局,剩下四人一起玩。

苏珽、苏持:"……"

苏简辰面带微笑,他终于在今年的最后一天迎来了他全年最合群的高光时刻,甚至把另外两个王者也一起踢出了"群聊",美妙。

打完牌吃过晚饭,时间已经接近八点。

春晚即将开始,一家人下了餐桌便守在电视机前,茶几上摆了几叠零嘴拼盘。

苏徊意刚挑了个离酥肉最近的风水宝地,就被苏持提溜到右侧靠近通道的沙发边。

苏徊意问:"大哥,你搬运我做什么?"

苏持把酥肉也一起挪过来,道:"就坐这里,通风。"

苏徊意一脸疑惑,他需要通什么风?他又不是排气扇。

不过,他还是怀揣着对苏持的敬意,暂且遵从了这一"无理"的要求,老老实实地坐了下来。

春晚很快开始，欢闹的乐曲奏响，喜庆的舞台呈现在电视屏幕上。

苏徊意已经很多年没看过春晚了，以前是没有那种氛围，现在能有这个机会，他就暂且放下了心爱的小零食，认认真真地看起了节目。

苏持微微侧头看了他一眼。

一家人边吃边聊地看着春晚，外面夜色渐深，屋内明亮温暖。

节目演过几十个，苏徊意低头看了眼手机才发现已经过了十一点半。

他发出一声咏叹调："哦，欢乐的时光总是'辣'（那）——么短暂！"

苏持瞥了他一眼。

于歆妍笑道："是呀，再过二十分钟就要跨年倒计时了吧？"

她说完就兴奋地拍拍旁边苏纪佟的大腿，拍得"啪啪"直响。苏徊意也跟着兴奋地拍上了苏持的大腿，同样"啪啪"直响。

母子俩人像两条欢乐的鲤鱼。

苏持再次瞥了苏徊意一眼。

两条鲤鱼又在欢乐的海洋里扑腾了一会儿，苏持忽然站起身。

苏徊意停下动作，转头看过去，道："大哥？"难道他受不了自己了？

苏纪佟也注意到了，问："老大，怎么了？"难道是受不了夫人了？

苏持抬步离开前说："去洗手间。"

"哦，好。"苏纪佟转回去继续看小品，欢快地笑出声。

电视里正好播放到歌舞表演的节目，欢闹的音乐响彻整个客厅，热烈又喜庆。

苏纪佟跟着一起唱歌，于歆妍笑得花枝乱颤，苏简辰和苏珽在看手机上的节目推送。

没一会儿,客厅外传来一阵响动,苏持从洗手间走了出来,几步就从走廊那头回到了客厅。

苏纪佟转头看他,问:"回来啦?"

"嗯。"苏持回答间坐下来,沙发随之凹陷了一块,苏纪佟的视线又转了回去。

苏持用带着湿意的手指扯过一张卫生纸细细擦干,接着从身侧的沙发缝里抠出一部手机。

苏持垂眼,问:"你把手机埋在这里面做什么,用来窖藏的?"

苏徊意道:"守护我的小秘密。"

苏持夸他:"好原始的守护方式。"

苏徊意细细品味着这意味不明的赞誉。

在沙发上坐了会儿,苏徊意又伸手去拿酥肉,他刚啃完一块,旁边就响起苏持的声音:"几点了?"

春晚上的节目正好演完一个,音乐小了下来,隔了两个座位的苏简辰听到,转过身来说:"大哥,电视右下角不是有吗?十一点五十了。"

苏持应了声:"知道了。"

时间在一个接一个的节目中逼近零点。

于歆妍又开始"啪啪"地拍苏纪佟的大腿,道:"还有五分钟跨年,纪佟,我们要大声倒计时!"

苏纪佟的腿抖了几下,他道:"夫、夫人说的都对……"

电视上春晚的节目已经暂告一个段落了,几位主持人全都站在舞台中央,准备和全国人民一起倒计时。

过了半分钟,苏徊意放在沙发上的手机发出"丁零"的声音,客厅里的几人同时看过来。

苏徊意拿起手机看了一眼,道:"我朋友打电话过来了,应该是来拜年的,我先出去接一下!"

他说完"咻"地起身,亢奋地跑出了客厅。

"哎……"苏纪佟没来得及叫住他,又同于歆妍道,"这是哪个朋友啊,挑跨年的时间点打过来,这得是多深的交情才会一起跨年。"

于歆妍"啪"地拍了他一下,动作娴熟而自然,道:"小意长大了,有自己的社交圈子。说不定是哪个追求他的人打来的呢,哎呀,哈哈哈!"

苏纪佟立即警惕地道:"怎么总有猪来拱咱们家的白菜……"

苏持幽深的目光落在了他亲爹的脸上。

还有三分钟到零点时,节目内外的气氛已经热烈起来。苏纪佟的视线往客厅门口扫了好几下,他终于忍不住了:"小意怎么还在外面打电话,你们谁去……"

他本来想开口叫苏持,话到嘴边又朝苏珽道:"老三,你去外面叫你弟弟回来跨年。"

"好哦。"苏珽起身,修长的身影晃过客厅,在经过苏持身边时脚步一顿。

原本在看电视的苏持抬眼看去,问:"怎么了,老三?"

苏珽这会儿正好走到客厅门口,对着侧厅走廊和外面的庭院,有丝丝夜风从未关紧的庭院门缝里漏进来。

他发出了飘摇的声音:"啊,风好大,我要被吹跑啦。"

苏持毫不留情地道:"你是纸片人?"

"大哥,你不怕冷风吹,那就你去叫弟弟吧。"

"都行。"苏持从容地站起身,越过苏珽走出客厅。

待苏持高大的身躯消失在客厅门口,苏珽揣着兜回到自己的座位。

大宅外的草坪上,苏徜意握着手机靠在一面墙上。

443

墙后是侧厅外的庭院，庭院内的树木枝干粗壮，硕大的树冠支出墙头，落在他的脚下，树影幢幢。

隔了道玻璃门，他隐隐能听见客厅里电视节目的声音。手机上的时间已经跳转到11：58，还有不到两分钟就要倒计时了。

安静的外院忽然想起细微的动静。

苏徊意快速转过头，就看见一道英拔的身影从正门的方向走过来。

院门口的灯光从那个身影背后照过来，在冷夜里笼了一层温软的光晕。

"大哥！"苏徊意压低声音叫了一声。

苏持几步走过去。

时间跳过11：59，墙后面传出最后一分钟倒计时的声音。

还剩半分钟，他们已经能听到家里人和电视里开始倒计时的声音了。

苏徊意问："要回去吗？"似是准备随时收起手机。

苏持站在他跟前，道："先不急。"

"十、九、八、七……"身后的院墙内传来整齐的倒计时声，还夹杂了一句"他们怎么还没回来"。

一墙之隔的客厅里传来庆祝跨年的欢声笑语，零点倒计时正式落下时，苏持极具磁性的声音响起："新年快乐。"

苏徊意愣了愣，随即展开一个极富喜气的笑容，道："新年快乐，大哥。"

时钟已走过零点三分，见苏徊意的手机屏幕暗了下去，苏持说："回去吧。"

苏徊意点了点头，朝屋里走去，苏持不紧不慢地跟在他身后。

从室外回到屋里，喧闹的气氛从亮着光的客厅门口透出来。

苏徊意刚踏进客厅，屋内几道视线同时转过来。苏纪佟狐疑道:"小意,你怎么出去了这么久?"

苏徆意说:"打了个电话,和朋友一起跨年。"

苏持正好从他身后跨进来,顺手将人拎到沙发上。苏纪佟又顺势看向自家大儿子,问:"老大怎么也留在外面了?"

苏持说:"那个时间回来,零点刚好在半路上,干脆就留下来一起跨年了。"

苏纪佟还想说什么,于歆妍"啪"地一下拍在他大腿上,打断道:"没事,只要不是单独跨年就好!"

苏徆意赶紧凑过去,伸出两只手,"啪嗒啪嗒"地挥动"鱼鳍",道:"妈妈说得对!"

苏纪佟:"……"

于歆妍扭头看他,问:"你的表态呢?"

苏纪佟道:"夫、夫人说得对!"

客厅里一时充满了欢乐祥和的气氛。

春晚又持续了四十多分钟才结束。

现在已经是深夜,苏徆意其实在回客厅之后就困了,电视一关,他的眼睛便慢慢眯了起来。

苏持弯下腰推他,道:"回去睡。"

苏珽打着哈欠从两人面前晃过去,跟着苏简辰一块上了楼。

客厅里还有没吃完的熟食,于歆妍说:"吴妈都睡了吧,我把这几盘拿去冰箱里放着。"

苏纪佟摆摆手让她放下,道:"你先上去睡,我来收拾。"他说着又看了眼苏持和苏徆意,道,"小意也困了,夫人你跟小意先上楼,老大留下来帮我收拾一下。"

苏持说:"知道了。"

苏徆意迷迷瞪瞪地睁开眼,看向苏持。

苏持把他提起来站直,道:"你先回去。"

445

"好……"苏徆意说完便眯着眼睛，跟着于歆妍上楼了。

第二天一早，苏徆意刚打开卧室的门，便看到外面立着一道挺拔的背影。

苏持听见动静转头看向他，问："起来了？"

"大哥！"苏徆意惊喜地道，"你怎么在这里？"

"等你下楼。"苏持说，"不然呢，当门神吗？"

苏徆意惊了，道："你就一直杵在这儿？"直挺挺的跟个标杆似的。

"嗯。"苏持应完直接把人提溜了下去。

到了餐厅，苏纪佟已经坐在了主位上，于歆妍和两人打招呼："老大和小意下来啦？"

苏徆意叫了声："爸爸妈妈早。"

苏纪佟掀起眼皮子，含糊不清地"嗯"了一声。

于歆妍侧头看向自己不同往日的丈夫，道："你没睡醒吗，怎么大清早就口齿不清？"

苏纪佟："……"

苏徆意贴心地解释："这是新年新气象。"

苏纪佟三两下吃完饭，起身走出了餐厅。

苏家计划后天离开滇省，吃过早饭，苏徆意就上楼准备大概收拾一下东西。

他关了卧室门，正在屋里盘算怎么最大效率地利用有限的行李箱，阳台门便被人从外面"哗啦"一下推开。

苏持走进来，看到他已经塞了一半的箱子，沉默了一瞬，问："你是准备今天吃完午饭就走？"

苏徆意不好意思地把行李压下去，试图降低视觉上的存在感，道:"先把这两天用不着的东西装起来。"

苏持伸出一只手拎起床头的公仔玩偶,赞叹道:"它果然是战斗到最后一刻的。"

苏徊意走过去,道:"说明我长情。"

苏持听见这话笑了一下,俯身帮他把行李重新整理好,然后将行李箱推到门边。

两天后,苏家人一起从滇省离开。

返程的机票依旧订了头等舱,登机时苏纪佟脖子上夹了个U型枕,他落座后发出一声做作的长叹:"唉……我这几天吃不饱睡不好的。"

于歆妍淡定地坐在他身侧拆台:"你中午的时候明明吃了三大碗。"

苏纪佟哽了一下。

两人背后的座位上冒出一颗脑袋,苏徊意声援道:"才三碗怎么可能吃得饱?"

于歆妍神色复杂地看向两人。

苏持侧头看他,问:"你是桶装的?"

苏徊意反应很快,道:"不准你侮辱爸爸。"

"……"苏持伸出手把他摁回座位上坐好,道,"知道了。"

前方的苏纪佟靠在U型枕上哼了一声,不再说话。

待所有乘客都上了飞机,安全检查到位,飞机便开始在跑道上滑行准备起飞。

苏徊意不经意地瞟向前方座位,然后和苏纪佟对视了。

苏纪佟半张脸埋在U型枕里,从靠背缝隙间露出一只眼睛,吓得苏徊意手一抖。

苏持平静地提醒:"爸,你这样扭着头起飞,是想利用气流的冲力给颈椎做个正骨？"

于歆妍闻言拧眉看向丈夫，道："纪佟，你这样我就不是很懂你戴这个 U 型枕的用意了。"

苏纪佟："……"

飞机落地时，苏纪佟缩在 U 型枕里，被失重感冲击得五官拧在一起。

于歆妍在他旁边笑得直抖，道："哈哈哈，你好像大盆栽！刚好小意是小盆栽，你们就是盆栽父子，哈哈哈……"

苏纪佟的五官顿时拧得更紧。

机舱门打开，苏徆意和苏持起身跟在苏纪佟夫妻后面下了飞机，他们身后是苏玞和苏简辰。

苏玞晃晃悠悠地走在后面，道："回家了啊，弟弟是想回家还是想留在滇省啊？"

"我都一样，"苏徆意十分乖巧地道，"只要跟家里人待在一起就行。"

苏玞的目光往前一飘，也不知道定格在了哪里，他道："这样啊。"

一行人从机场回到家是下午四五点。

苏徆意收拾好行李换上家居服，又下意识地往阳台看了看，心想他和他大哥已经失去了传送阵……

苏徆意溜出卧室，跑到苏持房门前敲了敲。"咚咚"两声响后，没过多久门就从里面被人打开，换好了衣服的苏持立在门口，问："怎么了？"

苏徆意腼腆地道："我来找你聊天。"

苏持正要开口说什么，楼梯口便传来一阵响动。

苏纪佟从楼上下来，看见两人便问："你们两个杵在门口干吗呢？"

苏持长臂一伸，搭着苏徊意的肩膀道："交流感情。都是兄弟，在家里还不能串个门了？"

苏持揽着苏徊意进屋前还不忘问他爸："爸这是要去哪儿？"

苏纪佟顺着楼梯"噔噔噔"走下来，道："我去看看汤池怎么样了。"

苏徊意赶紧道："爸爸，出门多穿点，外面冷。"

卧室门关上后，两人走到小沙发前坐下，才说了一会儿话，就被一阵手机铃声打断。

苏徊意在他大哥的注视下摸出手机，来电显示写着"周青成"。

"是周青成打来的。"

"你接吧。"

苏徊意接起电话，道："喂？"

"喂，苏徊意。"电话那头传来周青成的声音，"我记得你是今天回来，怎么样，到家了吗？"

"是今天，我已经到家了。"

周青成道："我打电话来就是顺便通知你，上次不是说要来我家聚会嘛，时间就定在三天后，你记得准时来。"

"嗯。"苏徊意只敢发出一声短音。

周青成顿了几秒，又问："那个，你大哥来吗？"

"要来的。你还有别的事吗？"

"没了吧，你其他几个哥哥要来也可以一起。"

"好呀，知道了。"

周青成听出他加快了语速，道："行，你忙你的去吧。"

"拜拜。"

晚饭时间，众人下楼时餐桌上已经摆好了饭菜。

待众人落座，苏纪佟招呼道："我刚刚看了看，汤池全都打理出来了，今晚我们就去泡！"

于歆妍说："晚点吧，等吃完饭消个食再去。"

"也行，我叫他们提前放好水，这种天气正适合全家一起热气腾腾地泡个汤。"

苏徆意埋头吃着饭，脑子里挥之不去的是他大哥站在汤池边用温水煮全家的画面。

于歆妍看了过来，问："小意，大晚上不要吃这么多肉，你都不怕长胖吗？"

苏徆意搬出自己的食补理论，道："吃肥肉长肥肉，吃瘦肉长瘦肉。我吃的都是瘦肉，所以是减肥的。"

一块健美的鸡胸肉落在他盘子里，苏持收回筷子，道："那你吃这个吧，塑型的。"

于歆妍、苏徆意："……"

吃过晚饭休息了会儿，苏纪佟便招呼家里人去院子里泡汤。

小庭院经过改造之后，可以穿过花房直接进入后院，露天的一段路不过十来米。他们在屋里换好泳衣裹上浴巾就可以直接下楼去泡汤。

苏徆意在屋里收拾好，拿了条浴巾披在身上——室内开了暖气，他这样也不觉得冷。

他推门出去时，住他对面的老二、老三都走了，苏持的房门则半开着。苏徆意站在门口叫了声"大哥"，苏持便披着浴巾走出来。

苏持上身的肌肉线条流畅漂亮，有型而不夸张。两条长腿从围着的短浴巾下伸出来，健硕有力。

苏徆意瞟了两眼，觉得他大哥是真的很性感。

"在看什么？"苏持三两步走到他跟前停下，"觉得好看？"

苏徊意移开目光，故作冷静地道："也还行，多吃点鸡胸肉，我也能有。"

后院内，苏纪佟靠在汤池边舒服地眯起了眼。

室外的空气有多冷，滚热的池水就有多熨帖。他肩上搭了条毛巾，背后还有专门放酒饮糕点的小木柜。

池面漂浮着木盘，小杯的桂花酿摆在木盘中央，在几人之间浮动着。

苏纪佟靠了会儿又朝大宅二楼看去，道："老大跟小意磨磨蹭蹭地在干吗？"

于歆妍撩了水拍在露出池面的肩颈上，道："小意怕冷，说不定是出门困难呢？"

"怕冷才更要赶紧来泡一泡。"

夫妻两人正说着，旁边的苏简辰忽然坐直了，望向花房出口的方向皱起眉头，道："他们好像过来了。"

"他们过来就过来，老二你这是什么表情？"苏纪佟说完就顺势转头看过去。

冷峭的空气中，花房的玻璃门被推开，苏持披了条浴巾迈着长腿走出来，在他身后跟着盆"盆栽"。

嗯？盆栽？

苏纪佟的眉头皱成苏老二同款，他直起身，探头望去。

几步之间，苏持和"盆栽"就走到了汤池边，众人这才看清"盆栽"的真实面貌——

苏徊意裹着厚厚的围巾，从肩膀到下巴裹得严严实实，只露出一颗脑袋，脑袋上的头发在冷风中飘摇着，在四周萧瑟的冬景里焕发出盎然的生机。

汤池间的气氛有片刻的凝滞。

苏徊意仿若未觉,没等众人反应过来便"哗啦"一声溜进汤池,只剩裹了三圈围巾的部分露出池面,整个人像一盆漂浮的盆栽。

众人:"……"

苏持跟在他身后从容地取掉浴巾下了水,道:"他怕冷,我们来晚了点。"

"盆栽"配合地点点头。

空气缓缓恢复流动,见多识广的苏珽最先回过神来。

他眯了眯狭长的双眼,起身朝苏徊意那头走去,道:"哇哦,这不是我们可爱的弟弟吗?"

看见苏珽过来,苏徊意问:"三哥,你做什么?"

苏珽笑眯眯地靠近他,黄鼠狼的尾巴从水面上露出个尖,道:"我看弟弟的造型挺新颖的。"

"所以?"苏持抬眼看过去,道,"你是跑过来拜师学艺,你以后要去当Tony(托尼)?"

苏珽:"……"

旁边的苏纪佟也回过神,目光落在苏徊意那堆得像个颈部固定器一样的围巾上,表情有些一言难尽,最后只问了句:"小意,泡温泉你为什么要戴围巾?"

苏徊意配合地轻颤了一下,道:"露在外面的地方冷。"

苏持欣赏着他浮于表面的演技,目光意味深长。

"是吗,有这么冷吗?"苏纪佟眉头微皱,总觉得事情不简单,但他没有证据。

于歆妍撞了下他的胳膊肘,道:"你看,我就说小意怕冷吧!"

苏徊意适时地加大了颤抖的幅度。苏纪佟狐疑地盯了会儿,暂且收回视线。

新建的汤池背靠假山,汩汩的热水从山石间的水槽流入汤池。

几人有一搭没一搭地聊着天,热气缭绕上升,苏徜意泡着泡着就开始冒汗,特别是被围巾裹住的部分。

苏简辰本来正在听老三跟爸妈聊天,转头发现苏徜意的异状,顿觉融入群体的时机来了。他清了清嗓子,随即声音洪亮道:"弟弟怎么了?"

尾音扩散到整个汤池上方,隐隐有回响。

苏持、苏徜意:"……"

于歆妍看过去,道:"小意是热到了吧,现在泡着不冷了,可以把围巾取下来。"

苏徜意倔强地摇了摇头:"我要受热均匀。"

苏持抬手把他的围巾稍微往下压了压,露出他那张汗湿的脸,然后道:"你要多均匀?要不要再给你加张石棉网?"

苏徜意:"……"

"觉得热了就先回去。"苏纪佟在这方面很注意,他道,"每个人的身体情况不一样,不然你待会儿会头晕。"

"那我就先回去好了。"

苏徜意说完,起身撑在池沿上出了水。

苏持也站起身,道:"我也回去了。"

苏珽转开目光,旁边的苏简辰则跟个憨憨似的伸长脖子看,苏珽拍了拍他的肩膀。

苏简辰侧头,一脸疑惑。

苏珽道:"二哥,你泡了汤之后肌肉更有弹性了。"

苏简辰的注意力瞬间被转移,他目露惊喜地问:"真的?!"

"真的,很 Q 弹。"

另一头,苏徜意已经裹好了浴巾往花房的方向走。从热水里出来后冷气猛地袭入,他顿时冷成一盆振动模式的"盆栽"。

苏持大步走上去,把自己身上的浴巾一扯,披在苏徜意身上。

453

两人很快便消失在花房门后。

于歆妍朝那头望了一眼,道:"老大也太疼小意了。"

苏纪佟道:"那不是挺好吗,一家人就要和和美美的,总比针锋相对好。夫人觉得呢?"

于歆妍捧着他的脑袋晃了晃,然后侧耳倾听。

"夫人在干什么?"

"水声还挺响。"

苏徆意和苏持回到屋里,穿过侧厅往楼梯走去,正好遇到吴妈从厨房里出来。

吴妈朝两人招呼道:"这就泡完啦?"

苏持"嗯"了一声,道:"我们先上楼了。"

"哎,好的。"

回到卧室之后,苏徆意简单冲了个热水澡便上床睡觉了。

第二天起床时,苏徆意没什么精神。

餐桌上,苏纪佟的视线扫了过来,他问:"小意怎么了?"

苏徆意强打起精神,道:"后天要去参加一个聚会,我有点怕生。"

其余三兄弟同时停下手上的动作。

苏纪佟并没有觉得哪里有问题,道:"怕生的话就带着你几个哥哥一起去,镇镇场子……"

"又不是去打群架。"于歆妍打断自家老公的话,道,"看小意的意思吧。"

苏徆意没说他大哥已经在预定的行列里了,只道:"几个哥哥想去都可以去。"

苏琤道:"哦,三哥也可以去吗?"

苏徆意道:"当然可以啦。"

苏简辰放下筷子，说："那我也一样！"

事情说定后，苏彻意给周青成发了条微信消息，后者特意提醒他记得穿正装。

聚会当天早上，苏彻意正在卧室里挑衣服，门就被敲响。他打开门，苏持长腿一迈走了进来，站到在他衣柜前细细打量。

苏彻意大方展示，道："大哥随便看，柜子里没藏人！"

苏持："……"

苏持伸出手在柜子里面扒拉了两下，取出一套正装，说："穿这套吧。"

苏彻意探头一看，问："这套是有什么特别之处吗？"

苏持道："有。"

苏彻意惊了，竟然真的有，亏他还把这套放在衣柜里蒙尘。他虚心请教道："它特别在哪里？"

"特别合群。"

窗外的阳光落进房间，却无法与苏持身上迸发出的气场争辉。

苏持迎着光，低头细细叮嘱他："我们要偷偷穿兄弟装，然后惊艳全场。"

苏彻意委婉地提醒："大哥，我觉得你想得有点多。"

"是你想得太少。"苏持将那套正装在他身上比了比，垂着头看了几眼，道，"换上吧。"

苏彻意伸手抱住衣服，把人往外推了推，道："那你先出去。"

苏持被他推成了小碎步，一路被撵着出了门。

门关上，苏彻意三两下换上了正装。

外套是雾黑色的，做工精良、质感高级，后摆开叉，中段收腰。虽然他胡吃海塞了半年，但穿上正装后腰身还是被修饰得很好。

他换好后抻了抻衣摆，开门去敲隔壁苏持的房门，道："大哥，我好了。"

"进来吧。"

苏徊意压下门把手，推门而入。一道高大挺拔的身影正笼着阳光，长臂一伸套入西装外套。

挺阔的西装服帖地勾勒出苏持完美的身形，他拢了拢衣襟，转过头问："换好了？"

苏徊意反手关上门，道："好了。"说罢他赶紧"哒哒"两步跑过去，近距离欣赏他大哥的英姿。

款式相近的正装穿在苏持身上，比起他来说少了点精致，多了分优雅，是另外一种感觉。

苏徊意正感慨他大哥眼光不错，一条藏蓝色的领带就递过来，苏持道："帮我。"

"好的，大哥。"他恭敬地伸出双手接住，保持着托举的姿势静立一旁。

苏持等了十来秒没等到他动手，微微皱眉问："苏徊意，你是在等我的头自己钻进领带里去？"

苏徊意恍然大悟道："我还以为你是让我帮你拿着！"

说完，他赶紧将领带圈在苏持的脖子上。

两人从房间里出来时，苏珽跟苏简辰已经在楼下等着了，见两人终于下楼，苏简辰大声道："大哥，你们好慢。"

"那么快做什么。"苏持不急不缓地走过去，道，"去得早好抢前排？"

苏简辰："……"

家里四兄弟都要出门，苏纪佟夫妇也等在客厅里送他们。

看到苏持和苏徊意的装扮，苏纪佟提出建议："老大跟小意穿得这么像，老二、老三要不也去换成同款？"

于歆妍发出了不赞同的声音："禁止套娃。"

苏持直接越过客厅朝门口走，道："四人都穿一样，不知道的还以为是要去参加品牌上新发布会。"

苏纪佟的提议遭到了全家人的一致否决,他的悲伤一泻千里。

苏徊意适时开口道:"爸爸如果喜欢整整齐齐,我们家可以买亲子睡衣。"

苏纪佟顿时更加悲伤了。

四兄弟坐上林司机开的车,往周青成发来的地址而去。

苏徊意坐在苏持身边,低头给孙河禹他们发消息,约定到场后碰面。周青成作为主办方要负责招待客人,便让苏徊意几人随意,自己同客人打完招呼再来与他们会合。

苏徊意:你家邀请了多少客人?

周青成:算上带的伴,也就几百个吧。

苏徊意:……

"海王"的世界他果然无法想象。

"在聊什么?"苏持忽然问。

苏徊意道:"周青成说今天有几百位来宾,晚点跟我们会合。"

苏持的眉心微不可察地蹙了蹙,但他没再说什么。

周青成家设宴的地方在城郊一处小庄园。

私家车驶入庄园,远远能看见五层的建筑立在宽阔的草坪中央,来来往往的各类豪车从大门前驶过。

建筑前的水池冒着六米多高的喷泉,在太阳光的照射下滚落晶莹的水珠。

苏徊意贴在车窗上,看着冲天而起的水柱,道:"大哥,我们家的汤池差点就变成那样了。"

车内其余人:"……"

苏持把他从车窗上扒拉下来,让他坐好,道:"也不一定,这取决于爸的创意。他的想法要是多,说不定汤池喷泉能更壮观一些。"

苏徊意深以为然:"有道理。"

私家车缓缓在欧式大门前停稳,苏徊意的手刚拉上车门把手,身侧突然迸发出一阵耀眼的光晕。

他转头看向光芒可与日月争辉的自家大哥。

"发光"的苏持垂眼看他,问:"怎么?"

苏徊意轻轻摇了摇头,道:"你开心就好。"

苏徊意之前只和苏持一起参加过聚会,这次跟其他两兄弟一起,他才发现苏家几兄弟的人际关系都很广。

四兄弟下车后走进园内,一路上都有人跟他三个哥哥打招呼,顺带问候混迹其中的他。

他腼腆地混在里面,抖了抖头顶同样羞涩的"叶片"。

抖动的"叶片"很快被摁了下去,苏持轻轻拽了拽他那撮翘起来的头发,道:"全场就你最招摇。"

苏徊意不赞同:"头发行为不要上升到宿主。"

苏持轻笑了一声。

前来打招呼的人略带诧异地看向他俩,目光又扫过两人的同款正装,只一瞬神色又恢复如常。

苏徊意抬眼捕捉到周围人的视线,捂着头发若有所思:他大哥叫他穿同款,难道并不只是为了兄弟装?

一行人穿过庄园走进别墅,香槟色的瓷砖地面光可鉴人,映着头顶的水晶廊灯。

有服务生指引着他们往大厅走,悠扬的交响乐从廊厅传来。

孙河禹跟孙月正在厅口右侧同人说话,看到苏徊意几人走过来,孙月眼睛一亮,抬手招了招,叫道:"小……苏徊意!"

苏琁饶有兴趣地挑眉,道:"小?"

自诩为成熟大人的苏徊意同他三哥解释:"爱称。"

苏持淡淡开口:"爱称?"

苏徊意解释:"可爱的称呼,简称'爱称'。"

苏简辰拧眉陷入思索:他是不是也该提个什么问题?

孙月跟孙河禹一齐走过来,同他们几人打了个招呼。孙河禹说:"周青成还在楼上招呼宾客,等宴会正式开始他就下来。"

苏徊意点头表示理解,道:"'海王'总是如此繁忙。"

孙月笑了笑,问他:"对了,你会跳舞吗?待会儿的舞会上你要不要和我跳?"

苏徊意婉拒道:"还是算了,我脚大,怕踩着你。"

众人:"……"

孙月感叹:"你真贴心。"

六人找了个休息区坐了会儿,到整点时,场中的交响乐骤然一停。四周的宾客若有所感地停止交谈。

安静的大厅内,周青成身着笔挺的西装走上台,从服务生手里拿了杯香槟便开始致欢迎辞。

大厅中央,身着各式礼服的来宾三五成群地站立着,偶尔有人侧耳交谈,很快又转回前方。

苏徊意听到周青成说完"欢迎"后就开始说一些浮夸的话,便扭头打量着四周。

突然,苏徊意的目光定在不远处的舞池一侧,那好像是……聂亦鹄?

"你在看什么,眼睛都直了?"耳畔响起苏持的声音。

一股危机感咻地窜上尾椎骨,苏徊意迅速收回视线,假装无事发生,道:"没什么,在走神。"

他胡说的姿态那样镇定,仿佛全然忘记了苏持并没有失明。

苏持幽深的目光顺着他刚刚视线定格的方向一望,二十米之外的聂亦鹄若有所感,正好转过头来。

隔着人群,两道目光在半空中相撞。

苏持的眼神沉了下来,他同聂亦鹄对视了几秒,忽然抬手搭上了苏徊意的肩。

苏徊意正在假装认真地听周青成夸夸其谈,感受到他大哥的动作,瞬间侧头望去,以眼神询问怎么了。

苏持一言不发,台上的周青成很快结束了毫无实质内容的讲话走下来。

悠扬的乐曲重新奏响,宾客们也纷纷自由行动,有的在原地继续交谈,有些则找了舞伴到舞池里去跳舞。

"苏徊意,孙河禹!"周青成穿过人群小跑过来,道,"你们待会儿打算干吗?"

苏徊意往远离舞池的方向走去,道:"吃吃喝喝吧,你家准备了什么好吃的啊?"

"你怎么就知道吃……"

"走吧,去那边坐着。"苏持插话道,抬步跟上苏徊意。

苏斑挑挑眉,带着还在思索"是不是也该提个什么问题"的苏简辰跟了上去。

一行人刚迈出几步,一道身影便穿过人群向他们走来。

聂亦鹄停在几人跟前,道:"好久不见。"

苏徊意感觉身侧的温度骤然降低,他一颗心都提了起来:是啊,好久不见!但为什么你的语气熟稔得仿佛我们天天见面?

聂亦鹄问苏徊意:"你和兄长们一起来的吗?没带伴的话,要不要……"

苏持上前一步,抬手将苏徊意往自己身后一拉,动作间充满了兄长对弟弟的维护。

"聂先生好像误会了,他今天是带了伴来的。"苏持说完,垂眼问苏徊意，"是吧？"

苏徊意飞速抓住一线生机，道："对对！"

"带了伴……"聂亦鹄的目光移到苏持脸上，眉一挑，他道，"苏先生？"

苏持毫不避讳地看过去。

聂亦鹄笑道："苏先生找的借口不错，我还是第一次听说有人把哥哥当作伴带来聚会的。"

在场几人静了一瞬。孙月的视线在苏持和聂亦鹄之间转来转去，旁边的周青成一颗心都提到了嗓子眼。

苏徊意感觉搭在肩上的手加大了力道，赶紧开口："做人要有创新精神。"

聂亦鹄："……"

苏持低头瞥了苏徊意一眼，道："你是在为时代发声？"

苏徊意解释："我是在阐述行动指南。"

"你的指南还挺多的。"

孙月的视线移动的速度加快，聂亦鹄皱了皱眉。

苏持和苏徊意你来我往地争辩了五六个回合，深觉受到排挤的聂亦鹄终于没忍住上前一步，发出不甘心的声音："小意，我只是想和你交个朋友而已。"

苏徊意捧哏正捧得起劲，猝不及防被打断，一下忘了要回敬的话。

苏持险胜一筹，朝懊恼的苏徊意投去宠辱不惊的一瞥，随后他转向聂亦鹄，道："他之前不是拒绝过你了？聂先生是选择性失忆？"

苏徊意的目光落在聂亦鹄的脚上，他正思索该说些什么，苏持忽然道："我们去跳舞吧。"

聂亦鹄沉下脸，道："苏先生，你是成心和我作对？"

苏持没回答他,苏徊意说了声"好",随即两人脚步一转,朝向舞池的方向走去。

两人刚迈出几步,身后突然传来一道拔高的声音:"走?"

众人同时一顿,然而出声的并不是聂亦鹄,而是苏简辰。

他终于找到了提问的时机:"你们要去哪里?"

其余人:"……"

聂亦鹄的沮丧都被这陡然发生的事变冲淡了几分,他惊奇地看向苏简辰,心想:这人抢什么戏?

第十九章

今日份合群打卡结束的苏简辰被苏珽拉到了一边。

苏徊意跟着苏持的脚步继续往舞池的方向走,两人出挑的相貌和特殊的身份吸引了众人的目光,周围交谈的声音渐渐停了下来,只剩眼神的交流。

——传说中高不可攀的苏持和苏家的养子关系这么好?

苏徊意穿过众人的目光,微微动了动嘴皮子,小声道:"大哥,你猜他们都在想什么?"

苏持也微微动了动嘴唇,小声编排道:"他们在惊叹,我们如此耀眼夺目。"

苏徊意:"……"

他发现他大哥一本正经地胡说八道的本事还挺强的。

小声讨论间,两人来到了舞池中央。旁边一对男女正在跳舞,女方看到两人的身影,顿时在悠扬的乐曲中发出一声惊呼,差点踩到舞伴的脚。

苏持对苏徊意道:"跟紧我的脚步。"

苏徊意仰头回道:"那我可能会踩到你。"

头顶的水晶灯散发出璀璨的光芒,映在光洁明亮的瓷砖地面上,两人迈出舞步时像踩着细碎的星光,雾黑色的同款正装在变换的舞姿间格外显眼。

一支舞结束，交响乐的余音消散在舞池中央。

苏徊意还有点没回过神来，下一秒就被转了个面。苏持带着他走出舞池，穿过围观的众人去往后场。

刚刚跳得太投入，苏徊意这会儿才听见四周有细碎的议论声：

"那就是苏持？旁边的是他……"

"他弟弟，苏家最小的那个。"

"但不是亲兄弟，是收养的。"

"收养的又怎么了，只要在一个户口簿上，那就是法律承认的兄弟。"

走到后场门口时，苏持朝服务生问道："休息室在哪里？"

"顺着走廊直走，第三个、第四个房间都是。"

后场的走廊空空荡荡，聚会刚开始，几乎没有人会来休息室。

苏徊意跟着苏持穿过走廊进了休息室，苏持让苏徊意先休息一会儿，自己便先行离开了。

苏徊意在休息室里待了二十分钟才出去，看到苏持和另外两兄弟站在一块，孙河禹跟周青成没在他们身边，聂亦鹄也不知道去了哪里。

他松了口气，小跑到苏持身边，叫道："大哥！"

苏珽听见声音转过来，道："弟弟休息好啦？"

苏徊意回道："好了。"

他说完看向苏持，却发现对方眉头紧锁、目光深长，不复往日沉稳淡定的模样。

看时间差不多了，苏家几兄弟便准备回家。

周青成站在门口送他们，苏徊意满脑子都是他大哥刚才的异样，跟周青成道别时显得心不在焉。

看苏家其他兄弟都坐进了车里,周青成皱眉问苏徊意:"哎,你在想什么呢?"

苏徊意喃喃道:"我大哥的阳气。"

周青成一脸狐疑。

几人坐着车一路回了家,苏持和苏徊意都陷入了反常的沉默。

苏珽靠在椅背上看向一脸凝重的苏持,又看了看明显处在神游状态的苏徊意,眉峰微挑。

下一刻,他的胳膊被撞了一下,苏简辰问他:"老三,我在跟你解释那个科幻片,你有认真听吗?"

苏珽"嗯哼"一声,收回了视线,道:"你接着说吧。"

"哦,那你好好听着,我待会儿要抽问你。"

苏珽:"……"

几人到家已经是下午。

他们参加完聚会都有点累,回屋后便准备洗澡睡觉。

下午的阳光灿黄明亮,阳台帘子一拉上,少许光线落入屋内,恰好营造出一个适合睡觉的氛围。

苏持躺在被子里合上了眼,安静的卧室内,他渐渐陷入沉睡。

这一觉他睡得不太安稳,梦里都是眉头紧锁。

四十分钟后,苏持突然睁开眼,视线慢慢聚焦到头顶的天花板,沉默半分钟后,他掀开被子起了身。

苏持推门而出,脚步没停,直接走上了三楼书房。

厚重古朴的书房里,正面墙上都摆满了书籍,木质书桌上还放置了很有格调的地球仪。

苏持目不斜视,径直走向角落里的书柜,矮身从里面翻出了家里的户口簿。

封面打开,苏持凝重地翻看着每一页,直到最后一页翻过,他心头悬着的石头才蓦地落了地。

苏持松了口气,合上户口簿后又细细摩挲着光滑的封皮。

书房斜对面就是苏纪佟夫妇的卧室,苏持正摩挲着封皮,门口忽然响起一个声音:"老大?"

苏持转过头,于歆妍站在门口看向他手里的户口簿,问:"你在干吗呢?"

他顿了顿,道:"没事,我就确认一下。"

于歆妍揣度道:"确认自己还在不在这上面?"

苏持:"……"

他把户口簿放回了原位,平静地说:"不是确认自己。"

"嗯?"于歆妍一时没转过弯来,苏持在她迷惑的空当起身走出了书房。

"咔"一声,书房门被轻轻掩上,苏持走下楼梯,背影又恢复了往日的挺拔沉稳。

苏徊意一觉睡到了晚饭时间,仿佛一只会休眠的饭桶。

他从楼上下到餐厅的时候,其他人都已经到齐了。他刚踏入餐厅,便察觉到气氛有些不对劲,特别是苏纪佟和苏持两人,一个懊丧不已,一个春风得意。

苏徊意疑惑地问:"大哥,你欺负爸爸了?"

他姿态之公正,宛如明事理的家长带着自家熊孩子向被欺负的小朋友道歉。

众人:"……"

苏纪佟的怒火都消散了一半,他道:"也不至于。"就是吓了他一跳。

苏徊意安抚他道:"爸爸没受欺负就好。"

眼看角色定位越来越离谱,于歆妍适时出声打断了这场毫无逻辑的闹剧，道："吃饭。"

随着苏徊意乖巧入座，其他人也拿起了筷子开始吃饭。

苏斑眼观鼻鼻观心，只闲适地给自己夹菜，对桌上的暗流涌动视而不见。苏简辰隐隐感觉有什么不同寻常的信息在空气中游动，但他还在寻找加入群聊的途径。

一时间谁也没有说话，只剩筷子碰上瓷盘的当啷声响。

饭吃了快一半时，苏持的碗里就空了。向来晚饭只吃八分饱的他破天荒地起身添了碗饭，可见心情之愉快。

苏徊意看在眼里，心底一沉：莫非他大哥身体不适，在补充体力？

苏纪佟的目光落在苏持新添的那碗米饭上，随即他清了清嗓子，看向胃口极好的大儿子，意有所指地道："我一会儿就去把书房的柜子锁上。"

苏持面不改色地夹了块排骨到自己碗里。

苏纪佟皱眉，加大砝码，道："然后把钥匙拿去熔了。"

苏持依旧没出声，甚至给苏徊意也夹了块排骨。

苏纪佟眼见威慑无效，正要开口说点别的，忽然被自家夫人打断。

"纪佟，你这操作我就不是很明白了。"于歆妍拿看老年痴呆的眼神看自己老公，道，"等要开柜子的时候再打电话叫人来撬锁？"

苏纪佟："……"

他的小脾气终于在自家夫人的镇压下彻底熄灭了。

晚饭吃完，苏徊意便被苏持拉上了楼，说是要谈心。两人话说到一半，苏徊意的手机忽然响了。

苏持目光幽深："是谁这么会挑时间？"

苏徊意摸出手机看了一眼，道："这么能掐会算的，向来只有周青成。"

"挂掉。"

"我也是这么想的。"

两人的想法不谋而合。

只是苏徊意挂了周青成的电话后，还不到一分钟，手机又响了起来。

谈话再次被打断的苏持看向手机，眼神仿佛自带可拆卸功能。

"我还是接一个吧，"苏徊意道，"他连打两个电话，说不定真有急事。"

苏持好整以暇地抱着胳膊等在一旁，一副"让我看看有多急"的模样。

苏徊意顶着他大哥不满的目光接通电话，诚心实意且不带任何威胁地说出了那句经典的台词："周青成，你最好真的有急事。"

电话另一端的周青成还没开口就哽了一下，反问："你在做什么？"

身侧某人的目光越发不耐烦，苏徊意赶紧跳过闲聊，进入正题："这不重要，你找我有什么事？"

话题重新拾起，周青成顿时气急道："你还问我！都要火烧眉毛了，你还不接电话，在家里闲看庭前花开花落？"

苏徊意心头一跳，道："怎么了？"

"你应该知道，我们这个圈子从来没有秘密。你们下午刚离开，外面不知道谁就把谣言传得满天飞，说你……"

苏徊意接过话："跳舞的时候踩到我大哥的脚了？"

周青成："……"

苏徊意愤怒地道："谁传的谣言？胡说！我只是踢了一下大哥的大脚趾，哪里踩到他的脚了？"

周青成觉得自己就不该委婉，转而直接道："说你目无法纪、私生活极度混乱，而你大哥现在跟你走这么近，肯定早已和你同流合污，苏家要完了！"

苏徊意的声音戛然而止，整个人瞬间静如一只鹌鹑。

他只不过在休息室休息了二十分钟，怎么会传出这种谣言？都怪原角色风评太差！

一只手拍了拍他的肩膀，苏持的力道不轻不重，带了几分安抚的意味。

电话里周青成的声音没停，还伴随着"咚咚"的背景音，像是被气到跳脚了。

他见多识广，同苏徊意分析道："我看他们有的人也不是真的这么认为，只不过你们苏家一向享有清誉、地位超凡，那些人故意借机污蔑你们。"

苏徊意转头看向苏持，随后得到了一个肯定的眼神，立马在电话里附和道："人心险恶！"

"咚咚"的声音停了一瞬，周青成深感心累，道："这是在针对你，你路见不平、义愤填膺个什么劲？"

苏徊意自动忽略了前半句，羞涩地享受着后半句的赞誉，道："我也没你说得这么好。"

别人的家事点到为止就好，周青成觉得自己该提醒的都说完了，他"鸽们"跟他"大鸽"怎么做是他们自己的选择。

他叹了口气，道："唉，你好自为之。"

电话挂断，房间里陷入了安静。

苏徊意坐在沙发上，慢慢消化着刚刚的信息。他也不是真的憨，周青成的意思他都懂，只不过情况变得比他想象的更复杂了。

苏持垂眼看着他，道："你都听到了，可能会有商业上的对手借机打压苏氏，你会害怕吗？"

469

苏徊意道："不会。"

"为什么？"

苏徊意一时也想不出为什么，大概是有苏持在，于是理所当然地道："因为大哥是最厉害的。"

苏持笑了一声，道："那就没有任何问题了。"

春节假期很快结束，公司又恢复上班。

苏珽收拾行李又回学校去了，早上出门的只有其余兄弟三人。

苏简辰负责的分公司比总公司要远一些，他看时间不早了，便先行出了门。他前脚刚走，拢着睡衣的苏纪佟便从楼上下来，看上去才起床。

苏徊意和苏持正在玄关换鞋，看到苏纪佟下楼，异口同声地叫了声"爸"。

两人出门时，苏持将虚掩的门推开，冷风霎时灌进来，苏持侧身对苏纪佟说："爸，这边冷，你回去继续睡吧。"

苏徊意也乖乖地道："爸爸拜拜。"

两道身影一前一后出了大门，苏纪佟忽然道："老大，你等一下。"

苏持和苏徊意已经走出两三米，闻言又停下来。

苏持转头看向自家老爸，问："怎么了？"

"你让小意先上车里去，我跟你说两句。"

苏持垂眼顿了几秒，道："好。"他说完，从兜里拿出车钥匙放到苏徊意手里，又把苏徊意的围巾提得更高了些，遮住了对方半张脸，然后道，"你在车上等我。"

"好呀。"

苏徊意的背影很快消失在路的尽头，苏持走进屋内，带上大门，隔绝了冷风，问："爸，有什么事？"

苏纪佟说："小意的能力比我想象的要强，我看他锻炼得也差不多了,可以让他去小公司试试,你觉得呢?"

他说完,细细打量着自家大儿子,对方没有露出一丝惊讶的神色,直接点头道:"可以。"

苏纪佟又补充道:"到时候你还是留在总公司,小意要单独去子公司。"

苏持反问:"不然呢,我去新分公司给他当助理?"

苏纪佟:"……"

旁边置物柜上的钟表已经走过八点十分,苏持看时间差不多了,朝苏纪佟点点头,道:"爸,你按照流程安排吧,我先去公司了。"

"哦哦。"苏纪佟也跟着点点头,目送大儿子转身出了门。

厚重的大门被冷风吹得"砰"一声关紧,隔绝了他探究的视线。

苏徊意在车上等了会儿苏持就来了。

车门关上,封闭的空间内安静又私密,苏徊意侧头问:"大哥,爸说你了?"

"没有。"车钥匙一拧,苏持发动了私家车驶出车库,道,"爸准备让你单独管理一家子公司。"

我去!苏徊意瞬间直起了身子。什么情况?按照剧本中的进度,他应该还要锻炼两年才接手子公司才对。

"为什么,大哥?"

苏持目视前方,专注地看着路况,修长地手指在方向盘上敲了两下,说:"你要有自己的根基,苏徊意。"

苏持沉默了片刻,又道:"你的户口迁出去了,你知道这件事吧?"

苏徊意心头一跳,道:"嗯。"

苏持没问他是怎么知道的。

这个话题仿佛只是个过渡，苏持没有深入下去，得到他的回应后继续往下说道："他们是希望你能独立一户，免得别人觉得你寄人篱下。家里把公司正式交给你之前会对外公布你迁出户口的事情，你这段时间要做好准备，知道吗？"

"爸爸妈妈是为我好，我都知道的。"苏徊意说完，摸摸自己的心口，道，"就是有点太突然了。"

苏持没说话。

苏徊意悲伤地道："那你以后会骑着牛来看我吗，大哥？"

"不会。"

苏徊意眼中的悲伤瞬间消失，目光变得无比锐利。

苏持正开着车，突然感觉旁边凉飕飕的，他侧眼看过去，只见苏徊意的每一根眼睫毛都散发着寒意。

苏持笑了一声。

好嚣张的苏持，不但不解释，还笑出声来了！苏徊意不高兴地皱眉，给对方比了个滚圆的OK，道："大哥，我离闹脾气只差这——么一点了。"

一道眼神落过去，苏持道："我有车，为什么要骑牛去看你？"

苏徊意把"OK"收了起来。

车停在公司负一楼车库，时隔半个月，苏徊意终于又来了。

两人乘电梯上了楼，到达顶层后电梯门打开，正遇上小秦迎面走过来。

"苏董，苏助理，好久不见。"

苏持冲对方点了点头，又吩咐了两句工作上的事。

苏徊意对于上次"年终奖"的事耿耿于怀，等两人谈完，他试探道："秦秘书早，这个年过得好吗？"

小秦伸手抵了抵眼镜，意味深长地道："都挺好。"

苏徊意总觉得这三个字带了书名号。

因为是节后第一天上班,公司上午召开了一次高层会议。苏持出门的时候叫上苏徊意,道:"这次开会你跟着我,做好会议记录。"

苏徊意还是头一次跟着苏持参加公司内部的会议,他赶紧拿了本子跟上去,道:"大哥,你终于不圈禁我了!"

苏持警告道:"你再多说一句就回去看词典。"

苏徊意赶紧闭上嘴。

两人路过秘书办公室时,小秦没在里面,苏徊意同苏持走进电梯后问:"秦秘书已经下去了吗?"

"这次的会议他不参加,我给他安排了别的事。"

"还有比开会更重要的事?"苏徊意狐疑道,"该不会是在公司门口给你拉横幅……"

电梯下到二楼,"叮"一声打开后,苏持抬步走出去,同时问:"给我拉横幅做什么?我又没有因公殉职。"

苏徊意默默把没说出口的话咽了回去。

公司高层会议室有六七十平方米,两人进门时,全体高层已经等在里面了,室内温度比走廊里高一些,所有人都只着了西装和衬衣。

苏徊意低头看了眼自己身上的羽绒服,其余人的视线也聚焦到他身上。

苏持转头问他:"冷吗?"

他顿时感觉汗都出来了,道:"不冷了,我还是先脱掉羽绒服比较好。"

苏持伸出一只手,直接帮他把外套脱下来搭在椅背上,随后,苏持又神色自若地指向自己旁边的位置,道:"你坐这里。"

周围人的视线瞬间凝固,偌大的会议室寂静无声。

473

——史上最强助理,让董事长亲自帮忙脱衣。

一场会议开了两个小时才结束。

散会时,苏徜意翻了翻笔记本,从苏持的工作安排到各部门的工作汇报一共记了七八页,回去之后整理成正式文件大概还要好几个小时。

羽绒服外套落在身上,苏持把苏徜意提溜起来,道:"回去把东西放了就吃饭。"

苏徜意瞬间精神了,他即将迎来一天中最美妙的时刻!

两人并排往回走,苏持难得心善地道:"今天你可以多吃点。"

"为什么?"苏徜意不解,"节后第一天食材比较新鲜?"

"因为下午你要接手小秦的所有工作。"苏持温和地摸了摸他的头,道,"多吃点好干活。"

小秦大概是真的忙别的事去了,苏徜意中午吃饭时没看见人,吃完饭回到顶层也没看到人。

他跟着苏持回了董事长办公室,午休时间还剩一个多小时。

"大哥,我想睡个午觉。"

苏持背对着办公桌,一手松开领口,道:"你睡就是。"

苏徜意吃饱了犯困,就顶着困倦的神色溜进了休息室。

午睡起来已下午两点多,苏徜意从休息室出来时,办公室的门正好被敲响。

"大哥,是谁来了?"

"你紧张什么,又不是来查寝的。"苏持从容淡定,径直走到办公桌后坐下,道,"进来。"

推门而入的是消失了大半天的小秦。

"苏董。"小秦进门后将手里的文件放到苏持的办公桌上,苏持应了一声,开始听他汇报工作。

苏徊意在自己的座位上整理上午的会议记录，确定接下来一周的行程安排。

半个多小时后，小秦汇报完工作准备离开。

苏徊意趁机从电脑后面冒了个脑袋出来，道："秦秘书，你下午还要出去吗？"

金属镜框反射着头顶明亮的灯光，小秦道："是的，苏助理。请问您还有什么事要吩咐？"

"也没什么事。"苏徊意向他挥挥手，道，"秦秘书再见，我会想念你。"

"多谢苏助理厚爱。"

"咚！"办公室门被重新关上。

苏徊意坐在桌前若有所思地道："大哥，刚刚秦秘书对我用尊称了。"

这还没到月末，不对劲，有哪里不对劲。

苏持淡淡道："你挺关注小秦的。"

苏徊意细细揣度着苏持的神色，道："毕竟他是大哥的秘书。"

苏持挑眉看着他，不置可否。

临近下班的时候，苏徊意手里的工作还有一小半没做完。他翻了翻待处理的文件，道："大哥，今天东西太多，你要是急着用，我只能加班了。"

苏持抬眼，问；"大概要做多久？"

"两个小时左右。"

"那就做完了再回去。"苏持的目光又落回自己跟前的电脑上，敲击键盘的声音在办公室内噼啪作响，他说，"我也留下来加班，晚饭我订。"

苏徊意客客气气地道："请问我可以点菜吗，大哥？"

手机"咚"地落在光滑厚重的木桌上,苏持礼貌地朝他示意:"您随意。"

苏徊意点过餐又继续整理文件,今天需要他处理的文件有几十份,事项各不相同,整理起来很费神。

他整理了会儿就活动一下僵硬的脖颈,顺便拿起手机看了眼微信消息。

下午工作多他没空看手机,这会儿才看到"射击小分队"里居然有五六十条消息,还有人@了他——

孙河禹:我去,什么情况,怎么这几天都在传你们家的谣言?@苏徊意

周青成:你才知道啊,就是那天聚会传出来的。气死爷了,早知道不邀请这么多人了,人多眼杂,居心叵测!

孙月:所以是真的假的,小可爱@苏徊意

周青成:不管真的假的,我听说已经有好几家私下联合在一起,准备先把苏家的水搅浑,再趁乱进行围攻。

孙月:关他们屁事!

孙河禹:道理是这么个道理,但这几年苏家发展太快,一块蛋糕就这么大,你多占,别人就少占。这回好不容易逮到机会了,他们肯定要咬一块肉下来。

周青成:等着,我把我知道的那几家发到群里。

……

苏徊意翻完历史记录,又点开周青成发到群里的文件名单看了看,他微微皱眉,总觉得有点眼熟。

他将手机搁在了一旁,拿起手边的一堆文件"哗哗哗"的快速翻过,终于在其中一个文件夹里找到了这几家对手企业的资料信息。

看来他大哥早就知道了。

原来他这一下午都在不知不觉地跟敌对势力作斗争。

苏徊意定下心来，转头在群里回复道：

苏徊意：谢谢父老乡亲，不用担心那些宵小，我大哥说要一把火把他们当柴烧了！

他在群里发完消息便放下手机，又干劲十足地拿起文件同邪恶势力作斗争去了。

与此同时，另一头看到消息的三人十分震惊。

苏持说"一把火把他们当柴烧了"是什么意思？难道是要把人挫骨扬灰了？

在这一刻，亲友团隔着网线同时发出了剧烈的震颤。

苏徊意一直战斗到五六点，估摸着外卖快到了便暂停工作中场休息。

公司正式下班差不多也是这个时间，从落地窗往下看，能看到员工们三三两两地从公司门口离开。

苏徊意趴在玻璃上，想从底下细密的人群中搜寻到外卖骑手的身影。

没一会儿，办公室的门被敲响了，前台提着外卖进来，道："苏董，您订的餐送到了。"

餐盒摆在了尊贵的董事长办公桌上，前台离开后，苏徊意便坐到苏持对面。

四菜一汤还腾着热气，外面的天色逐渐暗了下来，宽大的落地窗上倒映着两个人的身影，白雾氤氲间显得格外温馨。

苏徊意一边吃饭一边跟苏持分享下午看到的群聊信息。

"大哥，是周青成说的那样吗？"

"差不多。"苏持伸长筷子把碗里那颗乱入的花椒挑出去，道，"这件事和谣言没有关系，而是利益使然，你不要想太多。"

"那大哥岂不是背了口大锅。"

花椒在半途滚落,苏持收回筷子,用纸将其捡走,道:"吃饭时不要说绕口令。"

"好。"苏徊意回归正题,问,"他们联合起来打压我们,干吗非要扯个理由呢?"

苏持启发他,道:"乱臣贼子揭竿之前要做什么?"

苏徊意恍然道:"打个旗号,清君侧!"

苏持欣慰地奖励了他一块油光发亮的咕咾肉。

其实苏家什么都没做错,但潜在的危机总有一天会爆发。苏徊意扒拉着松软的白米饭,忽然想起了剧本中的剧情:

原角色背叛了苏家,偷取机密卖给对手,结果被苏持将计就计、一网打尽。苏持的雷霆手段一时震慑了整个商圈,从此无人敢在苏家面前耍卑鄙的手段。

他来了之后,事情发生了很多变化,但没想到绕了一大圈,主线剧情还是回归到了苏持以一敌多……

"苏徊意。"一道声音拉回了他的注意力。

"嗯?"苏徊意回神,茫然地看向苏持。

苏持扫一眼他的筷子尖,问:"新吃法,八角下饭?"

苏徊意低头看向即将送进嘴里的那颗八角,沉默了两秒,合眼细嗅,道:"我就是想闻闻它馥郁芬芳的香气。"

"这么喜欢,要不要给你扎一束放在床头?"

苏徊意腼腆地道:"也不用对我这么好。"

两人吃过饭收拾好桌面。

苏徊意正准备回自己座位上继续工作,苏持忽然道:"这段时间我们都会辛苦一点,我不是为难你,知道吗?"

苏徊意愣了一下,随即点点头说:"我知道。"

他不知道苏持为什么突然说这个,可能是他早上差点闹脾气,也可能是他被留下来加班,苏持怕他误会,所以特意讲出来。

苏持又问他:"知道什么?知道会辛苦,还是知道我不会为难你?"

苏徊意道:"我知道哥疼我。"

苏持"嗯"了一声,道:"你知道就好。"

苏徊意看气氛不错,趁机开口:"大哥,你这段时间是不是在酝酿什么?"

"不明显?"

"应该是挺明显的。"苏徊意不确定地说,"但我太笨了,猜不到你在想什么。"

苏持安慰他:"你不是笨,只是书读少了。"

不错的气氛出了片刻的差错,苏徊意凝视着苏持,心想:真是好会安慰人的大哥!

他摸摸心口,道:"大哥果然疼我。"扎心了。

苏持注意到他的眼神,笑道:"你有没有看过《周易》?"

苏徊意暂且收起浮夸的演技,露出求知的目光,道:"愿闻其详。"

苏持说:"阴阳相济,借力打力。"

两人回到家已经晚上九点多,家里人还没睡,客厅开着大灯。

苏徊意今天上班时出了点意外,腿侧有伤,他揪着苏持的后衣摆,像只残疾的小鸡,一点一点往屋里挪。

苏纪佟正好在客厅看电视,转头看见两人从客厅外面走进来,视线一下定住了。

"你们在干吗呢,老鹰捉小鸡?"

苏持停住,道:"爸。"

苏徆意攥紧他大哥的衣摆，由于力气过大，将后领口拉出一个"V"型，气流直往苏持身体里面钻。

苏持回头："……"

两人拉扯间，苏纪佟大步走了过来，审视的目光在两人之间来回转："知道快要分开了，给我演一出兄弟情深？"

苏徆意赶紧松开手，苏持的衣摆"啪嗒"一下弹了回去，他解释："童趣。"

苏纪佟没有追问，只对苏徆意道："小意，你跟我上来一下。"

苏持的后衣领瞬间又被苏徆意拉成一个"V"型。

苏徆意紧张道："爸，有什么事吗？"

"大鸽"适时地张开翅膀，庇护着瑟瑟发抖的"小鸽崽"，道："要不就在这里说吧。"

苏纪佟白他一眼："我跟小意说说公司的事，你听什么，真要去当助理？"

苏持："……"

自家老爸的战斗力好像又恢复到了以前的水准。

苏徆意跟着苏纪佟上了三楼，在二楼楼梯口同苏持分别时，三步一回头，随即他便感受到一道目光落在自己头上。

苏纪佟道："要不要我把家里的楼梯改成自动扶梯？"

苏徆意收回视线，快步跟上苏纪佟。

苏家公共区域的装潢走的都是温馨路线，书房却严肃大气。房门的隔音效果很好，门一关上，外界的声音便隔绝开来。

"坐下说，小意。"苏纪佟率先坐到沙发上。

苏徆意拘谨而又不失礼貌地在他老爸旁边坐下，小手放在大腿上，屁股只坐了沙发沿的三分之一。

"好的，爸爸。"

苏纪佟看了他一眼,道:"你紧张什么,我都说了是找你谈公司的事。"

苏纪佟拎着苏徊意往沙发里面坐了坐,等看到苏徊意逐渐变回平时的果冻形态,这才满意地道:"老大都和你说了吧,户口的事。"

苏徊意点头道:"说过了。"

"你会觉得爸爸自作主张吗?"

"不会,爸爸妈妈一直都很为我考虑。"

"你能理解就好,你是男孩子,爸爸还是觉得你得有自己的事业。"

"嗯嗯嗯!"苏徊意点头如小鸡啄米。

苏纪佟继续道:"以后那家子公司就归到你名下了,过几天我们会对外宣布你独立的消息,然后再办个宴会,该走的流程还是要走。"

苏徊意常怀感恩之心,道:"谢谢爸爸。"

"哼,真要感谢就多关心关心我。"

"一定一定。"

苏纪佟又交代了几句公司上的事,看时间不早了,便让苏徊意回去休息。

临下楼梯口的时候,苏徊意一只脚刚迈出去,背后传来"咳咳"两声,他转过头,正对上苏纪佟饱含深意的眼神。

默了几秒,苏徊意忽然福至心灵——他三步一回头地下了楼,留恋的目光不输他和他大哥离别的场景。

要一碗水端平,他懂的!

苏纪佟心满意足地回了卧室:虽然儿子们感情好是好事,但老父亲的地位不可动摇!

回到二楼,苏徊意刚从苏持卧室门口一晃而过,苏持的房门就"咔嗒"一声被人从里面推开了,仿佛自带某种感应。

苏持站在门口,伸手把人拎住,问:"爸跟你说什么了?"

"说对外宣布我自立门户的事,还有子公司的事。"

苏持转身拿了药过来,道:"回去把药擦了。"

苏徊意点点头,忽然想起这层楼应该还有个人,随即问道:"二哥呢?回来都没看到他。"

"下午的时候出差去了,后天回来。"

"我以后接管了子公司,会不会也像二哥那样经常出差?"

苏持揪了一下苏徊意的头发,道:"不会。"

之后几天整个苏家都忙碌起来。

对手出手很快,苏家名下的产业在两三天内就遭遇了连续的打击,内外部都出现了轻微动荡,苏持整日整夜地加班处理公司的问题。

苏徊意也留着没走,小秦的工作全部转交到了他手里,他忙得顾不上回复各方发来的问候。

于是,他的好友们集体发现,苏家最咸的那条鱼销声匿迹了。

有问题,绝对有问题!莫非是苏家受到了重创?

正当各方猜测纷纭之时,苏家终于有了动静,苏纪佟夫妻发出了请柬:朋友们,一周后来咱家参加宴会!

圈内一片疑惑。

苏家的操作过于扑朔,就连远在滇省的刘钦凌都听说了。

她特意打了个电话过来,道:"喂,徊意弟弟,你们家什么情况?我听人说你家最近遭到联手打压就要式微了,结果你家还热热闹闹地准备举办宴会。"

刘钦凌仗着两家关系好,大胆地猜测道:"最后的狂欢?"

事情的来龙去脉有些复杂,苏徊意一时间不知道怎么解释。

一众宵小打算乘虚而入分口蛋糕是事实，但苏家举办宴会是为了宣布他迁出户口，只是两件事刚好撞到了一起。

刘钦凌却被苏徊意这短暂的沉默吓到了，忙道："真被我说中了？"

苏徊意隔着听筒摇摇头，纠正她的措辞，道："是黎明前的狂欢。"

安抚好刘钦凌，他转头又投入到同恶势力的斗争当中。

苏氏集团的股票这几天连续跌停，动静太大，成功引起了苏纪佟的注意。

不知道苏持是怎么跟苏纪佟说的，对方知道后压根没管。

企业发生了剧变，现任董事长毫无作为，老董事长沉迷于举办宴会，并没有出山。在外界看来，苏氏已经走向了衰败，苏氏即将垮台的消息没过几天就传遍了整个上层圈子。

苏徊意中午吃饱了饭回来就躺在沙发上，同苏持朗读亲友团搜集到的漫天流言。

"大哥，有人说你昨天跟信锐集团的厉董见面，是准备变卖家产。"

苏持淡然地翻过城建合作报告。

"还有人说苏家要破产了，正在化整为零地逃往外地……"苏徊意滑手机的动作顿了顿，接着道，"这是说上学的三哥和出差的二哥？"

"嗯。"

"哦，还有这个，公司高层已经开始收拾铺盖走人了，董事长秘书连续五天未到公司上班，疑似已经跳槽。"

苏持抬眼看过去。

苏徊意一脸疑惑："该不会说的是秦秘书吧？"

"不然我还有第二个秘书？"

苏徊意不由得发出感叹："流言猛于虎。"

他放下手机，开启别的话题："对了，大哥，我好久没有看到秦秘书了，你把他流放到哪里去了？还不如把他给我。"

苏持的目光凉飕飕的，他问："给你做什么？他已经不需要历练了。"

苏徊意冷不丁被内涵了。

这时，敲门声响起，苏持开口："进来。"

推门而入的正是消失已久的小秦，小秦道："苏董，苏助理。"

苏徊意激动地道："秦秘书！"

小秦冲他点点头，接着把文件放到苏持面前，道："苏董，我来汇报这几天的工作。"

这会儿正是午休时间，小秦一般不会汇报工作，除非情况特殊。苏徊意待在一边没有打扰他们，小秦一直汇报了四十多分钟才结束。

"我知道了，这段时间辛苦你了。"苏持把文件收好，对小秦道，"这个月工资翻倍。"

"苏董不必客气，这是我的本职工作，于情于理我都该完成这些工作。"小秦毕恭毕敬地道，"双倍工资月底按时结一下就可以了。"

旁听的苏徊意："……"

苏持习以为常道："你放心。"

待小秦离开后，办公室内又只剩苏徊意和苏持二人。

苏徊意收回自己恋恋不舍的目光，心想，他果然很想挖走小秦，但目前并不是一个很好的时机，因为还有更重要的事情。

"大哥，刚刚秦秘书说对手打算在三天后做一波大的？"

苏持头也不抬地道："对方也有分析师，根据股市曲线和商业规律，三天后是撬动杠杆的最佳时机。"

苏徊意又翻出手机记事本,道:"三天后不正是我们家举办宴会的时候?"

苏持说:"是同一天。"

苏徊意惊叹道:"居然这么巧……"

苏持"哗啦"一下合上文件,起身走到他跟前,挺拔的身躯背着光。

苏徊意从沙发上抬起头,叫道:"大哥?"

苏持认真道:"苏徊意,你要记住世界上没有这么多巧合。"

苏徊意细品了两秒,随即回过味来,激动地道:"你故意的?"

"嗯。"

苏徊意瞬间感觉他大哥太厉害了,又问:"你是不是有什么不为人知的目的?"他猜测道,"你是想调虎离山,用宴会分散他们的注意力?还是想设下鸿门宴,关门打狗?"

苏持道:"都不是。"

苏徊意追问:"那是?"

苏持淡淡道:"方便现场观赏他们的表情,有趣。"

苏徊意:"……"

第二十章

两人晚上回到家，玄关处多了一双鞋。

鞋摆得四仰八叉、六亲不认，苏徊意细细辨认后道："三哥回来了？"

苏持低头换鞋，道："宣布你独立是件大事，他是得回来。"

苏徊意腼腆地道："总让他飞来飞去多不好。"

苏持抬眼，问："那下次让他步行？"

两人换过鞋往里走，客厅的灯大开着，家里人都在里面。苏珽靠在沙发上冲他们懒懒地挥了挥手，说："大哥和弟弟回来啦。"

"老三。"

"回来了，三哥。"

苏纪佟坐在沙发正中央，道："就等你们了，过来坐。"

苏徊意顿时有种三堂会审的感觉，他一把扯住苏持的衣摆，问："爸爸，有什么事吗？"

苏持沉默地瞥向自己的 V 摆毛衣。

于歆妍出声安抚苏徊意："还能有什么事，不就是你户口的事。老二、老三还不知道，举办宴会前先跟他们说说。"

苏徊意坐在客厅的沙发边上，苏持跟着他坐下，长臂一伸，搭上沙发背。

"什么户口的事？"苏简辰转向苏珽，问，"老三，你也不知道？"

苏珽道："嗯哼，不知道啊。"

苏简辰显而易见地松了一口气，说："那就好。"

其余人："……"

苏纪佟直入正题，道："三天后的宴会上，我们会对外宣布一件重要的事。"

苏纪佟说到这里顿了顿。苏简辰微微前倾，侧耳聆听；苏珽靠在一旁把玩着手里的硬币，似乎并不在意。

沉默的气氛中，苏徊意有点紧张。

也不知道二哥和三哥会不会有想法，他大哥没意见多半是因为两人的关系越来越好了，其他两个哥哥他把握不准。

"苏徊意，"苏持的声音在旁边响起，"我怎么感觉你在揣度我？"

苏徊意迅速收回了分散的思绪，他正襟危坐，声音柔和道："怎么会呢。"

苏持淡淡一瞥后撤回了视线。

苏纪佟见众人的注意力都高度集中了起来，便适时地开口："小意已经不在我们家户口簿上了。"

"什么？"苏简辰震惊了。

苏珽把玩硬币的动作一滞，他倏地抬眼，随后挑了挑眉，移开了视线。

苏简辰还处在震惊和茫然之中，问："这是为什么？"

话一出口，苏简辰小心翼翼地看向自家父母，道："你们找到他的亲生父母了？"

其他人："……"

苏纪佟解释的话卡在了喉咙里。

苏徊意的紧张感顿时消失殆尽。他早该知道，他二哥的脑回路没有这么简单。

苏纪佟在短暂的卡壳后又开机重启，道："我的意思是小意要自立门户了，以后会把一家公司交给他管理，想问问你们有没有什么意见。"

硬币在指尖转了两圈，苏珽嘴角微扬，道："我没意见啊。"反正就算分开也是一家人。

苏徊意松了口气，又把目光投向苏简辰。他大哥没意见，三哥没意见，为了合群，想必他二哥也……

"我觉得不好。"苏简辰严肃开口。

苏徊意："……"

客厅里原本轻松的氛围蓦地凝滞了几分。

于歆妍看向自己的二儿子，问："你觉得哪里不好，老二？"

苏简辰道："我们家不整齐了。"

其他人："……"不，这真的不是重点。

苏徊意在复杂的心情中竟生出一丝感动，他决定了，就算二哥再没眼色，以后也要带上他一起玩耍。

苏纪佟解释："老二，小意迁出去对他自身发展比较好，他就算迁出去，我们也还是一家人。"

苏简辰拧眉沉思。

气氛一度陷入焦灼，现场沉默好几分钟后，苏持忽然开口："老二，目前除了你，我们全家都没意见。"

苏简辰的眉头一下展开，他道："那我也没意见。"

几道意味深长的目光同时落在苏持身上——打蛇高手。

迁户口、分公司的事就这么曲折而又顺利地通过了家庭会议。苏纪佟看时间不早了，便起身总结道："既然都没意见，那我们三天后就正式对外宣布小意迁户口的事。"

苏徊意摸了摸小心脏，感谢苏家一脉相承的善良。

苏纪佟道："好了，你们都回房休息，老大留下。"

苏琞最先起身，一手揣着兜慢悠悠离开，顺便捞走探究心极强的苏老二。

于歆妍的目光在这父子两人间打了个来回，张了张嘴却最终什么都没说，只起身把忧心忡忡的苏徊意提溜走，道："小意，我们先上去。"

苏徊意直到被拎上楼梯，还在一步三回头道："妈妈，我有点担心。"

"别担心，你们爸爸就是刀子嘴豆腐心……"

"我担心大可又要坑爸爸。"

于歆妍安慰的话卡在了喉咙里。

楼下客厅里，父子两人相对而坐。

苏纪佟对苏持道："所以公司遭遇外界联手打击也跟那些谣言有关？"

苏持坦然道："是。"

虽然苏持嘴上说是，其实也不尽然是。对手早就对苏氏集团虎视眈眈，只不过潜在的危机全在此刻爆发了而已。

刚好一起收拾了。

苏纪佟猜出他大儿子的打算，他道："把所有事情堆到一起解决你觉得很方便？"

苏持点头道："是挺方便。"

苏纪佟问："方便在哪点？"

"方便站在道德的制高点指指点点。"

空气有瞬间的凝滞。

苏纪佟稍稍缓过神后，略过自家大儿子恶趣味的答案，问：

"能解决好吗？"

"能。"

"我指的是两件事。"

苏持的目光在他老爸的脸上定格了几秒。苏纪佟在沙发上端坐着，两只胳膊搭在腿上，隐约可见当年的雷厉风行。

苏持依然点头道："能。"

沉默片刻后，苏纪佟靠在沙发上舒出一口气。

依照他的理性判断，苏持这样的策略是效益最大化的，挑不出错。

"随你吧。"

"谢谢爸。"

苏纪佟起身道："谢什么，你可得做好准备。"

"嗯，爸也是。"

苏纪佟脚步一顿。

苏持伸手在他肩头拍了拍，道："还有三天时间。"

苏纪佟："……"

直到儿子英拔的身姿消失在楼梯口后，他仍旧呆在原地。

苏徜意回屋后就一直贴在门上听着门外的动静。

过了大概十分钟，走廊里终于传来一阵响动，他赶紧按下把手，推开门探出头，就见苏持迎面走来。

他招了招手，叫道："大哥。"

苏持脚下快了几步。

待苏持走近后，苏徜意问："你们谈什么了？"

苏持看上去心情不错，道："没什么，战略合作。"

苏徜意发自内心地感到怀疑。

直到缩进被窝，苏徜意还在因晚上的事情而激动。他平复了会儿心情，最后打开手机放了一首《正道的光》。

一瞬间，正气凛然的音乐回荡在漆黑的房间里，洗涤了他心头的情绪。

他听了两遍后关掉音乐，临睡之前怀揣着一颗感恩之心给小秦发了条微信消息。

苏徊意：晚安，小秦。

秦秘书：苏助理，您突然的"晚安"让我很不安。

苏徊意：……

他默默地点了"撤回"，以免小秦彻夜难眠，并贴心地为自己的行为做出解释。

苏徊意：刚刚点播了一首《正道的光》，效果超群，特地来向你道谢。

秦秘书：不必客气，能帮到您是我的荣幸。

秦秘书：只不过让我想起了我的年终奖，今夜注定有些难眠。

苏徊意：对不起，我会偷我哥的工资卡补发给你。

秦秘书：感谢您。

与此同时，翻来覆去睡不着的还有苏纪佟。

他想着想着，又一个翻身。旁边的于歆妍终于忍不住抗议道："纪佟，你今晚很像砧板上的咸鱼。"

苏纪佟："……"

他看于歆妍醒着，想起大儿子的雷霆手段，好奇道："夫人，你有没有想过家里几个儿子未来会找什么样的对象？"

于歆妍很困，脱口道："随缘吧。"

苏纪佟不甘心，他伸手把枕边人戳清醒，追问："像老大这么优秀，你觉得要什么样的人才配得上他呢？"

于歆妍拍开他的手，道："他喜欢的人。"

苏纪佟还想追问，于歆妍皱眉拿枕巾按在苏纪佟说个不停的嘴上。

被堵上嘴的苏纪佟无话可说，他重新铺好枕巾，翻过身沉沉睡去。

第二天吃早饭时，苏徜意和苏纪佟两人都红着眼睛，明显睡眠不足。

苏徜意肤色偏白，眼角耷拉，一撮头发还睡得分了岔，弯弯地垂下来。

对面的苏持停下筷子看了他几秒，问："想不想吃胡萝卜？"

苏徜意："……"

于歆妍转头看了眼自家丈夫，道："哇哦，大盆栽和小盆栽经历了一个冬天长成了大兔兔和小兔兔！"

苏纪佟："……"

吴妈正好端了羹汤出来，她将热气腾腾的蔬菜羹放在桌子中央，道："想吃胡萝卜这里面就有，还煮了土豆和西蓝花。"

于歆妍称赞道："吴妈越来越会做饭了。"

"哎呀，夫人哪里的话。"

苏持伸出筷子在里面捞了捞，捞出一块胡萝卜放进苏徜意碗里，道："吃吧。"

于歆妍跟着捞了块胡萝卜放进苏纪佟碗里，道："吃吧。"

旁观的苏简辰皱眉思索两秒，随即也捞了块萝卜出来，转头丢进苏珽碗里，也道："吃吧。"

苏珽意味深长地看了自家二哥一眼，心里想忍忍吧。

虽说宴会将近，但苏家人依旧是该上班的上班，生活作息规律得仿佛外界风云与自己毫无关系。

周青成听说苏徊意还在加班时,震惊不已,于是他立即私聊了对方。

周青成:你们这是在力挽狂澜?

刚收集完对手资金走向的苏徊意顿感无语。

苏徊意:是在推波助澜。

周青成:???

苏徊意回完微信消息,办公室门正好被推开,小秦从外面走了进来。

苏持从电脑后面抬眼,问:"协议都签好了?"

"是的,苏董。"小秦翻开笔记本挨个汇报,"以上集团公司都已出资,现已构建起资金池。"

苏徊意感觉他们在讲很重要的事情,于是放下手里的东西凑了过去。

苏持的电脑屏幕上是一张庞大的流程图,苏徊意歪着脑袋看了看,越看越疑惑,随即问:"大哥,你该不会想把公司卖了吧?"

小秦汇报的声音戛然而止。

苏持起身把苏徊意拉到座位上坐下,自己站在一旁,抬手搭在椅背上,微微弯腰同他道:"不是卖,是集资。"

苏徊意眯了眯眼,问:"庞氏骗局?"

苏持:"……"

苏持示意小秦把文件留下,道:"剩下的我自己看,你先去趟派出所。"

小秦敏锐地察觉到此地不宜久留,赶紧放下文件转身溜走。

办公室门关上,苏徊意惊疑不定,怎么还扯到了派出所?

"大哥,该不会搞完这波大的你就要去自首吧?"

苏持垂眼看他,骨节分明的手指点了点光滑的木质椅背,道:"苏徊意,谁跟你说我是非法集资的?"

493

苏徊意瞬间乖巧如一只小鹌鹑。

"小鹌鹑"沉默了两秒,没忍住道:"那你让小秦去派出所做什么?"

苏持拍了拍苏徊意的头,随后道:"去找压倒骆驼的最后一根稻草。"

两天时间过得很快。

商业上应付对手的工作已准备就绪,宴会也全部安排稳妥。

苏家人现在住的是老宅,并不适合举办宴会,于是把宴请地点定在了专门举行各类活动的城郊庄园。

宴会前一天晚上他们就过去了。

第二天要穿的正装礼服提前挂在了各自的房间,会场布置得奢华大气。

苏徊意还是第一次来苏家城郊的庄园,别墅内部为欧式装潢,宽阔的楼梯从大厅两侧升上二楼平台,从平台往下看,整个会场一览无余。

苏纪佟跟于歆妍沿着二楼长廊往卧室走,转头叮嘱几兄弟:"今天早点睡,明天还要早起收拾整理。"

"特别是你,小意。"苏纪佟的目光落在围栏前的苏徊意身上,"别跟挂面似的搭在那儿,明天你是主角,要保证绝美的精神面貌!"

苏徊意还是第一次听说这种精神面貌,他离开围栏,站直身子,道:"知道了,爸爸。"

苏纪佟这才满意地转身离去。

夫妻两人相携离开时,还能听到他们的对话声隐隐从走廊里传来:

"纪佟,你最好也早点睡,别再拉着我深夜畅谈。"

"夫人说得是。"

兄弟几人也准备各自回房间洗漱休息。

庄园别墅的布局跟老宅大相径庭——二楼平台后的走廊两边是公用休息间，走廊尽头有道隔断的大门，门后是通往三楼卧房的楼梯。

到达三楼后，苏简辰见苏徊意还跟在苏持后面，便叫住他："你怎么跟着大哥走？你的房间是跟我挨在一起的。"

苏持和苏徊意同时停住脚步。

苏琤吹了吹自己栗色的刘海。

苏简辰侧头，问："老三，我怎么觉得你在翻白眼？"

"没有哦，我只是在看我的刘海而已。"

"是吗？"

苏持出声打断两人无意义的交流，道："我找他交代一些明天的事。"他说着，伸手将苏徊意提溜到自己身边，又对另外两兄弟道，"你们先回房休息。"

"那行，我们先回房了。"苏简辰干脆利落地转头走向自己的房间。

苏琤朝两人挑挑眉，也优哉游哉地离开了。

待两人的背影消失在楼梯口，苏徊意才随着苏持往对方的房间走，同时道："大哥，你说的现场观赏他们的表情，包不包括二哥的？"

苏持领着他抬步上了楼梯，脚下是柔软的地毯，开口道："不包括。"

苏徊意惊叹于他大哥的善良，没想到大哥在关键时候还是在乎兄弟情谊的。

"明天人太多，观赏不过来。"苏持说，"不过没关系，我已经提前联系好了摄像师，保证把每个人的表情都录下来，等宴

495

会结束再回看。"

苏徊意:"……"

是他把他大哥想得太简单了。

两人聊了十来分钟,苏持道:"你回去洗漱吧,明天的事我还要再确认一遍。"话说完,他打开了桌上的平板电脑,再次查看第二天的宴请名单。

苏徊意心底动容,为了即将打响的商战,大哥竟然如此殚精竭虑!

苏徊意探头问:"大哥,你这是要确认什么?"

苏持仔细检查道:"我确认一下有没有漏掉的。"

苏徊意往屏幕上扫了一眼,不得了,向来一目十行的大哥还用上指读了。

忽然,苏徊意眼尖地瞥到一个名字,问:"大哥,怎么聂先生也被邀请了?"

他记得趁火打劫的人里面并没有聂亦鹄。

苏持头也不抬地道:"让他来见见世面,认清自我。"

苏徊意:"……"

他发出浮于表面的指责:"大哥,你没有心。你根本不在意对手为了扳倒我们会不会彻夜难眠!"

苏持笑了一下,道:"我哪儿有精力在意这么多人?"他说完,把苏徊意往房门口推了推,道,"回去睡吧,明天还有得忙。"

"嗯,大哥晚安。"

苏徊意在溜出门之前,又听到苏持状似无意地说了句:"还记得你的房间吗?左手第三间。"

苏徊意"嗯"了一声,便关上门离开了。

安静的走廊里,脚下的影子被头顶的灯光拉扯得时短时长,苏徊意脑海里忽然浮现出刚刚苏持的神色。

他的脚步蓦地一顿。

此刻夜深人静，在无人干扰的环境中，这些天以来接触的信息在脑海里掠过：杠杆、集资、借力打力、资金池……

脑海中隐隐划过一道亮线，苏徊意心头猛地震了一下。

他们可爱的商业对手们恐怕真的要彻夜难眠了。

宴会定在第二天上午九点。

这次的宴会具有多重意义，苏纪佟特地请来了造型师，刚过七点苏家人便全部起床。

阵仗过于庞大，苏纪佟打量着于歆妍的神情，问："夫人会不会觉得这样太隆重了？"

于歆妍正美滋滋地做着发型，反问："隆重吗？不会啊。哎，头顶给我弄蓬松一点行吗？谢谢。"

造型师道："好的，夫人。"

苏纪佟："……"

苏纪佟夫妇还在捯饬，苏徊意已经收拾好，站在了二楼的楼梯一侧的格窗前，从这里可以看到庄园的入口。

他今天穿了身深灰色的修身西装，璀璨的水晶灯下，衣摆处有若隐若现的细碎星光，显得低调、奢华又精致。

西装在腰身处微微收束，流畅的线条一路从背部延伸至笔直的双腿。他站在窗前时笼了层柔光，一身贵气浑然天成。

现在距离宴会开始还有一段时间，远方的道路上还看不见车辆。苏徊意站了会儿，肩上便搭上了一只手。

他回过头，苏持身着同款西装立在他身后，面容一如既往地凌厉冷峻，只有近距离细看才能发觉对方眼底的温情。

苏珽敞着西装外套晃过来，后衣摆被带得向后翩翩，他问："爸妈得宴会正式开始才会下来，我们需要去门口迎宾吗，大哥？"

苏持说:"随你,你要是不想,也可以让服务生去接待。"

苏徜意提议:"我觉得还是去门口站着比较好,特别是大哥,可以镇住那些宵小。"

苏持瞥他一眼,道:"我是辟邪的石雕?"

经过一番商量,最后兄弟四人都决定到门口迎宾。

苏持和苏徜意是为了展现正面刚的硬气,苏珽是乐于凑热闹,而苏简辰只想合群。

随着时间临近,庄园外陆陆续续有豪车开来。

苏徜意和苏持站在同一侧,迎上参宴的宾客。

今天来参加宴会的人里有的同苏家交好,有的则只为看热闹,还有的正是这几天与苏氏集团明争暗斗的竞争对手,他们丝毫不掩饰眼底的得意。

一时间,担忧、狐疑、幸灾乐祸、惋惜等目光交错落在苏家人身上。

在一波来宾入场后,苏简辰皱了皱眉,道:"他们这是什么表情?"

来参加宴会不该喜气洋洋、高高兴兴的?

苏徜意还没想好怎么回答,前方又走来几人。

大概是"苏家式微"的传言这几天愈演愈烈,几人的神色都有些复杂。

打过招呼后,几人便往里走,同时小声议论着:

"那就是苏家的养子?真厉害,听说他带坏了长子,还惹上些不三不四的人。"

"呵呵,谁厉害还说不准呢。苏持这么个天之骄子般的人物,还不是跟着自己的养弟学坏了,苏家怕是要完了。"

"所以这是真的?不是说谣言吗?"

不过片刻,议论声便尽数消散在了门后。

苏简辰听见这些议论声，没忍住愤怒出声："他们怎么能如此编排弟弟跟大哥？"

苏简辰说完，没得到附和，不由得看向苏持，问："大哥，你听到这些谣言难道不生气吗？"

苏持道："还好。"

苏简辰义愤填膺地道："大哥，你脾气可真好！"

几人相对沉默间，前方突然传来一道声音："哟，这位就是苏家最小的儿子？"

一个三十多岁的男人迎面走来，干瘦的身板勉强撑起黑色的西装，苏徊意一眼就认出了他是给苏氏使绊子的对手之一——韦家老二。

韦老二见他不说话，又满怀恶意地笑道："哎呀，我忘了，苏家就快撑不住了吧，估计以后也没什么机会这么称呼你了，哈哈哈……"

苏持淡淡开口道："是没什么机会了。"

苏徊意对韦老二的无知产生了怜悯，他贴心提议："既然机会难得，你不如趁现在多叫几遍。"

另外三兄弟："……"

韦老二猛地被噎住，随即狠狠瞪了苏徊意一眼，道："你也就现在能嘚瑟一下了！"

他说完就越过苏家几兄弟大步走进去。

苏徊意不太能明白，为什么这人挑衅完了还好意思进去蹭吃蹭喝。

他们在门口迎了会儿宾，便已接近宴会开始时间。

苏徊意作为今天的主角、苏持作为苏家的长子，都要回内场稍作休整准备登台。

499

苏斑失去了凑热闹的兴趣，也转身回了屋里，苏简辰理所当然地紧随其后。

还没来的宾客就交给了服务生去接待。

在外面站了一会儿之后，早上做好的造型需要重新整理一下。苏徊意坐在二楼的准备间里，旁边的造型师正帮他打理着头发，苏持等在他身后没有打扰。

过了几分钟，准备间的门被敲了两下。

苏持叫了声"进来"，一身职业西装的小秦推门而入，道："苏董，苏助理。"

苏徊意惊喜地道："秦秘书！"

"您好。"小秦的镜片折射出一道亮光，随即他抬手抵了抵镜框，将手中的信封袋交给苏持，道，"苏董，您需要的东西。"

"知道了。"苏持打开袋子看了看，确认过后便递还给小秦，问，"另一边准备好了？"

"没有问题，请苏董放心。"

"嗯，你辛苦了，先坐着休息。"

"分内的事而已。"

小秦在准备间里找了个位置坐下，苏徊意从造型师手底下探出脑袋，问："秦秘书怎么今天还加班呢？"

他刚说完，脑袋便被造型师拉了回去，头顶翘起来的头发被捋成一个小王冠的造型。

小秦毕恭毕敬地道："为了正义与使命。"

苏徊意不明所以，把目光转向苏持，苏持淡淡道："开了双倍工资。"

苏徊意瞬间了然。

苏徊意的造型做到一半，手机响了起来，来电显示是周青成。

苏徊意接起后道："喂，你们到了吗？我还在做造型。"

电话那头传来周青成跟孙河禹你一言我一语的声音：

"在你们家一楼的会场里了。"

"你快点下来，造型有什么好做的？"

"你家举办的是个什么宴会？我怎么感觉周围好多人都在小声议论着什么？"

苏徊意沉默了几秒，答道："鸿门宴。"

对面沉默不语。

待造型整理好了，苏徊意便起身往门外走。苏持跟着他一起出门。房门在背后关上，两人并肩走在长廊上。

苏持抬腕看了眼时间，道："宴会马上就要开始了，你可以等仪式结束再去见你的朋友。"

苏徊意也知道孰轻孰重，他停下脚步，道："那我给他们发条消息说一声，我们先去找爸妈。"

发了一条微信消息到群里，苏徊意收起手机便和苏持往等候室走去。

"大哥，你今天是怎么打算的？"

"你还没想明白？"

"撬动杠杆和借力打力我想明白了，就是没想明白你要怎么配合爸妈宣布我迁出户口的时间精准把控让对手变脸。"

苏持开导他："对一个企业来说，最重要的是什么？"

苏徊意说："信仰！"

苏持向他投去深邃的目光。

苏徊意顺势改口道："现金流。"

苏持收回了目光，对此表示了肯定："不错，就是现金流。所有的水流都有道闸口，现金流也一样。"

两人几步之间就走到了等候室前，苏持摁下把手，道："而现在开关在我手上，所以我可以随时拧紧水龙头。"

"咔嗒"，等候室门开了。

苏纪佟和于歆妍抬眼看了过来，问道："老大，小意，准备好了？"

刚才的话题就此打住，苏持应了声："准备好了。"

苏徜意总觉得苏持的话牵动了自己头脑里的一根引线，他若有所察，却没完全弄懂。

"小意，发什么呆，你可是今天的主角。"苏纪佟严肃的提醒将他的注意力拉回。

苏徜意暂且抛开没想明白的问题，调整好状态走过去，道："我也准备好了。"

于歆妍细细打量了他几眼，确认没有问题后才抬手挽住苏纪佟的胳膊，道："那我们走吧。"

夫妻两人走在中间，苏持和苏徜意分别在他们两侧。

别墅二楼的楼梯宽敞大气，直通下方的礼仪台，四人一同出现在楼梯口时，整个内场瞬间静了下来。

之前在说苏家式微也好，说兄弟八卦也好，此刻，当众人看到四人并肩立在楼梯上方时，竟无一人再开口。

苏纪佟最先迈步走下台阶，他退居幕后多年也依旧不减当年的霸气威严。于歆妍挽着他，气质优雅温和，柔软而不失韧性。

苏持和苏徜意跟在他们身侧，一个高大凌厉，一个温润清隽。

几人相携走下楼梯抵达礼仪台中央，周身光芒夺目，丝毫不像外界所传那般狼狈落魄。

台下，周青成跟孙河禹对视一眼，双双松了口气，心知没出什么大问题。人群里的几个竞争对手却有点坐不住了，不明白苏家人怎么这么淡定。

有几个心态不稳的人甚至已经摸出了手机，同下属确认苏家的资金走向，得知毫无异常后他们才放下心。

强弩之末罢了,面子都是撑出来的。

他们放下心后便开始小声讨论:

"你说这次苏家举办宴会是为了什么?"

"最后的狂欢咯。"

"资产都被分割了还有心情举办聚会,还真是苦中作乐。"

"你们说苏家老两口知不知道他们这俩儿子的事?"

"呵,谁知道呢,大家族的龌龊事可不少。"

几人正阴阳怪气地交头接耳,背后忽然传来一道不悦的声音:"这样传谣不好吧,几位?"

他们回头,见一名儒雅的男子正站在他们身后,对方眉头紧蹙着,眼神中还带了淡淡的威胁。

"怎么就是谣言了?传了这么长一段时间,要是谣言,苏家人还不早辟谣了!"

聂亦鹄的眉心拧得更紧,他强行解释:"那是清者自清。"

其中一人不耐烦道:"你爱信不信。"

"我就不信。"

隔了几米远,苏简辰迷惑地看向快要吵起来的这几个人,心想:怎么有人比他还气呢?

台上,苏纪佟站在立麦前清了清嗓子,随即开口:"各位。"

他的声音透过麦克风传遍了内场的每个角落,底下的议论声也平息下来。

苏纪佟顿了顿,继续道:"首先,欢迎大家来参加今天的宴会。来者是客,希望大家能在这里度过愉快的一天。"

苏彻意闻言转头看向苏纪佟。他终于知道他大哥招仇恨的基因遗传自谁了。

苏纪佟明知道台下会集了几乎所有的商业对手,也相信他大儿子能把事情处理好，居然还能这么和蔼地说出"希望大家度过愉快的一天"。

人言否？否。

实乃神谕！

没等苏徊意感叹完，苏纪佟又接着说："在这里，我有一件大事要宣布。"

台下众人纷纷凝神，看向台上的苏纪佟，心中猜测：是苏氏破产了？要被收购了？还是变卖抵债了？

苏纪佟在万众瞩目中高声道："我们苏家的小儿子苏徊意迁出了苏家户口，让我们恭喜他从此独立！"

众人迷惑不已。

啥情况？大家等着你宣布苏氏重大变动，搞半天是养子的户口迁移？

关注苏家谣言的人则猜测，是不是苏纪佟夫妇知道了小儿子的丑闻，因此将其赶出了家门。

台下众人思绪纷纭间，一个声音突兀地在人群中想起："怎么，为了让苏家不受牵连，所以紧急将他的户口迁了出去？"

苏徊意循着声音看过去，嚷嚷的正是韦老二。

他的话像是在湖心投下了一颗石子，以他为中心，闲言碎语像波涛一样扩散开：

"我就说苏家为什么在这时候举办宴会，原来是急救措施，临时迁出了小儿子的户口。"

"苏纪佟和于歆妍还真是心大，还得帮忙善后。"

"现在迁出去有什么用，苏氏的产业已经受到冲击了，难不成以为对手会收手？"

……

苏简辰在人群中听到这些话，不由得焦急地看向台上的父母兄弟。

台上，苏纪佟也紧张地看向身侧的于歆妍——台下议论的声音太多，他夫人肯定听到了。

于歆妍恬静的面容映着灯光，看不出喜怒，她转头看向自己的两个儿子。

苏徜意正局促又忐忑地看着她。苏持抿着唇，也直视着她。

于歆妍看了两秒，随即在丈夫忧虑的目光下朝台下众人开口："我儿子的事，关你们什么事？"

这句话如同在沸水中浇了一勺冰，议论声瞬间平息。

几十道惊讶的目光投过来，似是没人相信一向温婉的于歆妍态度会如此强硬。

苏徜意看着于歆妍，心头一动，眼眶蓦地有点发热。

苏纪佟舒了口气。

"是不关我们的事！"另一道声音在人群中响起，苏徜意看过去，发现也是竞争对手中的一员，那人道，"但你们苏家确实是不体面，怎么还不让说了？"

苏简辰瞬间捏紧了拳头。

不远处的苏珽穿过人群走来，一手搭在苏简辰肩上，道："别那么激动，二哥。"

"为什么？"

"为你好。"

台上的于歆妍还想说点什么，一直沉默的苏持忽然开口了："小秦。"

礼仪台侧方，小秦不知道何时等在了那里。他手里拿着先前交给苏持的信封袋，三两步走了过去，道："苏董。"

苏持接过信封袋，修长的手指搭在封口处，落在部分人眼里，这无异于是要打开潘多拉的魔盒。

手握"魔盒"的人垂眼，目光准确无误地扫过人群中几个"榜上有名"的竞争对手，他问："你们就这么确定谣言是真的？"

信封袋打开，一张盖了大红公章的纸页被拿了出来。

纸页正面朝着台下，苏持不急不缓地道："户口迁移公证，上面写明了迁出户口的时间是在他十八岁那年。"

整个会场瞬间安静了下来，众人的视线在场内来回交错。

十八岁那年？这么早就迁出去了？怎么到现在才公布？

"看得清楚吗？"苏持说完转向韦老二，"需不需要我给你投影到大屏幕上？"

数十道目光落在韦老二身上，韦老二脸上顿时火辣辣的，一口气堵在胸口。

台下的周青成也松了好大一口气。

礼仪台上，苏持解决完户口簿的事，侧头同苏纪佟交换了一个眼神。

后者会意，开口打断台下宾客的交流："还有一件事要宣布，那就是苏氏集团第二分公司自今天起归到苏徊意名下，成为他的个人资产！"

话落，台下一片哗然！

这意味着什么？意味着苏家是完全把苏徊意当作亲生儿子来看待。

嘈杂的议论声中，韦老二目光阴沉。他越过人群，同其他几位合作人对视了一瞬，接着拿出手机转身出了会场。

呵，还在乐滋滋地分家产呢，经过这么长时间的蚕食，苏家偌大的家业在今天就要分崩离析了！

苏纪佟似是毫不在意自己一番话掀起了多大的波澜，他说完就转头同夫人和儿子道："走吧。"

于歆妍点点头，挽着苏徊意跟在丈夫身侧走下礼仪台，上了二楼。

离开了众人的视线,苏徆意紧绷的身体才稍有放松。四人一进入走廊,苏纪佟便叫走了苏持:"老大,你跟我过来一下。"

苏持没问别的,只点点头就随苏纪佟去了另一头的准备间。

于歆妍带着苏徆意回到等候室里。

房门在两人身后关上,室内安静下来,母子两人面对面。

苏徆意有点不安,问:"妈妈,你生气了吗?"

于歆妍神色少有的严肃,道:"当然生气。"

苏徆意赶紧垂头认错:"对不起,让你担心了……"

于歆妍猛地拍了下大腿,打断了苏徆意的话。她道:"那些人一边信谣传谣,一边来我们家蹭吃蹭喝,还真好意思啊,气死我了!"

苏徆意:"……"

他发现于歆妍跟他的脑回路简直高度重合。

他顿时丢掉了刚刚的忐忑,坐在于歆妍旁边附和道:"就是,我还看到有个人喝我们家的香槟了。"

于歆妍瞪大美眸,道:"那人也太不要脸了!"

母子两人大声吐槽了五六分钟后,双双呼出一口浊气,随即像两条咸鱼般同时躺在沙发上。

没过多久,等候室的门就被推开了,苏纪佟和苏持一前一后走进来,两条"咸鱼"立马从沙发上坐直。

苏纪佟走向于歆妍,道:"夫人。"

苏持走到苏徆意跟前,问:"我们先下去?"

苏徆意看了眼苏纪佟的脸色,对方朝他摆摆手,道:"你们去招呼客人吧,我跟你妈待会儿下去。"

"好的,爸爸。"

出了等候室,两人一起往楼下走。

苏徊意微微转头看向苏持,头顶的廊灯每两米一盏,苏持的侧脸在明暗交替的廊道背景下显得极为沉静。

"大哥,之前你让小秦去派出所,就是去拿我的户口迁移公证了?"

"不然呢?去击鼓鸣冤?"

苏徊意有些激动:"你早就料到对方会说我的户口是紧急迁移出去的!"

"不能确定,但要考虑到所有的可能性。"

几句话间他们已经走到二楼楼梯口,宾客的视线瞬间聚焦到两人身上。苏徊意有点不好意思,但他觉得苏持很享受这种感觉。

苏持垂眼看着他,问:"你这是什么表情?"

"我在想,大哥就是最厉害的!"苏徊意道,"莫非这就是传说中的'我预判了你的预判'?"

苏持笑了一下。

两人下到一楼大厅,苏珽跟周青成几人一同走了过来。

苏简辰还在生气,道:"大哥,你该多解释两句的!"

苏持说:"不用。"

苏徊意向周青成二人表达歉意:"我们还要先去同其他人打个招呼。"

孙河禹点头道:"你们忙,不用管我们。"

"那我打完招呼过来找你们。"

苏徊意说完转头同苏持走向场中央,服务生端着托盘跟在他们一侧,准备随时替换酒水。

杯盏轻碰间,先前那些看戏的目光都消失了,有些宾客甚至生出一丝同情。

本来也不是什么大事,结果引发了一场商战,对苏家来说简直是无妄之灾,也不知道苏家这次元气大伤后能不能挺过去。

苏持和苏徊意似是对其他人的感慨一无所察,他们碰完杯后便离开了。

他们走后,有细微的交谈声在人群中响起:

"只解释了迁户口的事,却没解释其他的?"

"现在解释有什么用,苏氏已经受到了打压!"

"苏持没抓住重点,只解决了表面问题,本质原因是集团间的利益争夺,他们就算行得正坐得端,对手还能放苏氏一马?"

"唉,他还是太年轻了,看问题不够深刻。"

……

另一侧,聂亦鸬望着人群中并肩的两道人影,微微拧眉。

既然苏徊意的户口早就迁出去了,那苏家为什么不在事情发酵前就澄清?反而授人以柄,遭到各方联合打压,一夕之间内外动荡。

这很不符合紧急公关的常规做法。

聂亦鸬一眼扫过内场中央,苏家的几个竞争对手时不时地低头看一眼手机,神色间隐隐透着兴奋和焦虑,像是在等待什么大事发生。

他在原地站了片刻,随即从旁边的服务生手中拿了杯鸡尾酒,转身走向会场的角落。

一切违反常理的现象背后必然隐藏着雷区。

他要赶紧远离!

苏徊意和苏持端着酒杯转完大半个会场,他们刚将空酒杯交给服务生,韦老二便迎面走过来。

"二位还真有闲情逸致。"韦老二停在他们跟前,神色不善道,"苏氏集团还好吗?"

苏持很有风度地回答他："还好。"

韦老二冷笑道："也是，都快落入别人手里了，想必等我们接手后会发展得更好。"

苏徊意的目光落在他手里的高脚杯上："度数不低吧？"

都开始说胡话了。

韦老二："……"

再次气走了韦老二，苏徊意和苏持走向下一位宾客。

苏徊意在这空当发出感叹："他每次都来挑衅，每次又都以失败告终，为什么还乐此不疲？"

"这是一种赌徒心理。"苏持从专业角度做出解答，"亏得越多，反而投入越多，因为想赢。"他顿了顿，接着又道，"所以一旦放下诱饵，他就很容易上钩。"

前方的宾客已经迎了过来，两人便暂时停下话头。碰杯寒暄后，他们又往下一处走。

苏徊意继续刚刚的话题，问："大哥抛下了什么诱饵？"

苏持语气平淡得仿佛在谈论天气："苏氏集团。"

苏徊意沉默片刻，问："爸爸知道吗？"

苏持的指尖擦过杯口，没有说话。

苏徊意看他大哥的眼神瞬间充满敬畏。

二十分钟后，两人招呼完宾客，正打算去找周青成他们，苏持的手机就响了一声。

他停下脚步拿出来看了一眼，随后转向苏徊意，道："我们先去二楼平台上。"

"发生了什么？"

"没什么，只是那里视野比较开阔。"

苏徊意听懂了他的潜台词，赶紧跟上去，问："要开始了吗，大哥?"

苏持抬腕看向手表,道:"还有五分钟。"

苏徊意心里一惊:不得了,还定时了!

二楼是供宾客做休整用的,这会儿宴会刚开始没多久,还没人上去。

两人一前一后走上二楼平台,顿时吸引了大厅里所有人的目光。好奇、不屑、同情、厌恶……各样的情绪夹杂在底下细碎的议论声里。

苏徊意现在也练就了旁若无人的本领,他只关心他大哥是怎么做到精准"爆破"的。

"大哥,你怎么能同时操控这么多家公司的现金流?"

"因为他们的现金流都要经过同一道闸口。"

苏徊意沉思几秒,突然抬头问:"资金池?"

他脑袋晃动的幅度太大,"小王冠"有些垮了,苏持转过来面对着他,伸手替他仔细塑型。

两人此刻站在平台中央,苏徊意的脑海像是打开了一道豁口,源源不断的信息涌了出来,在距离"爆破"还有两分钟的时候,海量的信息终于按照顺序排布成一条严密的逻辑链。

苏徊意恍然大悟,没忍住发出一声"我去"。

苏持瞬间猜透他发出感叹的缘由,替他理好造型后,问:"想明白了?"

苏徊意现在整个人都被苏持环环相扣的计划震蒙了,他应了一声:"嗯。"

"看来不笨。"苏持微微垂头道,"还有一分钟。"

苏持的提醒将他的注意力拉回来,他余光看见苏老二正走上二楼。

腕表上的秒针"嗒嗒嗒"地往前走,苏徊意的心跳也随着秒针的跳动越发急促起来。

十来秒后,安静的大厅中央忽然传来几声电话和短信铃响。

韦老二摸出手机,接起电话道:"喂?"

电话那头传来秘书焦急的声音:"韦总,公司现金流出问题了,所有正在推进的项目全部无法启动!"

"什么?怎么可能,我今天早上还……"韦老二气急地一转头,声音忽地顿住。

隔着人群,和他联手打压苏氏集团的几人全都握着手机,个个面色难看。其中两人也接起了电话,声音传到他这边:

"什么叫资金被冻结了?"

"账户上提不出钱?不可能!"

……

二楼平台上,苏持侧眼看向楼下。

突如其来的一系列变故让参加宴会的众人惊呆了,惊疑的情绪萦绕在整个会场。

韦老二挂掉电话,一抬头就对上了苏持的眼神,他瞬间明白过来,攥紧了手机怒吼道:"你做了什么?"

苏持睥睨着下方,把每个人的神色都收入眼底。

然后,苏持不疾不徐地说:"谢谢各位的贺礼。"

第二十一章

苏持话音落下，场内顿时寂静无声。

众人陷入局势逆转的震惊之中，皆不明白发生了什么，情况怎么就瞬间改变了。

韦老二攥紧手机的指尖用力到打战，不知道是气的还是怕的。

另外几人的脸色也变白了，他们飞快地掏出手机试图确认消息，得到的反馈却让他们的心彻底跌入谷底：资金被死死套住，偌大的公司转眼变成一具空壳。

其中一人身体猛地一晃，手里的高脚杯洒出几滴透亮的香槟。

参宴的宾客在最初的震惊后缓缓回神，接着交头接耳起来：

"苏持也太大胆了。"

"你还关心这个！重点难道不是他把其他几家全吃下了？"

"刚刚是谁说苏持太年轻了，看问题不够深刻？"

"这等手段，别说年轻一辈，上一辈怕是也没人比得过……"

"哐啷！"一声清脆的响声打断了众人的议论。

韦老二抄起一旁的服务生的托盘里的酒杯砸到地上，透明玻璃在光滑的地面上碎裂。

"苏持！"他胸膛剧烈起伏着，像是想说点什么，但不停打进来的电话打断了他。

他恨恨地瞪了苏持一眼，随即急匆匆地往外走。

视野开阔的二楼平台上，苏徊意的目光落在碎了一地的酒杯上，眼神如有实质，嘴上说着："大哥，他砸了我们家的杯子。"

苏持拍拍他的肩膀，毫不在意地道："没事，入场口有声明，故意损坏物品需按原价十倍赔偿。"

苏徊意感觉自己是只"小聋瞎"，问："我怎么没看到？"

苏持补充道："八号字体打印的。"

苏徊意感慨他大哥的奸商本质："你下次干脆刻个微雕。"

韦老二退场了，其他竞争对手也坐不住，纷纷赶回去看有没有补救的措施。

随着几人的离开，现场气氛逐渐缓和起来。

宾客们端着酒杯重新开始走动，相互低语间，时不时向二楼平台上的两人投去视线。

苏持侧头问苏徊意："要不要先回休息室？"

宾客们投来的视线过于灼热，苏徊意感觉自己这条"咸鱼"无法承受。他点点头，道："先回去好了。"

刚好，他还有事向苏持求证。

两人一同转身往走廊里走，苏徊意余光一扫，忽然触及一片空白的区域。

他顿住脚步，凝神看去。

苏简辰正站在距离他们五六米的台阶上，整个人都褪成了灰白色，在绚烂的背景下宛如未着色的简笔画。

苏徊意拉了拉苏持，轻声道："大哥，二哥快没了。"

苏持也注意到自己二弟的状况，皱着眉开口朝他叫了一声："老二。"

熟悉的声音唤醒了苏简辰宕机的大脑，他缓缓转向两人的方向，顿了几秒后，失神喃喃："到底发生了什么……"

苏珽穿过人群走上来，一手搭在苏简辰肩上，贴心地为自家二哥着上色彩。

"二哥，成年人的世界是很复杂的。"苏珽拍打着苏简辰，道，"你要学会接受。"

苏简辰从拍打中回过神来，看向苏珽，问："你早就知道了？"

苏珽沉默了两秒，说："不知道哦。"

苏简辰吐出一口气，道："那没事了。"

其余三人："……"

苏老二被苏老三带下去喝酒，苏徊意跟着苏持往休息室走。

走廊里的光线暗下来，所有探究的视线都被甩在了身后。

苏徊意回味着刚刚那一幕，道："二哥好像肥牛。"一涮就熟透了。

苏持接话："肥牛中的精品。"不但熟了，还挺弹牙的。

苏徊意听懂了他的潜台词，道："可能是因为二哥经常锻炼身体，你看走地鸡就比饲料鸡弹牙。"

怀着残余的一丝兄弟情，两人胡聊了一会儿，便暂时停止了对苏老二弹不弹牙的讨论。

几步之间，他们已经走到休息室门口。苏持一手搭上门把手，推门而入。

房里空无一人，两人进去后，反手关上门，锁舌发出"咔嗒"一声响，下一秒便隔绝了外界的声音。

苏持低头理着袖口，手指骨节分明，很难想象就是这样一双好看的手在十分钟前掀起了商界的风云。

他先拿苏氏集团当诱饵，再顺着对手的打压制造出苏氏集团四分五裂的假象——没有十足的把握和超常的魄力，这种事是绝对做不出的。

苏徊意终于找到合适的机会向他求证,问道:"大哥,我们这次能翻盘的,是不是利用了期限错配?"

苏持停下手里的动作看向苏徊意,道:"说来听听。"

苏徊意头顶那撮翘起来的头发一晃一晃的,像在接通脑电波,随后道:"先利用对手的现金流在苏氏集团内构建起一个资金池,然后通过左出右进的方式形成期限错配,转换成自己的现金流,这样一来开关总闸就完全掌控在大哥的手里了。"

苏持垂眼道:"还挺专业的。"

苏徊意十分嘚瑟,头顶那撮头发晃得更厉害了。

苏持笑了一下,道:"继续。"

"嗯……对方一直在关注我们苏氏的资金走向,却完全没想到出问题的资金池跟苏氏集团的资金没有任何关系,更不会想到出问题的是他们自己公司的资金流。"

苏持"嗯"了一声。

苏徊意接着道:"所以不管对方打的是什么算盘,只要我们从他们后方切断了企业赖以运转的现金流,他们的计划就无法推进。而构建这个资金池的正是他们本人,这就是大哥说的'借力打力'。"

在这个过程中,苏持什么都不用做,只是画了个饼,就能一边截断对方的现金流,一边坐享对方的现金流带来的纯利润。

这就是所谓的"明修栈道,暗度陈仓"。

先玩一出"灯下黑",再来一把"空手套白狼"。

苏徊意说完,又回味了一下他大哥一环扣一环的计划,随即感慨地求证道:"是这样吗,大哥?"

"分析得不错。"苏持语调平淡地总结,"对方率先搭建起一道杠杆,我们双方站在两端。按照他们的计划,今天是撬动杠杆的最佳时机,对我们来说亦然。"

杠杆原理，当支点无限趋近于对方，己方只需要轻轻使力便可以撬动地球、颠覆世界。

两人在休息室里没待多久，门便被敲响。

周青成跟孙河禹从外面进来，叫道："苏徊……"

看到苏徊意面前的苏持，他们同时倒吸了一口气，身形微微一顿，很显然对方刚刚造成的震荡还残留在他们心头。

苏徊意对两位友人的异样毫无所察，他一个"咸鱼打挺"，从沙发上翻身而起，半途中还把旁边的苏持挤得歪了一下，随即道："你们来了！"

周青成、孙河禹："……"

原来苏徊意才是最强王者。

孙河禹说："你又不下去，我们只能上来找你了。"他说完，目光飘向苏持，问，"没打扰到你们吧？"

苏徊意笑道："你礼貌而拘谨的样子真是让我好不习惯！"

孙河禹意味深长地看了他一眼，心想：这份礼貌和拘谨并不是针对你的。

大概是看出两人的拘谨，苏持起身道："我去找一下爸妈。"

苏徊意冲他挥挥手，道："大哥，待会儿见。"

苏持拍了拍他，道："知道了。"

苏持穿过走廊走向二楼平台，他出现在楼梯口的那一刻，下方的会场中蓦地静了一瞬。

苏纪佟也站在人群中，他抬起头看向自家大儿子。

对方挺拔的身影在灯光的照耀下像一座不可逾越的高山，哪怕是曾经到达过巅峰的苏纪佟，也不得不感叹后生可畏——好在这个后生是他自己家的。

苏持和苏纪佟视线相交,父子之间心照不宣。

于歆妍站在苏纪佟身侧向苏持招了招手,苏持从楼梯上走下来,道:"爸,妈。"

苏纪佟问:"解决好了?"

苏持说:"好了。"

苏纪佟看了他几眼,说出口的话没头没尾:"胆子挺大。"

苏持没有回话,下一刻,他的肩头被苏纪佟拍了拍。

苏纪佟严肃的神色下隐藏着得意,他补充道:"像我。"

于歆妍向自己丈夫投去饱含深意的一眼。

随后,苏纪佟便挽着于歆妍转身投入宴会场中。

休息室内。

苏徊意跟周青成、孙河禹坐在沙发上,时隔几个月,他们再次凑成"圆桌会议"。

三人沉默了一阵,最后是周青成先开了口:"你知道距离你大哥轰炸商业圈过去了多久吗?"

苏徊意估摸道:"二十分钟?"

周青成深深地看了他一眼,道:"你有没有看朋友圈?"

苏徊意诚实作答:"还没来得及。"他忙着剖析他大哥的"作案轨迹"。

周青成和孙河禹瞬间了然。

"没事,我给你念。"周青成说着拿出手机,手指划拉两下,然后道,"听好了。"

苏徊意洗耳恭听。

周青成道:"苏家长子设鸿门宴吞下商界半边天!一月蛰伏,一夕翻盘;逆天改命,登上神坛!翻手为云覆手为雨,星指北斗冉冉升起!"

孙河禹卷了本杂志当作话筒，采访听得一愣一愣的苏徆意："你有何感想？"

苏徆意回过神来，细细品味道："都好押韵。"

两人："……"

周青成丢下手机，深觉无语，道："你的感想可以再肤浅一点。你是不知道，不过二十分钟，你大哥在宴会上帮你出气，并拿下六家企业的事迹就传遍了整个圈子！"

孙河禹补充道："各种版本，绘声绘色，只可惜没有录下来广为流传。"

苏徆意稍加思索后道："没关系，我大哥都录下来了。"

两人："……"

好狠的苏持，果然不能惹！

三人共同感叹了会儿苏持的先见之明，孙河禹提起刚刚翻朋友圈时看到的八卦，感叹道："你大哥这一手太逆天了！"

一场宴会一直持续到晚上七八点。

临走时，众人看苏家人的眼神同来时已截然不同。

苏持跟苏徆意依旧站在门口送客，两人还未开口，宾客们便先一步点头道别，十分恭敬地自己把自己送走。

还有人不知道从哪里摸出了一个红包塞进两人手里，宛如递投名状一般诚恳，言外之意是：我家小业小，求您放过。

苏持神色自然地收下。

跟着出门来凑热闹的苏斑、苏简辰一阵无语。

苏徆意顿时感觉今天的宴会被他大哥办成家宴了。

送走全部客人已经接近九点，兄弟四人一同回了屋里。

苏持把苏徆意叫到自己的卧室，亮晃晃的灯光下，苏持背对着苏徆意扯松领口，抬起的胳膊牵动背部的肩胛骨，在西装底下耸动着。

　　安静的室内一时没有人说话,直到深色的西装搭在一旁的沙发上。

　　苏持松开的领口透出底下被酒气熏染过的薄红,他看着苏徊意,问:"累了没有?"

　　苏徊意道:"还好。"

　　他觉得累的应该是他大哥。

　　两人坐在沙发上,喧嚣过后是难得的静谧。宽大的玻璃窗外天色已经全黑了,室内光线明亮,窗上倒映着两个人的身影。

　　苏徊意正侧头看着窗上的倒映,心头忽而一动。

　　"下雪了?"

　　苏持听见这话起身走到窗前,高大的身形在玻璃窗上投出模糊的轮廓。

　　他看着窗外细雪飘飞的场景,道:"在飘小雪。"

　　苏徊意起身跟了过去,站在苏持身侧,道:"真好看。"

　　苏持转头看他,问道:"冷吗?"

　　苏徊意笑了一下,说:"不会。"

　　屋外细雪纷飞,屋里却暖融融的。

　　苏持闻言没再说什么,两人就站在窗前一直看着细雪飘落,恍惚之间苏持想起了去年冬日初雪的那个夜晚,也是他和苏徊意两人坐在庭前的走廊口一起赏雪。

　　沉静的气氛中,苏持突然开口:"以后想让我怎么叫你?"

　　苏徊意愣住,呆滞片刻后,鼻尖蓦地有些发酸,道:"和以前一样就可以了。"

　　苏持神色松了松,一字一句道:"苏徊意,我以后会照样对你好。"

　　苏持叫了这么多次苏徊意的名字,却没有一次像现在这样让他动容。无关身份与来历,叫的就只是他而已。

苏徊意眼底潮湿,道:"我也是。"

苏徊意第二天醒来时,天已大亮。

薄纱窗帘被拉得严实,隐隐透出光亮,他像条翻来覆去被煎得两面金黄的咸鱼,在床上撑了一下没起来,干脆放弃挣扎,重新躺了回去。

没躺一会儿,卧室门便被人敲响,等得到主人的肯定答复后,苏持从门外走进来,对苏徊意道:"醒了?"

苏徊意语气幽怨道:"那不然我睁着眼睛是在梦游吗?"

苏持笑了一声,提着保温桶走到床边,随后将其打开,把菜拿了出来。

苏徊意见状问:"你把饭端上来了,其他人知道吗?"

"知道。"苏持道,"菜是爸钦点的,保温桶是妈拿出来的,老三给你加了一勺饭,老二给你带了杯咖啡。"

苏徊意愣了愣,苏持接着补充道:"他们说你昨天太累了,让我把饭菜给你端上来。"

苏徊意受宠若惊,赶紧起身坐在床边,裹着被子埋头扒饭。

吃完饭,苏徊意又躺了回去,他一直休息到下午才勉强回了口气。

苏家举办宴会的别墅离城区太远,他们周一还要上班,所以当天下午就返回了苏家老宅。

苏徊意浑身上下裹得像头棕熊,下车的时候差点滚出去,被苏持一把打捞回来。

"你是想用最快的速度回家?"

苏徊意替自己辩解:"我思念这片土地。"

"你的思念还挺沉重的。"苏持抬腿下了车,道,"回去吧。"

苏珽靠在后座靠背上,侧头看着两人一同离开的背影,在心里吐槽:啧啧,他大哥这张嘴也就弟弟受得了了。

一家人回到屋里收拾了会儿,由于苏珽还要赶飞机,晚饭就准备得早了一些。

餐桌上全是些清淡的菜色,苏简辰看了一眼不赞同地提出意见:"该做点水煮肉片、双椒鸡丁什么的,大哥昨天才打了胜仗,我们要红红火火!"

晚饭过后,苏徊意被苏纪佟叫到了书房里,父子两人面对面坐着。

苏纪佟心底有些感慨,他开口道:"交给你的公司就是你的,准备好了就赶紧去上班。"

"我知道了,爸爸。"苏徊意乖巧地回答。

苏纪佟看对方这么乖,道:"嗯,回去吧。"

书房门关上,苏徊意刚下到二楼,就看见苏持等在走廊里。

"大哥,你在等我?"

"不然我站在走廊口干什么,当指路牌?"苏持把他拉到自己房间里,合上房门,问,"爸找你说什么了?"

"就是分公司的事。"苏徊意如实交代,"让我快点去上班。"

苏持问:"你想去吗?"

苏徊意道:"没什么想不想的,我也该去上班了。"

苏持问:"什么时候学会跟我打官腔了?"

苏徊意低头道:"被你威胁到的时候。"

苏持:"……"

第二天,苏徊意随着苏持一进公司,瞬间感觉到周围人的目光变了。

之前流言漫天，公司里人心惶惶。如今一朝逆转，员工们看向苏持的眼神都充满了崇敬与热忱。

两人穿过大厅时，员工议论的声音从身后传来：

"我业内的朋友昨天全跑来找我打听苏董的事，简直是商界的传说。"

"听说了吗，苏董把对手公司的资产全拿下了，这波操作太厉害了！"

"苏董，永远的神！"

……

电梯门"哐"地关上了，隔绝了外面的声音。

电梯上升的过程中，苏徊意侧头看着苏持，对方冷峻的侧脸上波澜不惊，与往常并没有什么不同，仿佛前天那场大逆转不是这人搞出来的。

"在看什么？"苏持转过来问他。

"没什么。"

苏持搓了把他的头，道："你想说什么就说。"

苏徊意迟疑了一下，道："大哥，我还不太想去分公司。"他顿了顿，补充道，"当然，我没有要偷懒的意思，班还是要上的，我只是想表达我舍不得你。"

苏持拍了拍他的肩，道："别担心这么多。"

苏徊意很乐观地道："对，大不了给你打视频电话。"

苏持"嗯"了一声，道："你说得对。"

两人前脚跟着后脚出了电梯，路过秘书办公室时苏持停下脚步，说："你先去办公室等我，我找小秦有事。"

苏徊意不疑有他，率先去了董事长办公室。

待他离开后，苏持抬步进了秘书办公室。

小秦从电脑后抬起头，见是苏持，立马起身道："苏董，早上好。"

苏持点了点头,问:"早。上次去分公司跑了几趟,感觉怎么样?"

"体制成熟,严格按照总公司的标准在运作,只是员工的平均水平目前还差了总公司一截。"

"这是正常的。"苏持说完顿了顿,又道,"现在有个涨薪的机会摆在你面前,但职级可能会下降。"

"属下不是那种贪图虚名的人。"小秦伸手抵了抵眼镜,道,"只要钱到位,一切好说。"

苏持流露出赞赏的目光,道:"不错。"

苏徊意在办公室等苏持时,"射击小分队"的微信群里不停弹出消息。

孙河禹:这两天我的朋友圈快被你大哥刷屏了!@苏徊意

周青成:我也是,好几个兄弟都在追问我,作为你的哥们知不知道一些内部消息!

孙月:你们有没有签名合照?@苏徊意 我的小姐妹们高价收购!

苏徊意:"……"签名合照也太夸张了。

周青成:对了,苏徊意,你这两天没看新闻吗?你大哥都被推上神坛了!

苏徊意:哇哦!

其余三人瞬间沉默,心想苏徊意怎么一副看热闹的语气?

他们正在群里说着苏持的丰功伟绩,话题中心的主人公便推门而入。

苏持走到他跟前,问:"在做什么?"

苏徊意把聊天记录找出来,供他大哥翻阅,同时道:"大哥,你一战成神了！"

苏持扫了一眼，淡淡道："没有这回事。"

"你不要这么低调，过分的谦虚就等于骄傲。"苏徊意把他大哥拉到落地窗前，道，"看，这都是你打下的江山！"

宽大的落地窗外是繁华的街景，上班的员工规整地在大门打卡，一切都在按部就班地进行着。

苏持说："我只是个凡人。"

解决完两件大事，他们又恢复了以前的工作节奏，春天也到来了。

在这个万物复苏的季节，天山之巅的冰雪消融成了春潮，滋润着即将抽枝的花苗。

一段时间后，苏徊意的任职再次被提上了日程。

宴会已经过去了大半个月，众人的关注点慢慢从"苏持吞并六家企业"转向了"苏家养子自立门户继承分公司"。

有这么多人盯着，苏纪佟觉得不能再拖下去了，待苏持和苏徊意下班回家后，苏纪佟便将两人叫到客厅里坐着。

"小意，准备得差不多了就去分公司那边上班吧。以你现在的能力，管理一家分公司还是绰绰有余的。"

"嗯。"苏徊意应了一声，瞟了眼旁边的苏持。

苏纪佟又问自己大儿子："老大，我这么决定，你没有异议吧？你总不能让小意一直只做个助理。"

"我知道。"苏持通情达理道，"你看什么时候合适就让他去正式任职。"

苏纪佟的视线在两人身上来回转了几圈，不知道误会了什么，他问："你们没有吵架吧？"

苏持、苏徊意："……"

苏持淡淡道:"放心,不会有这种事情。"

安定好瞎操心的老父亲,两人一齐上了楼。

远离了苏纪佟的视线后,苏徇意侧头问道:"大哥,你真的要流放我?"顿了顿,他有些不好意思地接道,"可我还想跟在你身边学习一段时间,但我不好意思跟爸说。"

苏持现在对他的措辞适应良好,并自动融入了他的语言系统,道:"你想多待一段时间就多待一段时间吧。"

"那任职的事?"

"不冲突。"苏持抬手揉了把他的头。

苏纪佟将苏徇意去分公司的时间定在了三天之后。

三天后的早晨,苏徇意照常裹着围巾跟在苏持身后出门,苏纪佟站在玄关叫住他,道:"小意,你还记得你今天是要去分公司吧?"

苏徇意点点头,道:"记得的。"

苏持一手撑在墙上换鞋,头也不抬地道:"我送他过去。"

"你不去总公司上班了?"苏纪佟眉头一皱,还想说点什么就被于歆妍制止了。

"小意第一天去分公司上班,老大送送也好。"于歆妍从客厅那头走过来,道,"正好让分公司的人都看看,小意是有人撑腰的。"

苏徇意赶紧附和:"妈妈说的都是对的!"

苏纪佟不情不愿地跟上队形,道:"夫人说的都是对的。"

大门在背后关上,苏徇意一路跟着苏持上了车。

虽然大哥昨天答应自己可以再跟着他一段时间,但苏徇意觉得自己新官上任第一天肯定还是要去分公司的,眼下大哥的反应似乎也和自己是一样的想法。

车辆发动后，苏徊意边低头系安全带边问："大哥，你把我送过去就回总公司吗？"

苏持专注地盯着前方，回道："差不多。"

安全插销"咔"一声入扣，苏徊意靠在椅背上，道："我会想你的，大哥。"

苏持看他一眼，似乎笑了笑。

苏徊意不理解他大哥笑什么，他总觉得事情会和想象中的不一样。

第二分公司在城北，和总公司是两个方向，从家里开车过去大概要一个多小时，两人到达时已经是九点半。

苏徊意从车上下来，说："第一天上班就迟到会不会不好？"

苏持关门锁车的动作如行云流水，同时道："你又不是新人报到，晚点就晚点，才显得有格调。"

苏徊意至今不太懂苏家人各式各样的格调。

车停在公司大门口，两人下了车就有保安过来泊车。

苏持将钥匙递给保安，侧头低声同苏徊意道："你走前面。"他说完又问道，"知道为什么吗？"

"知道。"苏徊意乖乖走在前面，道，"狐假虎威就是这么个走位。"

苏持轻轻撞了他一下，让他先自己一步，随后道："今天你是主角，不要跟在我身后。"

苏徊意有点感动，他大哥这么冷傲的人，有一天也会纡尊降贵地居于人后。

他伸手按上苏持的后背，沿着脊椎骨缓缓下滑。

苏持疑惑地道："你在做什么，苏徊意？"

苏徊意的眼神充满了爱怜，他回答："摸摸你的傲骨。"

527

从大门进入公司，苏徊意抬眼就看到一个熟悉的人——小秦站在大厅里，身侧是几名身着正装的高管人员。

"苏董事，"小秦朝苏徊意微微鞠躬道，"苏氏集团第二分公司高层管理人员都到齐了。"

苏徊意有一瞬间被震惊了。

小秦怎么在这里？他口中的"苏董事"是指自己？

他暂时压下疑问，很矜持地点点头，道："秦秘书，辛苦你了。"

苏持看了他一眼。

小秦同他挨个介绍完公司高层人员，随后将他和苏持引向电梯口，并恭敬地汇报道："苏董事，公司人员结构名单已经整理出来了，公司近期款项也已汇总发到您的邮箱。根据您提出的意见，公司各部门已重新调整了季度战略目标，目前试运行情况良好，效益得到了明显的提高。"

几位高管纷纷向苏徊意投去崇敬的目光。

苏徊意"嗯"了一声，道："不错。"只是他什么时候提出过战略意见了？

一行人从公司一楼逛到了顶楼，几位高管就此止步，只剩小秦领着苏持、苏徊意二人走出电梯。

"这层就是董事长办公楼层了。"

顶层的布置同总公司相差无几，先是一间秘书办公室，再往里是董事长办公室。

苏徊意看着秘书办公室，道："也不知道我的秘书是谁，好想要个像小秦一样的秘书。"

小秦镜片上的亮光一闪而过，他道："承蒙厚爱。"

苏持拉过苏徊意，道："去看看你的办公室。"

董事长办公室厚重的木门被推开，地面铺了地毯，正对着大门是块宽大的液晶屏,下方是张红木桌。

苏持示意苏徊意看那块液晶屏,问:"怎么样?"

苏徊意惊了,道:"分公司的董事长还能在办公室看电视!"

苏持、小秦:"……"

小秦看了眼苏持的神色,很有眼力见地道:"属下先去安排工作了。"

办公室大门重新关上,房间内只剩他们两人。苏持捏了捏苏徊意的肩膀,问:"苏徊意,你给自己未来的规划是坐在这里看电视?"

苏徊意被捏痛了,赶紧纠正道:"看报表。"

他刚说完,肩膀又被捏了一下,带着惩罚的力度,直到他把看资料、看文件、看财经杂志说了个遍,苏持才停下手里的动作。

苏持提醒道:"把你的重点提前一点。"

苏徊意细细回想,问:"重点是坐在这里?"

得到对方肯定的眼神后,他继续发问:"但我不坐在这里,还能坐在哪里?"总不能真是地下停车场和前台。

苏持将人拎出办公室,道:"回去了。"

苏徊意一路跟着他脚撵脚地往电梯走,途中问道:"要我送你吗,大哥?"

"不用。"

电梯停在一楼,保安将车开到公司大门前,苏持把人塞进副驾驶座后"砰"地关上了车门,随后绕到驾驶座,一脚油门往总公司的方向驶去。

苏徊意像只挪错窝的鹌鹑,缩在副驾驶座上,看着窗外的街景迅速倒退。

他小心地提出疑问:"大哥,你好像顺手把我也带走了。"

"不是顺手,"苏持握着方向盘目视前方,侧脸轮廓清晰而英挺,"你本来就该跟我一起走,昨天不是说好了吗?"

回到总公司已临近中午,苏持直接订了餐送到办公室。

苏徊意现在想清楚了前因后果,他不敢置信地道:"大哥,你居然对爸爸阳奉阴违!"

苏持抬手收拾着尊贵的董事长办公桌,说:"这叫资源合理分配。"

苏徊意道:"我不在分公司,万一下面的人有什么事找我……"

苏持拿他的原话回他:"大不了打视频电话。"

苏徊意倒吸了一口气,道:"原来我是云董事。"

苏持:"……"

"咚咚。"敲门声响起,前台送来订餐,打断了两人的交流。餐盒摆在桌上,他们面对面坐下。

苏徊意抽了双筷子出来递给苏持,道:"那以后就是小秦坐镇第二分公司了,我在公司出现的状态就只是个投影,是吗?"

苏持想到那个画面,难得愣了一下,随即转移话题,道:"你不是一直想挖走小秦吗,现在他是你的下属了。"

"也是。"苏徊意没想到自己的小心愿会以这种方式实现,道,"以后就要由我来给小秦发工资了,我会不会养不起他?"

一张银行卡"咔嗒"一声落在光滑的桌面上。

"不会。"苏持神色自然,仿佛给出去的只是张饭卡,"我的卡你拿去用。"

苏徊意受宠若惊地道:"你不是说你不会把银行卡放在别人手里?"

"你是别人?"苏持放下筷子看着他,道,"苏徊意,你想清楚了再说话。"

唉,他大哥真是较真。苏徊意甜滋滋地认错:"不是别人,是大哥罩着的人。"

苏持这才满意地收回视线。

结束了饭前的话题,两人开始动筷。

苏徊意看自己面前放着苏持喜欢的土豆焖鸡,便把餐盒朝苏持那头推了推,道:"放你那边吧。"

"不用,我夹得到。"

"那我给你夹。"苏徊意伸出筷子在里面搜刮了一圈,挑出一块鸡肉放到苏持碗里,道,"这块看上去最好吃,整盘鸡中的爱马仕。"

苏持没有立即下筷,头顶的灯光落下来,他眼神柔和,似乎盈了点笑意。

苏徊意做了半个月的"云董事"就被苏纪佟发现了端倪,得知小儿子真正的想法后,他埋怨地教育了两个儿子一顿,便放任两人自由。

翻过三月便临近立春。

快开春的时候,苏徊意去买了一副袖扣,买完之后,他的家当就只剩苏持给他的那张金卡。

他带着袖扣去苏持房里找人时,对方刚洗完澡,坐在床上看公司报表。

看见他进来,苏持把报表放到一边,问:"怎么了?"

苏徊意有点兴奋,又有点紧张。

他来之前想好了要说什么,但真正送出礼物时,脑海里却空荡荡的,只道:"大哥,这是我送你的。"

苏持一下愣住了。

苏徊意看苏持没说话,赶紧解释:"不是随便买的,除了我的云公司,我的全部家当都在这里了。"

苏徊送出东西后便收回手,道:"你不要嫌弃。"

苏持回过神,笑问:"我该回你个什么礼物呢?"

"你不用回送我什么,"苏徊意道,"你给我的已经够多了。"

苏持问:"你还有什么想要的吗?"

苏徊意没有回话。

他想要什么?他自己也想不到了,他所拥有的已经够多了。

窗外是浓稠的夜色,室内的灯光温暖柔和。

苏徊意没有回屋,而是坐在沙发上和苏持有一句没一句地说着话。

昏黄的灯光很是催眠,不一会儿,苏徊意就困了。

苏持正说着话,转头看见苏徊意靠在沙发上快睡着了,声音一下收住,起身走过去,说:"困了就回去睡觉。"

苏徊意自迷蒙的睡意中微微睁开眼看过去,朦胧的光线里立着一道高大沉稳的身影,对方冷硬的轮廓在暖光下显得很柔和。

苏持俯身想把苏徊意拉起来,突然动作一顿,看向窗外,道:"下雨了。"

一场春雨悄然落下,细密的雨丝浸润了庭院外带着湿泥的石板路,浸入花圃的土壤里。

苏徊意睁开眼,顺着对方的目光看过去,窗外响起淅淅沥沥的雨声,苏持安静地站在他身侧。

苏徊意正看着窗外出神,忽然听见旁边的苏持叫了他一声:"苏徊意。"

"嗯?"

苏持的声音从他头顶响起:"以后都把我当作你真正的家人。"

苏徊意心中一动,一下没了困意。

他想起进入游戏前自己的心愿——想要一个完整的家。

他经历过家庭的破碎和至亲的离弃，上天大概是为了弥补他曾经的缺憾，所以让他遇到了苏家人。

　　他眨了眨眼，沁出几分湿意，道："好。"

　　像是前二十几年的风雪都在此刻停歇，料峭的寒冬都终结于这个草长莺飞的时节。

　　冬夜将尽，万木迎春。

　　在这场骤然降临的细雨中，花开无艳而心有春生。

番外一 · 期待

1.

阳光和煦的早晨,苏徊意同往常一般睁开眼。

他在困顿的睡意中蒙了两秒,随后抬头一看——头顶的天花板像是隔了八丈远。

苏徊意一下醒了,正要惊呼一声,就听到了苏持的声音。

苏徊意愣了愣,拼命晃动着自己的身体,下意识求救:"大哥,快醒醒,我人没了!"

苏持听到声音睁开眼,一下子清醒了。

洗漱间内,苏持看着宽大的镜面,镜中的男人眸光锐利,冷峻刚毅的相貌天生有种压迫力,他头顶却有撮翘起来的头发,与其人设十分不符。

苏徊意立在苏持头顶,轻微地颤抖着,问:"大哥,我怎么变成了一撮头发?"

"我也想知道。"苏持面上难得带上了几分不安与焦躁,无法忽略的低气压萦绕在他四周,他问,"苏徊意,你仔细想想,在这之前有没有发生什么特别的事情?"

"苏小毛"恹恹道:"没有,我每天都过得千篇一律。"

洗漱间内有片刻的安静。

过了十来秒，苏持忽然开口问："你昨晚在餐桌上是不是说了什么？"

"再来一碗？"

"不是这个。"苏持拧起眉心，说，"做自己？"

苏徊意恍然道："我说今天我要做回最真实的自己！"

话落，两人都沉默了。

苏徊意在怔然中如遭雷击：最真实的自己竟然是一撮头发！

一声无奈的轻叹落下，确认了事情缘由的苏持松了口气，道："还好只是今天。苏徊意，你这张嘴到底是在哪里开的光？"

苏徊意静立不动。

"算了。"苏持拍了拍变为自己头发的苏徊意，转身出了洗漱间，交代道，"今天你就在我头顶好好待着。"

苏徊意乖巧地应道："好哦。"

苏持下到餐厅，家里人都已经坐在位置上。

苏纪佟抬眼看见只有苏持一人下楼，习以为常地问道："小意还在睡？"

苏持抿着唇坐下，一言不发。

于歆妍察觉到一丝不对劲，问："怎么了，你们吵架了？"她说着就要起身上楼，"我去看看小意。"

"叮当"一声，筷子在碗沿磕了一下，苏持开口道："他不在楼上。"

苏简辰疑惑地问："那他在哪里？"

苏徊意趴在苏持头顶不敢动弹。

"真吵架了？"苏纪佟皱着眉放下筷子，说，"小意该不会气到离家出走了吧？"

苏徊意觉得他爸的脑洞真大。

535

苏持顺势点头，应了声"是"。

苏徊意满头问号，又听苏纪佟"咚"地拍了下桌子，气愤道："你怎么能让人大半夜的跑出去？小意这么单纯、这么弱小，出事了怎么办？！"

"是我的错，"苏持放下筷子，起身道，"我这就去找他。"

"赶紧的！"

苏持挺拔的背影消失在门外，于歆妍看着桌上几乎没动过的早饭，轻轻叹了口气。

苏纪佟似是猜到她心中所想，宽慰她说："放心，谁还没个吵架的时候，你别看老大冷冰冰的，其实很会哄人。"

于歆妍忧虑道："可都吵得离家出走了……"

苏纪佟示意她看向苏持那碗没动过的饭，说："老大饭都没吃，到时候小意看他饥肠辘辘的，说不定就心软了，不计较了。"

于歆妍恍然道："有道理。"

憨厚老实的苏简辰一脸错愕，心想还能这样？

他在震撼之余又后知后觉地反应过来，他大哥有撮头发是不是翘起来了？

2.

屋里，几人热烈地展开了苦情连续剧；屋外，苏持出了门便开车径直去了一家早茶店。

热气腾腾的早餐摆上桌，苏徊意在上方伸长"脖子"看苏持进餐。

"大哥，对不起，让你背了锅。"

"不是大问题。"苏持吃了两口又问他，"你饿吗？"

"苏小毛"摇了摇，道："不饿。"

苏持吃到一半，就听斜对面那桌小声议论道：

"快看那个高冷帅哥,他头上有撮头发翘起来了,看起来有种反差萌!"

"真的哎,我好喜欢!"

苏徊意立马软塌塌地趴了下去,自动消灭反差萌。

苏持停下筷子,轻笑了一声,随即三两口吃完早餐,结了账后起身离开。

待出了店门,苏徊意又重新立起了。

苏持抬眼,问:"你在我头顶动来动去地做什么?"

苏徊意道:"做早操。"

苏持坐进车里,道:"看来你还是撮健美的头发。"

3.

早上的突发情况耽误了点时间,苏持到公司时已是九点二十。

苏持从电梯里出来,正好迎上等候已久的小秦。

小秦平时都在分公司坐镇,今天苏持约了AT集团的董事,他便回总公司陪同洽谈。

苏持问他:"都安排好了吗?"

"苏董……"小秦瞥了眼苏持空荡荡的身侧,声音一顿,接着道,"AT集团陈董马上就到,安排在会客厅。"

"知道了。"苏持应了一声。

小秦站得笔挺,镜片反射出一道光。

苏持皱眉,主动道:"苏助理今天休假。"

"这种事苏董不必同属下解释。"

苏持淡淡道:"那就收回你宛如看好戏的眼神。"

小秦道:"好的。"

全程围观的苏徊意:"……"有趣。

过了不到十分钟，AT集团的陈董便到了。会客厅内，两方人员坐在宽敞的沙发上，滚热的茶水在茶几上腾着热气。

"苏董还是这么气势迫人。"陈董笑了笑。

苏持高冷地点了点头，一撮翘起来的头发在他头顶晃了两下。

接着，苏徊意就看见陈董的视线在自己身上凝滞了一瞬。

小秦适时地拿出资料放在桌面上，道："陈董。"

陈董收回目光，清清嗓子，回归正题，双方很快进入了严肃的商议环节。

待在苏持头顶太舒服，苏徊意中途睡了一觉，醒来时刚过十一点，双方还未达成协议。

苏持的食指搭在膝盖上敲了敲，这是他思考时惯有的动作。

陈董的心随着他的动作往上提了几分，会客厅内有那么十来秒的静默。

正当苏徊意无所事事地左右摇摆时，陈董突然语带迟疑地道："苏董……"

苏持抬眼。

陈董盯着本体是苏徊意的那撮头发，道："您的头顶好像有撮头发立起来了。"

苏徊意猛地停住。

苏持的食指屈了一下，语调听不出波澜，他问："是吗？"

在商场上驰骋多年的陈董敏锐地抓住了苏持话语中那丝微妙的情绪，他快速接话："这撮头发在苏董头上还挺好看的。"

僵持的气氛瞬间缓和下来。

苏持神色一松，开口道："刚刚陈董开的条件我会考虑。"

陈董面上浮现出喜色，双方起身握手，达成初步协议。

陈董道："苏董是个果断的人，我喜欢。"

苏持一本正经地道:"陈董是个有眼光的人,我相信你。"

4.

送走了AT集团的陈董,苏徆意趴在苏持头顶回了董事长办公室。

大门一关,他立马翘起来,道:"大哥,你刚刚是不是徇私舞弊了?"

苏持自动跳过他乱用的成语,道:"没有这种事。"

苏徆意不信,说:"陈董夸你好看,你一下就让步了。"

苏持伸出修长的食指在头顶那撮头发上卷了卷,苏徆意被卷得转了两个圈。苏持没回他话,径直走到办公桌前坐下,开始一天的工作。

然而,有了苏徆意在头顶,这一天注定不同往日。

"大哥,这个项目是干吗的?"

"大哥,你为啥要两边压价,是不是又在给人挖坑?"

"大哥,都十二点了,是不是该吃饭了?"

"大哥,你说今天中午的菜会有什么……"

"咔嗒",电脑一下合上。

苏持揉揉眉心,道:"苏徆意。"

苏徆意伸长"脖子"去看他大哥的神色,问:"怎么了?"

苏持意有所指地道:"这份文件我已经看了四十分钟了。"
拜你所赐。

苏徆意贴心地道:"那是该休息了。"

苏持叹了口气,起身走出办公室。

他们就餐的时间偏晚,很多员工正从餐厅出来,见到苏持纷纷问好。

苏徆意想起了早上的经历,自动趴平,不让他大哥拥有"反差萌"。

大概是趴得太平扯到了头皮,苏持落座后将他拨了起来,道:"坐好。"

苏徊意揣测道:"你是不是想利用我提升自己的美貌?"

"如果可以,我希望独自美丽。"

5.

周围时不时有员工路过,苏徊意说了两句便乖乖闭上嘴,蜷在苏持茂密的头发里。

他变成一撮头发后,除了形态不一样了,五感似乎并没有受到影响。他蜷着蜷着,饭菜香味就飘到了他这里。

他试探地起身,伸长"脖子"往下望,苏持正好低头夹菜,一盘香酥鸡展露在他面前。

苏徊意的干饭人之魂顿时熊熊燃烧了起来。

苏持低头那一瞬,只听"啪嗒"一声,一滴水落在了餐盘上。苏持拿筷子的手顿住。

"啪嗒",又是一滴。

苏持深吸一口气,压低声音道:"苏徊意。"

苏徊意正在幻想自己吃鸡的美妙景象,冷不丁被苏持点名,"咻"地就站直了,忙问道:"怎么了,大哥?"

"你是来给我加餐的?"

苏徊意很茫然。

苏持用筷子尖点了点那两滴水,随后道:"你的'燕窝'掉下来了。"

苏徊意猛然惊觉,心想:不应当啊,自己不是没有嘴吗?

"苏董。"旁边忽然传来一道声音,打断了两人之间微妙的气场,项目部钟部长正好路过,他道,"您今天看着……"

他刚想夸苏持精干，话到嘴边又咽了回去，转而夸道："挺蓬勃。"

苏持目光沉沉地看向他。

钟部长小心地瞥了眼他正在滴水的头发尖儿，道："跟滴水观音似的。"

苏持、苏徊意："……"

午餐后回到办公室，苏徊意一直不敢吱声，很有犯错后的自觉，苏持也没说话，只垂着头收拾桌上的东西。

一片静默之中，苏徊意有点忐忑，自己莫不是惹苏持生气了？但他没办法呀，他也是第一次当头发，还有很多不熟悉的地方。

"大哥……"

"苏徊意。"

两人几乎同时开口。

苏徊意一顿，道："你先说。"

他估摸着自己要被教育了。

发尖蓦地被人轻轻拍了拍，带了点安抚的意味。苏徊意愣了一下。

苏持面对着宽大的落地窗，窗上隐隐映出的人影同窗外的街景叠合。苏持看向自己头顶那撮蔫不唧的头发，道："你再忍忍。"

苏持顿了顿，又说："等今天过了就好了。"

想到苏徊意"做回自己"的时效是一整天，苏持一直等到晚上十一点才下班回家。

中途家里来了个电话，问苏持情况怎么样了，他只说已经把人哄好了，晚点回去。

十一点的街道昏暗清冷。

私家车疾驰而过，光影在苏持的侧脸上交替。苏徊意趴在他头顶，有些困倦。

深夜的马路畅通无阻，不到十二点两人便回到家。

私家车停进车库，苏持没有下车，就在驾驶座上静静等着。

嗒、嗒、嗒……表盘上的指针慢慢走向零点。

零点到来那一瞬，没等两人反应过来，苏徊意就"砰"地落了下来，跌坐在副驾驶座上。

从头发变回人，苏徊意怔神片刻，随后便像迷路的雏鸟终于归巢，激动地冲苏持叫道："大哥！"

苏持拍了拍他的肩，道："回来了。"

苏徊意闷闷地"嗯"了一声。

苏持宽大的手掌抚在他背上，道："回来了就好。"

苏纪佟还没睡着，他还记得两个儿子没回家。

他在床上躺到十二点，隐隐听见楼下传来了动静，赶紧翻身起床，轻手轻脚地下了楼。

刚走到二楼楼梯口，他就听见两人说话的声音。

"醋要加多少？"

"一点点就够了……可以了可以了！"

苏纪佟扶着扶手走到一楼，厨房的灯光透出侧厅，映亮了半边走廊，锅碗丁零当啷一阵响动。

他还没来得及走进去看看情况，就见他那矜贵的大儿子端着一碗面条出来了。

热气氤氲，模糊了苏持英挺的面部轮廓。苏徊意跟在苏持身后，捏了双筷子乐滋滋地坐在餐桌前。

"大哥，还劳烦你亲自下厨。"

"不然呢，等着你给自己煮碗中国结？"

"也不是不能吃。"苏徊意挑起面条吹了吹，随即塞进嘴里，道,"而且我也没有很饿。"

苏持靠在一旁的椅子上低头看苏徊意,道:"快吃你的。不是馋了一天了?"

苏徊意喝着汤,从碗沿后面露出两只眼睛瞅着苏持,鼻头有点酸酸的,道:"大哥,你真好。"

苏持没回话。

一时间,餐厅里只有苏徊意窸窸窣窣吃东西的声音,伴着热气和暖光。

苏纪佟站在侧厅外,从他的角度看过去,可以看见苏持微微扬起的嘴角。

他在原地立了半分钟,接着转身上楼。

苏纪佟觉得老大跟小意是真的好。

特别是在这样一个热气缭绕的深夜,他们眼底都盛满了光。

让人相信未来会有无尽希望。

番外二 ·皇子们的小故事

0.

川舒五十八年,苏氏推翻暴政,在这片土地上建立了苏王朝。

苏纪元年,开国国君苏纪佟封夫人于歆妍为后,长子苏持为太子,苏简辰、苏珽为皇子。

同年,为了替新朝积善、洗清战时罪孽,苏纪佟从镇国宝寺认养一男孩封为四皇子,赐国姓苏,名徊意。

1.

苏纪十二年。

正是开春,皇宫后花园内翠意盎然,枝叶蔓生。临湖的凉亭外立着一群宫人,亭内依稀可见一抹素色的身影。

苏徊意靠坐在亭柱旁,一条腿屈起,侧脸看向亭下湖面。

小太监在一旁欲言又止,最后还是老太监开了口:"四殿下,上次坐得这般潇洒不羁的还是三殿下。"

苏徊意转过头来。

老太监接着道:"后来太子殿下看见了,将他丢去军营操练了三天。"

"……"苏徊意默默放下腿,过了两秒开口道,"大皇兄才不会管我。"

也不知道为什么,他大皇兄这几年对他越来越冷淡了,明明小时候两人关系很亲近,他甚至三天两头坐在苏持肩上骑大马。

大皇兄总不至于忌惮自己吧?他一个与父王没有血缘关系的皇子,又不可能跟他大皇兄争皇位,苏徊意想不通自己为什么会被疏远。

两名太监对视一眼:四殿下又不开心了。

"殿下。"小太监上前一步,试探地道,"这两天宫中搭了戏台,想去看看吗?"

苏徊意的心情一秒多云转晴,他猛地跳起来,道:"去去去!"

2.

戏台搭在艺园中央,远远地就能听见咿咿呀呀的唱腔从台上传来。

苏徊意走近了,才发现于歆妍和苏持都坐在台下。于歆妍最先看见他,惊喜地招手叫他过去:"小意!"

苏持闻言也转头看过来。台上正唱着一出打戏,背景里枪矛当当交接,衬着苏持的侧脸,英挺冷峻中竟透出一丝肃杀。

苏徊意愣了一下,垂眼溜到于歆妍身边,道:"母后。"

"小意怎么想到过来看戏?"

"刚听说,就过来看看。"

于歆妍慈爱地拍拍他的脑袋,说:"那就好好看。"

几人都不再交谈,身后一群宫人也垂手静立,一时只剩下台上唱戏的声响。

苏徊意本来还有点在意苏持,但看着看着就入了迷,半斜着身子靠坐在椅子上,外衫从肩头滑落了一截都没有察觉。

过了一会儿,苏持忽然起身,于歆妍和苏徊意同时看向他。

于歆妍问:"怎么了?"

苏持没看苏徊意,只同于歆妍道:"儿臣还有事,先回了。"

于歆妍对朝中事不清楚,便点点头说:"快去吧。"

苏持转身从两人身后离开,路过苏徊意时带起一阵风。

苏徊意被呼了一下,忽然觉得脖子有些凉,他低头一看才发现外衫领口开了,露出一截脖颈,赶忙坐直拢好。

还好大皇兄没看到,不然准要呵斥他有失皇家颜面。

3.

十几日后是春分,苏纪佟在宫中宴请满朝文武。

宴席上,苏纪佟与于歆妍坐在上方,文武官员分坐两旁,乐师在中间奏乐击缶,觥筹交错间一派歌舞升平。

四位皇子两两分坐在宴席上位,苏徊意身侧坐着三皇子苏珽。

苏珽向来肆意风流,即使是在这样的宫宴上,也支棱着一条腿,斜靠向苏徊意,俨然忘记了军营里的风沙烈阳。

苏徊意对场中的歌舞不感兴趣,只埋头干饭。他正吃得欢,一双玉箸忽然伸到了他的盘子里,随后轻巧地夹走了一块牛肉。

苏徊意一脸疑惑,转头看向罪魁祸首,发出谴责:"三皇兄,君子不夺人所爱。"

苏珽将厚脸皮发挥到极致,回道:"我不是君子,我是皇子。"

闻言,苏徊意也飞速从他盘子里叉走了一块肉,道:"谁还不是个皇子呢?"

苏珽:"……"

两人相互夺食,宽大的袖摆似乎在打架。

忽然间,苏徊意觉得自己的袖子似乎被什么东西钩住了,紧接着,一盏杯子被他打翻,滚落地面。

两人因这变故停下,这才发现他们袖间的流苏缠在了一起。

两人的动静引来位居上方的苏纪佟的目光,他目光沉沉地看向自己两个熊儿子。

苏三熊和苏小熊默默收手,皆沉默不语。苏纪佟的目光又撤回了。

苏徊意刚松了口气,忽然察觉到又一道视线投了过来。

他抬头望去,穿过前方舞女水袖挥动的空隙,直直对上了坐在他对面的苏持的眼神。

场中,歌舞蹁跹,喜气洋洋,苏持却好似毫无感觉,面上的神色冷得像是冰雪消融后的湖水。

苏徊意整个人都抖了一下,讷讷出声:"三皇兄……"

苏珽显然也看到了苏持望过来的眼神,他一动不动,回了个"嗯?"

苏徊意声如蚊蝇:"同甘共苦。"

苏珽:"……"

4.

宴会结束时已是夜晚。

凉风习习,吹散了空气中的酒香。苏徊意喝了点果酿,闻着残留的酒味,有些微醺之意。

苏珽走在苏徊意旁边,吊儿郎当地甩着袖子,两行宫人跟在他们身后,橘黄的灯笼点了一路。

突然,前方引路的太监停了下来,恭敬地道:"太子殿下。"

苏徊意循声望去,见前方道路中间立了个人影,对方玄色的衣袍隐没于夜色中,直到宫灯晃过,他才看清站在前方的人竟是苏持。

"哦,是皇兄啊。"苏珽勾起嘴角看向苏持身后,又问道,"你怎么没带宫人?"

苏持的目光扫过苏徊意,顿了几秒后又落到苏珽身上,他道:

"他们去帮你收拾明日带去军营的行囊了。"

苏珽的笑容瞬间消失。

苏徊意目送失魂落魄的苏珽离开,他待在原地没动,苏持也没走,站在他跟前看着他。

一阵晚风拂过,一阵酒气从苏持身上飘来。

"大皇兄。"苏持没说话,苏徊意有些忐忑,生怕下一个被送走的人就是自己,遂道,"我先回去了。"

他说完,脚步一迈就要溜走。

苏徊意回殿的路只有一条,两人擦肩而过时,他的手突然被人抓住了。

苏徊意心头一跳,侧头望去,道:"大皇兄!"

苏徊意身后的宫人不敢发出一丝声响,全都低着头不敢说话。

寂静的黑暗中,宫灯映亮了两人半边脸,苏徊意的心怦怦直跳——他跟苏持没怎么说过话,更别提私下接触了。

"苏徊意。"苏持高他半个头,说话时,低哑的声音从他头顶上方响起,"知道你今天错在哪儿了吗?"

苏徊意赶忙说:"不该在宴会上打闹,有失仪态。"

苏持薄唇微启:"错。"

苏徊意想了想,又道:"不该吃别人碗里的东西?"

苏持沉默片刻,忽而拽着苏徊意转身就走。

"大皇兄?!"苏徊意惊呼一声。

宫人见状,急忙起身跟上。

苏持回头,冷冷瞥去一眼,道:"不必跟来,我与皇弟谈谈心罢了。"

众人闻言立即定在原地。

衣摆在两人脚下翻飞,片刻后,明亮的灯火和宫人便被他们远远甩在身后。

苏徊意被苏持拽着一路往前走,黑暗之中,他依稀觉得脚下这条路有些熟悉,直到走出一段后才猛然惊觉,这路好像是通往太子宫殿!

5.
砖红的宫墙上的烛灯映亮了青石板路,沿途的侍卫们站姿笔挺,目不斜视。

走在前方的苏持肩平背阔,玉冠将黑发束得一丝不苟,俨然有了储君的威严。

两人走了一炷香的时间便到了太子宫殿,宫人们站在门口,见状齐声道:"太子殿下。"话落,他们又看见了苏持身后的人,随即又行礼道,"四皇子殿下。"

苏持"嗯"了一声,拉着苏徊意进了门,径直向内殿走去。

殿内,雕花屏风旁立着两盏烛灯,散发着柔光的光芒,空气中似有松墨的香气。

两人进殿后,苏持便将宫女太监打发到外面去了,苏徊意站在门口不愿动弹,他迟疑地道:"大皇兄,你要是有话不如就在这里……"

"就在这里做什么?"苏持扫了他一眼,嗤笑一声,"贴门上表演皮影戏?"

苏徊意被噎了一下,说不出话来,苏持拉着他就往里屋走。

两人来到桌旁,苏持放开苏徊意,低头倒了杯茶。他修长的手指搭在杯沿处,映着烛火像是一块暖玉。

苏徊意到现在也不知道自己究竟错在哪儿了,他瞥了眼苏持的手,小心示好道:"大皇兄的手指真是鬼斧神工。"

清透的茶水霎地洒出两滴。

苏持轻叹了一声,放下茶杯,望向他道:"你是怎么跟着先生学习的?没人监督你就……"

他话音一止,苏徊意的心也跟着跳了一下。

以前都是苏持监督他读书,自从两人疏远后,他确实没那么用功了。

眼下只有他们两人,苏徊意干脆问了出来:"那大皇兄为什么不监督我了?"

修长的食指在红木桌面上微微一蜷,苏持顿了顿,道:"朝中事务繁忙,我不可能还像小时候那样陪着你。"

苏徊意的呼吸缓了下来,忽然有些鼻酸。

沉默在两人之间蔓延,几息之后,苏持垂眼,抿了抿唇继续道:"就算没有我,你三皇兄也可以监督你。"

苏徊意疑惑地道:"等等,这和三皇兄有什么关系?"

苏持看着他,问道:"你们不是更合得来吗?"

灯捻发出"噼啪"一声轻响,烛火摇晃。

室内安静了一瞬,苏徊意分神思考:为什么大皇兄直接剔除了二皇兄?

苏持见苏徊意没出声,原本想说的话也不打算说了,他移开视线,淡淡道:"时辰不早了,你回去吧。"

他态度冷淡,两人刚拉近的距离似乎又拉开了。

苏徊意望着苏持的后脑勺,不明白自己又做错了什么,但他管不了那么多,只一心想着该怎么打破僵局。

他大着胆子拽了拽苏持的袖摆,像儿时每次犯错那般,开口时语气带着点示好的意味:"太子哥哥。"

苏持身形一僵。

苏徊意眼看这法子似乎奏效了,于是他再接再厉道:"哥哥别生……"

"苏徊意。"苏持猛地打断他的话。

苏徊意鼓起勇气抬起头,却见苏持正垂眼看着他。两人对视间,苏徊意的心"咚咚"地打着鼓,像在听候发落的疑犯。

不知是不是烛光太暖,苏持威严、冷硬的轮廓居然在此刻柔和了几分。片刻后,一声轻叹落了下来,似夹杂着无奈:"我没生气。"

苏徊意小心地看着苏持,见对方的确不像是生气的样子,他紧绷的心弦也跟着放松了。他翘起嘴角,朝苏持笑道:"那就好。"

苏持沉默片刻,而后将刚刚倒好的茶水递给苏徊意,道:"喝点茶,解酒的。"

"谢谢哥哥。"苏徊意双手接过茶杯,一边喝一边观察苏持的神色。

虽然苏持什么也没说,但他还是从对方那声叹息中感觉到从前那个宠爱他的太子哥哥又回来了。

苏徊意嘬了两口茶,问道:"太子哥哥不喝吗?我看你也喝了不少酒。"

苏持说:"不了。"他顿了顿,又问道,"我身上酒味很重?"

苏徊意摇摇头,道:"宴席上我看见你喝了好多。"

他说完这句话,苏持愣了愣,接着笑了一下。只是苏持的笑容极其浅淡,而且转瞬即逝,再加上屋内光线不算明亮,他再想去细看时,苏持的神色已恢复如常。

"还以为你只顾着和老三抢吃的。"苏持说。

苏徊意忙辩解:"怎么会?"他觑着苏持的神色,"是三皇兄太幼稚了。"

出乎意料的是,苏持没有指责他明晃晃的甩锅行为,反而"嗯"了一声,道:"是挺幼稚,所以我把他丢去军营操练了。"

一提到军营,苏徊意心头就"咯噔"一下,生怕下一个被丢过去的是自己,他赶紧朝苏持凑近一步,确认道:"那我就不用去了吧?"

苏持瞥了他一眼,张嘴想说什么,又话锋一转道:"你若是想去……"

苏徊意一个激灵,道:"我不想!"

苏持问:"怕受苦?"

"我……"苏徊意向来迟钝的脑子在此刻突然迸发出万丈灵光,他头顶一撮头发朝苏持的方向一翘,而后十分亲昵地道,"去了军营就要好几个月见不着太子哥哥了。"

苏持笑了,他伸手将苏徊意头顶那撮翘起的头发轻轻一拽,道:"跟谁学的这样讨巧?"

头发被苏持揪着,苏徊意像只被人提溜着的鹌鹑。他心想,他也不全是讨巧,不想去军营操练是真的,想和苏持待在一起也是真的。

都说长兄如父,从小到大,身为一国之君的苏纪佟没多少时间亲自教养他,大部分时间都是苏持陪伴着他,等苏徊意回过神来,过往十几年的记忆里便已全是他大皇兄苏持的身影了。

虽然这几年两人渐渐疏远,但在苏徊意心里,他对苏持的感情从未淡。

6.

大概是现在的气氛太好,苏徊意恍惚间又回到了从前的时光,长久以来积压在心底的委屈逐渐漫了上来,他垂下眼,鼻尖微酸。

如果可以,他希望两人永远像儿时那样亲近。

苏持正揪着苏徊意翘起的头发,苏徊意却半天一言不发,他低头问:"揪到你的行动阀门了?"不然怎么突然定住了?

"……"苏徊意鼻尖的酸意滞了一下。

他抬眼看向苏持,定了定神,鼓起勇气问:"皇兄,我之前是不是哪里惹你生气了?"

苏持似是没料到他会问这个,落在他头顶的手指一蜷,接着收了回来,道:"没有。"

苏徊意眼眶微热,问:"那这几年你为什么都不怎么理我了?"

他看起来相当委屈,像是要掉眼泪,但最后也没有哭出来,只是专注地看着苏持,等着对方给出答复。

苏持眼底映出眼前的苏徊意,和他记忆中那个嫩生生的小孩重叠在一起,但很快又分开了。

小孩到底还是长大了,也有了苏王朝当朝皇子该有的模样。

他想起小时候的苏徊意,虽然是领养来的小皇子,却是他们三兄弟最宠爱的弟弟。他那时候以为苏徊意往后会被养成一朵娇气的小花——就算养成小花也没什么不好,苏持想,他会护对方安好。

只是他没想到,在他鲜少陪伴的这几年间,苏徊意快速长成了一株坚韧的小草。

殿外传来一道更声,打破了屋内的沉寂。

苏持的思绪被拉了回来,他看着苏徊意,干涩的喉头动了动,忽然开口道:"是哥哥不好。"

苏徊意微微睁大眼。

苏持向来冷傲,说话也毫不留情,加上他身上有一股王储的威严,苏徊意从没见过他同谁道歉——就连他们的父王苏纪佟都没有这个"殊荣"。哪怕偶有失误,他也只是淡然又笃定地说一句"儿臣不会再犯第二次"。

可苏持现在却在向他认错,苏徊意惊得心中的委屈全消散了。

他惊疑不定地盯着苏持,想了想,还是把手里的半杯茶递过

553

去，问："要不，皇兄还是来点？"是酒的后劲涌上来了吗？都开始说醉话了。

"……"苏持瞥了眼茶杯，"苏徊意，我知道自己在说什么。"

苏徊意顿时更加惊悚，道："但我好像不知道皇兄在说什么。"

苏持没忍住低笑一声，原本略微严肃的气氛被彻底打破。

苏持组织了一下措辞，缓缓说道："我先前是想着你已长大成人，就算是亲兄弟也该保持适当的距离，更何况……"他说到这里停了一下。

苏徊意知道苏持是想说"更何况我们还不是亲兄弟"。

他试探地道："所以皇兄不是……"

"不是。"苏持说，"不是厌烦，也不是猜忌。"

他原本想当个严厉的哥哥，但后来才发现，因着两人小时候的相处方式，他没法儿像对待二弟和三弟那般对待苏徊意。

感性和理性有时候并不能相容，而且他的私心比自己想的还要重。

就像同样是有失仪态，他把苏斑丢去了军营，却把苏徊意拉来了自己宫中，想要私下指点；就像他莫名冒出的火气在苏徊意一声"太子哥哥"中尽数消散，到最后他连一句重话都不忍心说。

这是他二十几年来头一次说了软话，却如释重负般轻松快活。

他轻声对苏徊意道："是哥哥自作主张了。"

苏徊意喉头一哽，苏持的神色淡淡的，一如往常，但眼神和话语却很真诚。苏徊意在对上苏持那双眼时就知道，他大皇兄对他的感情从未消减过。

拥堵的心口蓦然畅通，所有的忧虑都在此刻烟消云散。

他心潮涌起，开口问道："那我日后要是想找皇兄……"

苏持说："你直接来就是。我宫中的人都知道，若非我有要事，你来不用通报。"

这是从很早以前就属于他的"特权",苏徇意才知道原来一直没取消过。

窗外夜色沉沉,案上烛灯已燃了过半。温软的烛火摇曳着,映在苏徇意眼底,如同星光。

他心满意足地应下:"谢谢皇兄。"

苏持看了眼窗外的天色,轻声说:"回去吧,不早了。"

苏徇意喜滋滋地道了声"夜安",转身推门而出的前一刻又被苏持叫住:"苏徇意。"

苏徇意停了下来,转头看向还站在桌案前的苏持,疑惑地叫了声:"大皇兄?"

苏持轻轻地笑了一下,道:"以后记得叫'太子哥哥'。"

7.
开春过后气温回升,众人身上的衣衫也变得轻薄起来。

苏徇意半靠在后花园的凉亭里,一只腿屈起,身上的披风挡住了大半个身子。

旁边的小太监这次有经验了,清清嗓子上前一步,道:"四殿下,上次坐得这般潇洒不羁的还是三殿下。"

苏徇意毫不在意地点点头,道:"后来三皇兄被丢去军营了,我知道。"

小太监哽了一下,求助地望向一旁的老太监,眼里的意思很明显:恐吓无效?

老太监眉心一蹙,还没来得及开口,便瞧见了小径上渐行渐近的玄色身影。他心里"咯噔"一下,忙大声朝着来者行礼:"太子殿下!"

一行宫人屈膝垂首,苏持三两步便到了亭外。

苏徇意转过头,两人眼神交汇,他面上一热,放下腿坐正了些，道："大皇兄！"

"是太子哥哥。"苏持面不改色地纠正他，随后抬手让宫人们起身。

苏徊意心里一慌，自从和大皇兄重归于好后，对方又开始事无巨细地操持起他的事情。他猛地站起来就要往亭外溜，嘴上道："我还有书没看，先不陪皇兄聊了。"

苏持立在原地没动，待苏徊意经过他身边时，猛然伸出手。

"太子哥哥！"苏徊意只觉得一阵天旋地转，他立即抓紧苏持的衣服。

看着苏徊意被苏持扛在肩头大步离开，亭内一行宫人疾呼："太子殿下，您要带四殿下去哪里？"

苏持头也不回地道："坐没坐相，带去操练。"

伴随着小皇子的叫唤，两人的身影很快消失在葱茏的花枝翠叶间。

老太监收回目光，摇头叹气道："都说了要被丢到军营操练，四殿下还不听，这下被逮着了吧。"

一行宫人一边为自家殿下祈祷一边回了宫。

随着宫人散去，凉亭内很快又恢复了清静。

片刻后，亭外茂盛苍遒的古榕树上忽然传来一阵窸窸窣窣的声响，一截朱红的衣角从枝丫上垂下，随风翻飞。

苏珽躺在树上，将凉亭内的场景尽收眼底，他漫不经心地哼笑道："就知道大皇兄装不了多久。"

——本书完——

图书在版编目（CIP）数据

我靠捧哏翻身 / 马户子君著．
—武汉：长江出版社，2023.9
ISBN 978-7-5492-8756-7

Ⅰ．①我… Ⅱ．①马… Ⅲ．①长篇小说—中国—当代Ⅳ．① I247.5

中国国家版本馆 CIP 数据核字（2023）第 055713 号

我靠捧哏翻身　马户子君　著
WO KAO PENGGEN FANSHEN

出　　版	长江出版社
	（武汉市解放大道 1863 号）
选题策划	阿　朱　靳　丽
市场发行	长江出版社发行部
网　　址	http://www.cjpress.com.cn
责任编辑	罗紫晨
封面设计	柚子酒
印　　刷	长沙鸿发印务实业有限公司
版　　次	2023 年 9 月第 1 版
印　　次	2023 年 9 月第 1 次印刷
开　　本	880mm×1230mm　1/32
印　　张	17.75
字　　数	423 千字
书　　号	ISBN 978-7-5492-8756-7
定　　价	69.80 元

版权所有，翻版必究。如有质量问题，请联系本社退换。
电话：027-82926557（总编室）　027-82926806（市场营销部）